三民叢刊 233

百寶丹

曾焰 著

三民書局印行

目次

卷壹

狼毒

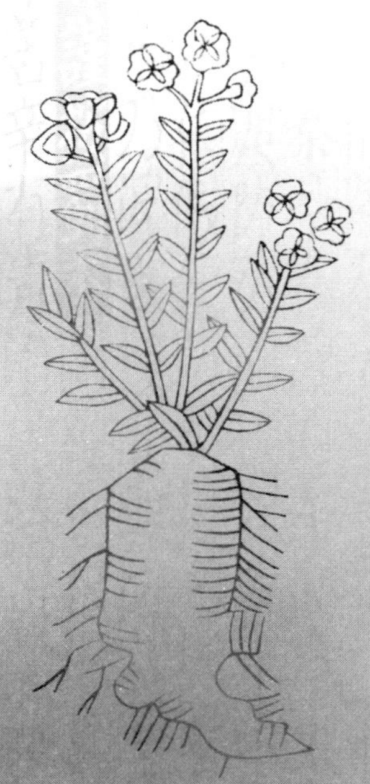

1

清，光緒二十年間。(一八九四年)

雲南，江川縣，趙官村。

夜，漆黑，狂風怒號，暴雨如注。

曲家青磚瓦房畔，那幾棵高大的柏樹，在狂風暴雨中，不住的翻飛搖拽。十一歲的阿章，孤獨膽怯的踡縮在被中，不住地瑟瑟發抖。

屋正中那張圓桌上，一盞油燈明滅閃爍，四下裡陰影飄動，忽大忽小，忽遠忽近，更增添了幾分恐怖。

雷聲嘶吼著，不時傳來一陣陣震耳欲聾的巨響，狂風從門窗縫隙中猛灌進來，桌上的油燈被捲熄了，房間立即陷落在一片黑暗之中。

刺眼的閃電，撲刺刺的飛現在窗紙上，像一把把明亮的鋼刀，扭曲著劈空劃過。阿章盛滿了驚恐的雙目，一下睜開，一下閉起。

外面天漏也似的，雨越下越大。喧囂的雷雨令阿章心中的恐慌步步升高。

突然間，門吱呀呀的一聲被推開了，兩道黑影側身閃進屋來。一個箭步先後撲到了床前。阿章驚懼地還來不及呼喊，他的手腳被制住的同時，口內也被塞進了一團破布。那兩個人三下五去二，幾下就用繩子綑住阿章的手腳，他們將他塞進一只麻袋之中，匆匆的扛著出去了。

傾盆大雨，直瀉而下，片刻，那麻袋便被淋得透濕，阿章恐懼得喘不過氣來，嚇得幾乎暈了過去。

「姑爹，姑爹，快來救我……」阿章情急的在喉間直喊，但口中的破布塞絕了他的聲音，他根本喊不出來。

那二人匆匆的走出了村子，來到了曠野。

陡然間，阿章聽見其中一人在風雨聲中，叫喊著說：「姊夫，依我的看法，還是把這小子扔進河裡算了，省得麻煩。」

——阿章聞聲驟覺一陣血寒心冷，講話的這人，正是阿章嫡親的三叔，早就因吃喝嫖賭不務正業而被逐出了家門的曲三。

「老三，丟進河裡不妥當，萬一這小子不死，豈不是後患無窮?再說屍體被人發現也不妙。我們還是辛苦點，依計把他抬到亂葬崗，活埋了吧！」

阿章如遭雷擊，震驚得透體冰涼，這應聲的，分明是他的姑父顧順源。

阿章心內一陣絕望，悲苦得更加透不氣來，他的姑母去世不到半月，姑父居然就勾結下三濫的三叔，對他驟下毒手。

阿章年僅一歲時，不幸父母便先後去世。父母留下了幾十畝水田和數幢青磚瓦房。他全仗姑母一手撫育。而今，姑母又因病去世了，阿章便立即失去了依靠。唯一和他相依為命的萬福伯——他父親的老忠僕，白天被姑父打發到縣城去買物什，至此尚未歸來。

「萬福伯，萬福伯——」阿章淚流滿面，淒絕的叫不出聲來。

顧順源和曲三，抬著那隻麻袋，高一腳，低一腳的來到亂葬崗上，他們找到事先掘好的深坑，將裝著阿章的麻袋，丟進坑內，立即抄起鐵鏟，刨土掩埋。

泥土被雨淋得稀爛，不易挖掘，鐵鏟掀下去，爛泥一塊塊的打在麻袋上，阿章絕望的心想，此番必死無疑了，但仍心有不甘的拚命掙扎。

大雨滂沱，雷聲間歇中，依稀有淒厲的狼嚎傳來。在這亂葬崗上，一到黑夜，便是餓狼出沒的地方。曲三膽怯的說：「姊夫，快點，快點，那邊有狼在叫——」

曲三說著，惶恐的抬頭一望，只見黑暗中，有不少鬼火似慘綠森寒的光點，飄忽而至，閃電乍現間，他瞥見一群猙獰的餓狼，正從前面的山坡上俯衝過來。

曲三顫抖的怪叫：「姊夫，你看，那邊來了一群狼！」

「啊，媽呀，快逃——」顧順源慌忙扛起鐵鏟，抽身就跑。

曲三尾隨在後，二人沒命的狂奔出亂葬崗，逃命而去。

那群餓狼嗅到人氣味，立即呼嘯著猛撲了過來，牠們在那土坑四周停了下來，吸著鼻子垂著口涎，咆哮著用利爪性急的扒著泥土，並掀牙露齒地嘶咬著，相互排斥不讓。

顧順源和曲三，腳跟踢著後腦勺，拼命的奔逃了好一程，才氣力不支的緩下來。曲三氣喘咻咻，不放心的說：「姊夫，土埋得不夠深，那小子一時死不了吧，早知有狼來，我們幾鐵鏟把他打死餵狼，不就好了！」

「嗨，這你就放心大吉吧，那小子再有幾條命也完了，不信，明天天亮我們再去看看，他準被那群餓狼啃得只剩下一堆骨頭了。」顧順源陰毒的獰笑著，得意的道：「老三，我們可以放話到村裡，說這小子放學不歸家，不知到那裡去打野，被狼拖去吃了。」

「嘻嘻，這主意好，這樣我們就可以名正言順的，瓜分那些田地和房產。」曲三說到心癢處，不由笑出聲來，「不過，老萬福回來問起，怎麼說？」

「還不是這樣說，一個老家奴，怕他怎的？等東西分了，也打發他滾蛋吧！」

他們駐足回過頭來，遠遠的望著那片亂葬崗子，狼群嚎叫嘶咬的聲音更響了。

顧順源和曲三得意的對望了一眼，疾步的回村子去了。

黑暗中，在他們剛才停立的路旁，現出了一條身影，他正是追隨阿章父親多年的老僕人萬福伯。

當昨天，顧順源一把曲三找回來，兩個人躲在房中喝酒之際，萬福伯就敏感的預料到，這兩個人突然勾結，定欲狼狽為奸，圖謀不軌了，是以萬福伯警覺地有了防備。

萬福伯唯恐雷雨之夜驟生變故，擔心童稚無知的阿章，慘遭毒手，便不顧疲累路遠，連夜冒雨趕了回來。他先到阿章的房中一看，但見被子掉在地上，阿章果然不知去向。再看時，顧順源也不在家中。

找不到顧順源，萬福伯連忙追出門來，不想在這裡遇上了他們。他連忙隱身路旁的大樹後，正聽到了顧順源和曲三剛才的一席話，才知阿章竟被他們抬到亂葬崗上，活埋掉了。

萬福伯憤恨得怒火中燒，這兩個遭天殺的，為了謀分田產，居然連至親的子姪，也下得這般毒手。等他們離去後，萬福伯當下拔出別在腰間的宰牛刀，砍了一根手臂粗，幾丈長的樹幹提在手裡，一口氣跑到亂葬崗上。

那群餓狼已經刨開了泥土，正在撕扯著那只麻袋。原先因窒息昏迷的阿章，在狼吻掀騰中甦醒過來了，他的身上，已被餓狼利齒咬傷了好幾處，驚恐交加，反而使他忘了疼痛，他正拼命的掙扎。那群餓狼咆哮著，忽兒相互嘶咬一番，忽兒又撲上來爭先恐後地撕扯著麻袋。麻袋已被撕開了好幾道裂口。阿章求生心切，本能的翻滾跳躍著，猛不愣瞪間，倒也有幾次嚇退了狼群。

奈何繩子綑住了阿章的手腳，破布塞住了他的口，他無法脫身。狼群每退下去片刻，又更加兇猛的狂擁而上。

阿章憤恨滿腔，發狠的將身子猛的用力一挺，麻袋直立起來，把那群狼嚇得四散退開。眨眼間，牠們又撲了上來。阿章把身子一扭，麻袋又倒下去。狼群猖獗再上，阿章又被咬了好幾口。幸好有結實的麻袋隔阻，不然，他的肌肉將快被撕裂下來了。

正在這時候，萬福伯掄著那根木棍，飛也似的躍上崗來，閃電光亮間，他一眼瞥見了那隻扭動掙

扎的麻袋，知道阿章還活著。

萬福伯揮甩著木棍，猛的撲進狼群中，發一聲巨喊，奮力的驅散了狼群。那群餓狼四下散開來，不甘心到口的美味又失去，旋即又聚攏過來，站在萬福伯二、三丈開外，掀牙露齒地朝他咆哮不已。

萬福伯機警的一手揮著木棍，防備狼群的偷襲，一手拖出坑內的麻袋，迅速的退到一座高墳邊。

狼群尾隨而至，瘋狂的又撲上來。

萬福伯將麻袋匆匆靠在那墳堆上，雙手掄起木棍，衝上幾步，四下裡狠狠的一陣亂打，狼群又被轟散，牠們退得遠了些，卻依然與萬福伯對峙著，不甘離去。

萬福伯扛起麻袋，車轉身子，揮甩著木棍，衝到一棵大樹下。

他身子還未站定，狼群便旋踵而至，四下裡圍成一圈，把萬福伯困在中央，躍躍欲試的低吠不已。

萬福伯發狠的揮起木棍，又將狼群打退了些。他連忙拔出那把宰牛刀，割開麻袋，把阿章放了出來。由於年邁體弱，萬福伯體力不支，喘息不已的說：「阿章，你趕快爬上樹去！」

萬福伯割斷阿章手腳上的繩子，拽出他口內的那一大團破布扔了。

狼群又逼近了。

「快，快，爬上樹去。」萬福伯嘶啞的說，他竭力的怒吼著，又掄起木棍揮向狼群。

阿章手腳發麻，渾身虛軟，危急間，也不知從那裡生出一股力量，慌忙爬上樹去，躲了起來。

狡獪兇險的狼群被激怒了，牠們衝著萬福伯瘋狂的怒嚎不已。

萬福伯被狼群折騰了一大陣子，已漸覺體力不支，手腳再也使不出猛力。狡獪的狼群窺破了萬福伯的弱點，趁隙兇猛而上。

萬福伯身上被狼咬開了好幾處。

「萬福伯，你也趕快爬上樹來，萬福伯……」阿章哭泣著大喊。

萬福伯力不從心的揮動著木棍，戒備的退到樹下，手中的木棍突然被一頭巨碩的公狼咬住了。萬福伯無力拽回木棍，便忙將木棍用力往前一推，回身抱住樹幹，往上就爬。

幾頭巨狼飛撲過來，咬住萬福伯的雙腿，用力往下拉，萬福伯腿上的幾大片肉，連同褲子布片，被活生生的撕裂開來。

萬福伯只感到疼痛鑽心，失聲連連慘叫，幾乎痛得快要暈了過去。

阿章連忙伸出手去，大叫：「萬福伯，快上來，我拉你……」

「阿章，你千萬別下樹來，阿章，你千萬不能再回去了……阿章，你要設法逃到別的地方去……」

萬福伯聲嘶力竭的說，他死命的抱住樹幹，渾身疼得發抖，已無力再往上爬。

狼群嚐到了肉味，舔到了血腥，頓覺滋味無窮，口涎被刺激得連連分泌不已。牠們振奮得發出一片歡悅的叫囂，一頭頭抖擻著軀幹，兇殘萬分的猛撲上來。把萬福伯的雙腿，撕咬得鮮血淋漓，肌肉也大片大片的被扯下來，成了狼群爭相奪食的美味。

巨痛攻心，令萬福伯冷汗直冒，他怒不可抑的突然滑下樹來，拔出腰際的宰牛刀，就近捌翻了身旁的幾頭狼。

狼群前仆後繼，兇猛無比，隨著一聲聲令人髮指的慘叫，萬福伯被狼群掀翻了。

餓狼歡悅的呼嘯低吼，爭相大快朵頤。萬福伯的淒厲慘絕的哀嚎，漸漸被狼群的嚼骨聲、舔吮聲、嘶咬聲，淹沒而漸至無息——

阿章耳聞目睹，心如刀絞。這驚心動魄的悽慘景象，把他折騰得頭昏眼花。他全身顫抖的蹲在樹上，哭得淚人兒也似的。

那群餓狼啃光了萬福伯的肉，舔盡了萬福伯的血，連頭也被啃成了個骷髏骨。吃飽的搖著尾巴，心滿意足的離去了，意欲未足的，紛紛圍在那棵樹下，團團亂轉的咆哮著，有的甚至用爪抓著樹榦，仰首朝上嘯。

阿章嚇得毛骨悚然，渾身虛汗直冒，止不住的漱漱顫抖。他死命的緊抱住樹榦，大氣也不敢出，閉目踡縮成一團的蹲在樹椏上。

直到天大亮的時候，雨漸停了，那群狼才陸陸續續的先後離去了。

阿章不敢在亂葬崗耽擱得太久，便心有餘悸的從樹上溜下來。天光下，他觸目便覺一陣慘然，他哀切的哭泣著，悲傷萬分的將萬福伯四散的屍骨，一塊一塊的拾攏在一起，包在那只麻袋內，放進顧順源和曲三挖掘的那個坑裡，刨土草草的掩埋了。

阿章在萬福伯奮不顧身的援救下，他才得以逃脫劫難，死裡逃生。而萬福伯卻不幸慘死狼吻，葬身狼腹，此恩此情，阿章真的不知何當以報，他跪在坑前痛哭流淚。

看看時間不早了，遠處的村子裡已有炊煙升起。阿章在萬福伯的墳前磕了幾個頭，站起來辨別了一下方向，像隻驚弓之鳥，倉惶的噙著淚下崗而去。

2

江川縣城，通衢大道上，牛記茶館內，座無虛席，人聲鼎沸，茶香飄溢，煙霧瀰漫。

這茶館是販夫走卒，過往客商，最便宜的打尖歇腳處，也是一些吃飽了飯，沒事幹的人，相聚聊天的好地方。

最裡面的角落不顯眼處，坐著一個年近古稀的七十多歲的老頭兒，他穿著一身千補百衲的土布衣服，枯白的辮子挽在腦門上，他手上正拉著一把低劣的二胡，斜仰著臉，扯開著嘎啞的老嗓，嘶聲拽氣的在唱滇戲「送京妹」。

阿章瑟縮的半蹲在茶館門外，隔著櫃檯，他一眼就看見那個賣唱的老頭兒。那老頭兒艱辛地拽長了青筋暴漲的脖子，枯瘦的核桃似的皺臉掙了個通紅，他好吃力的唱著。

喧騰的笑鬧聲、嗑瓜子聲、嚼胡豆聲、呼朋喚友聲，淹沒了那老頭兒可憐兮兮的歌聲。

阿章發現，根本就沒有人在聽那老頭兒唱戲，一種說不出的同情和憐憫，頓時在阿章心內油然而生。阿章為那老頭兒的求生不易，深覺悲苦起來。

那老頭兒高高的個子略為佝僂，他慈祥的面龐飽經風霜，氣色晦暗憂鬱，他想必一定知道，沒有人會有興趣聽他唱戲的，但為了方便乞討幾文填肚子的小錢，他仍然自顧自的，十分費力的唱著。

他的滇戲唱得荒腔走板，手中的二胡，單調不成曲的嘎吱作響，任何人都一看就知道，這老頭兒根本就不會唱戲，更不會拉二胡，明顯的，他只是在為自己製造一個討錢的理由。

那老頭兒唱了約摸數盞茶的功夫，便收了二胡，插在背上的囊中，掏出個缺了一角的破瓷碟，臉上努力堆起些討好的笑容，挨桌兒乞討起來。

「各位父老鄉親，請多多幫忙，賞老叫化一文半文，買個燒餅填填肚子。」那老頭兒依次把瓷碟放在一張張桌上，小心翼翼的打躬作揖。

遇到有善良心慈的，便掏出一枚銅錢，丟進那破瓷碟裡，但如此肯施捨的人如鳳毛麟角，幾不可見，多數的人，不是漠然的朝那破瓷碟一瞥，就是根本不屑一顧。

那老頭兒淒苦的面龐，乾笑變成了澀笑，澀笑變成了苦笑，挨到門這邊來時，他已經是欲哭無淚了。

阿章關切的伸頭望了望那隻破瓷碟，只見三、四枚銅錢，他不覺的為那老頭兒嘆了口氣。

老頭兒來到門邊最後一張桌旁，又把那隻破瓷碟放在桌上，他好不容易才擠出一絲澀澀的苦笑，哀懇的說：「各位父老鄉親，可憐可憐老叫化子……」

「可憐你他媽的屁，你這老不死的叫化子，怎麼這樣囉嗦，大爺們花錢是來吃茶散悶的，不是來聽你哭喪的。」一個魯莽大漢，橫眉瞪眼的破口大罵，他一把抓起那只破瓷碟，狠狠的往街心扔去，碟子掉在地上，碎成數片，那幾枚小小的銅錢，也四散的滾落開來。

阿章的心不由一陣收縮，人間怎麼到處都有狠心人！他連忙跑到街心，撿起了那幾枚小小的銅錢，

遠遠的伸手遞向那賣唱的老頭兒。

那個老頭兒震驚又恐懼，他忍氣吞聲的望著那大漢，半天作聲不得。

那大漢仍在粗野的罵著：「瞪老子看個球！當心惹發大爺的脾氣，拆了你這把老骨頭！你趁早滾他媽的，老子早就聽著你那捏雞脖子似的鬼二胡，煩得骨酥肉麻了。」

店家連忙走過來打圓場，遞給那老頭兒一枚銅錢，勸道：「趙老倌，你還是快走吧，這位大爺心煩，你就別再惹他老人家生氣了！」

趙老倌木然地接過那一枚銅錢，搖首無言的嘆口氣，頹喪的蹣跚走出茶館。

阿章立即伸著手掌迎了過去，說：「老爺爺，你的錢！」

趙老倌沉痛地望著地上的碎瓷碟，機械地接過那幾枚銅錢，猶豫地從中拈起一枚，遞給阿章。

阿章搖手忙說：「我不要你的錢，我不要——」他親眼看見這幾文錢來得這麼不容易，他怎麼忍心要呢？

趙老倌小心翼翼地揣起銅錢，從背囊中摸出半個沒餡的包子，遞個阿章，低啞的說：「那麼，你吃這個吧！」

阿章正在飢腸轆轆，他嚥了口唾沫，接過那半個包子，三口兩口就吞下肚去，連謝也顧不得說。

趙老倌拖著疲乏的步子，走到一個僻靜所在，蕭索的席地而坐。他愁容滿面的垂著頭，淒楚的老臉一片蒼涼悲戚。

阿章遠遠的看著他，覺得他有幾分像萬福伯，一時竟有些不忍離去了。他想了想，解下頸上的銀鎖，走到趙老倌身旁，懷著些孺慕之情蹲下。他把那個銀鎖，遞到趙老倌面前，真摯而懇切的說：「老爺爺，你好像有什麼難處，把這個拿去賣了吧！」

趙老倌訝異的抬起頭來，不解的看了他一眼，道：「小娃娃，你這是做什麼？」

「送給你，解決你的難處！」阿章孩子氣的笑著，十分認真的說。

趙老倌並不為之心動，他漠然地接過那把銀鎖，仔細地打量了阿章一下，嘆口氣說：「小娃娃，看你這樣子，不是窮人家的孩子，怎麼會跑到街上來閒蕩？」

阿章塵埃滿面，形跡狼狽，他身上的藍綢袍被狼撕破了好幾個口子，傷口的血漬凝在綢袍上，那落魄的樣子，令人直覺的感到，他是個離家出走的孩子。

阿章欲言又止，心上立即狂湧出一陣感傷酸楚。

「小娃娃，你是跟人打架，把衣服撕破了，不敢回去了嗎？」趙老倌和氣的問。

阿章淒哀的搖搖頭，突然忍不住淚如泉湧，像遇到親人般，他終於忍不住哭了起來。

「別哭別哭，小娃娃，我不會要你的銀鎖的，戴上它，你還是快回家去吧！」趙老倌說著，就把銀鎖往他的頭上套來。

阿章用手揩著眼淚，將頭一揚，道：「老爺爺，你聽我說——」

趙老倌正色的望著他，說：「你這小娃娃，看來不像是個調皮搗蛋、捉弄人的小把戲，心地也滿

好的，你家住在哪裡呢？」

阿章悽惻的說：「老爺爺，我沒有家——」

「別亂說了，沒家的娃娃，哪來的銀鎖？」趙老倌舉起銀鎖，瞇起眼睛，仔細的看著，唸道：「長命百歲，福祿壽禧，曲煥章，清，光緒九年製。哦，小娃娃，你的名字叫曲煥章，是不？」

阿章望著他，默默的點點頭。

「這名字取得好，取得好，煥章煥章，你父母是巴望你將來，有光明顯赫的滿腹文章，好榮宗耀祖呢！來來，小娃娃，你戴了你的銀鎖，趕快回去吧！如果做錯了什麼事，只要向父母認個錯，並保證下次不再犯，包管你就沒事了。往後還是好好到學堂唸書去，才不至辜負了你爹媽的期望。」

阿章不由悲從中來，聲淚俱下的道：「老爺爺，我一歲的時候，我的爹媽就死了，連撫養我的姑母，也在十多天前病死，昨天晚上——」他痛哭流涕的把情由敘述了一遍。

趙老倌動容的聽他講完，為之慘然的說：「唉，小娃娃，不想你這副聰明伶俐的樣子，多有福氣的長相，竟會有如此不幸的遭遇。唉，真是人心不測，世道不古啊！往後，你打算怎麼辦呢？」

阿章抬起淚污的小臉，求助的仰望著趙老倌，茫然悽惶的搖搖頭。

趙老倌黯然的沉思了片刻，提著那銀鎖，說：「日子還長呢，難得你還有這副好心腸，不為自己著想，反把這值錢的東西拿來送給我。小娃娃，你的心意我心領了，你還是把這銀鎖好好的收起來吧。」

「老爺爺，我看得出來你有難處，你就把它拿去賣了，解決你的眼前之需吧。反正這銀鎖也不能解決我長遠的生活。」阿章依然誠摯的說。

趙老倌揚聲一陣乾笑，道：「憨娃娃，別傻了，我是有難處的，但這難處也不是靠了你這把銀鎖就能解決的。我焦愁憂慮的是，我這把老骨頭，一天比一天老了，到連飯也討不動的時候，只怕會活活餓死呢！來來，你既然有這片好心，留著我有病痛的時候，再問你要吧！」趙老倌拉過阿章，親熱的把那銀鎖，替他掛在頸上，又關切的道：「這麼說來，你還沒吃飯吧！」

阿章遲疑了一下，說：「吃過了，你給我的那個包子。」

「半個包子，只夠塞塞牙縫，來，我領你到一個地方，找點吃的去。」趙老倌揹上背囊，帶了阿章往前走。

他們穿過鬧市，來到緊鄰大街的一條僻巷，往一道小門走進了一個院子。院牆一角的竹竿上，晾著許多臘肉香腸。石階上有一張木桌，上面堆滿了各種新鮮菜蔬，活雞活鴨罩在籠裡，牆角的水缸裡，養著一些鮮活的大小鯉魚。

透過木格窗戶，便見一口大灶，熱氣騰騰，菜香酒香瀰漫在空氣中。屋簷下也有一張木桌，擺了幾隻洗碗的木盆。一看就知，這是一個酒家飯店的後院。

這時，一個敦厚的中年女人，藍布衣上罩了塊白圍腰，正捧了碗盤進來洗。她一眼看見趙老倌，便喜氣洋洋的招呼道：「趙老倌，今天客人多，喏，看你的桶，早就滿了，這麼多雜菜，夠你吃三天了。」

趙老倌連忙打躬作揖說：「多謝老闆娘，勞您這麼看顧，老天也保佑您家天天生意興隆。」

「咦，趙老倌，這是哪家的孩子，怎麼也跟你來討飯？」老闆娘水聲嘩嘩的洗著碗筷，她看了阿章一眼，漫不經心的問。

趙老倌從洗碗的木桌上，提過那只尺高的菜湯滿溢的小木桶，嘆了口氣，說：「這娃娃的遭遇可慘呢，他爹媽早死了，給他留下了不少田產，他全仗姑媽一手養大，不幸十多天前，他的姑媽又死了，屍骨未寒，他那昧了天良的姑爹和叔叔，想謀財害命，逼得他只好逃了出來。」

那老闆娘聞說，同情的看著阿章，道：「怪可憐的，唉，這也是他的命，喏，趙老倌，那邊桌上還有一盤客人吃剩的碎饅頭包子皮，本來是要留著我們自己吃的，看這娃娃餓癆癆的，怪可憐呢，你們就著這盤子裡的滷汁，端去吃了吧！」

趙老倌當下大喜，連忙端過那些殘湯剩水，叫了阿章，蹲在階前吃了起來。

填飽肚子，趙老倌拎了那隻木桶，千恩萬謝的告辭了老闆娘，走了出來。

已是黃昏時分了，趙老倌帶著阿章，來到城邊一座破廟棲身。

破廟內，連同趙老倌，住著五個叫化子。那四個叫化子，已經先回來了。他們正在缺門斷檻的大殿中央，圍坐在石塊堆成的火堆邊。火堆上架著一隻碩大的破沙鍋，沙鍋內不知煮了些什麼東西，正噗噗的冒著香味翻騰不已。

那四個人中，脫了衣服正在捉蝨子的，是個齊股斷了一條腿的壯年漢子，他們叫他馬大哥；抽著長煙桿的六旬老者，據說是因殺了人，畏罪由遠處逃來此地，他們叫他周老爹；瞎了眼的那個中年人，他們就叫他王瞎子；低了頭吹火的那個，是個四肢齊全，精精瘦瘦的小夥子，生得獐頭鼠目，是個專門偷雞摸狗的小毛賊，他們叫他二賴子，此人嗜賭如命，卻每賭必輸。

看見趙老倌走進來，二賴子停止了吹火，吆喝道：「趙老倌，快把你那份倒進來，趁著火一起煮吧！」

趙老倌走過去，把那桶雜菜湯傾倒在沙鍋內。

馬大哥抬頭瞅了阿章一眼，問：「這是哪來的小子，穿著滿氣派的嘛，趙老倌，敢情是被你拐來做孫子的吧？」

「正是拐來做孫子的呢，嘿嘿，我要有這麼個孫子，那倒真是前世修來的福呢！」

趙老倌道：「阿章，在火邊坐吧。」

阿章怯生生的在火堆邊坐了下來，好奇而忐忑不安的四下張望著。

馬大哥不耐煩再一隻隻的捉蝨子，他把衣服放在火上烘了起來，不一會，便騰起劈劈叭叭一陣爆響，不知有多少隻蝨子掉進火中燒死了，然後，他穿上那件通了幾個大窟窿的破衣服，拿起鍋上的一根大竹片，在鍋裡攪了攪，吸了吸鼻子，咂咂嘴，道：

「唉，有肉味香呢，今晚又打牙祭了。」他望著阿章，道：「小子，你空手來到這裡，算你運氣好，我們這個千家飯，凡是進了這間破廟的，見者有份。」

趙老倌把背囊和二胡放在角落的一條破蓆上，也坐到火堆邊來，不等別人發問，就把阿章的遭遇講了一遍。

阿章窘迫地低垂著頭，承受不住眾人的打量和同情，聽趙老倌講到傷心處，他的眼淚又滾落下來。

馬大哥拍拍阿章的肩頭，說：「小子，不要緊，大難不死，必有後福，看你這副長相，將來定有發跡的一天。」

「是呀，你不過才十一、二歲而已，日子還長遠呢，我們這些老了的、殘了的，都還天天做夢發財走好運呢，你的指盼就更大了。」王瞎子也熱情寬厚地道。

「人生在世上，大凡越遭受奇災怪難磨折的人，將來才越有超人的出息呢。小子，別灰心，別灰心。」周老爹也為他打著氣。

別看這幾個叫化子，他們雖然一個個蓬頭垢面，衣服襤褸，落魄潦倒，卻都有一副火熱的同情心。阿章在眾人殷勤的撫慰下，頓覺一陣陣暖流透身，他那空虛懸吊的心，也踏實了不少。

想不到這些被人世摒棄的叫化子，竟在阿章最孤獨無助的時候，給了他一份友情的溫暖，他心上那股濃郁的悲愴惶恐，不由為之化淡了不少。

二賴子停止了吹火，大叫道：「漲了漲了，小子，今天特別優待你，第一碗就先打給你吧！」他說著在地上抄起了一個破缽，舀了一缽雜菜連湯飯，遞到阿章面前。

阿章受寵若驚，連忙感激的說：「阿叔，多謝了，我和趙老爺爺，剛才吃過了。」

「再吃點，再吃點，小娃娃家，多吃個三五碗飯算什麼，放個屁，打個嗝，就消化掉了。」周老爹說。

「真的，我實在吃不下了。」阿章剛才在那酒家，實在吃得太飽了，他覺得盛情難卻，兩下為難的說。

「唉，不吃就算了，你這小子沒口福！我們今晚這個千家飯，名堂可多呢，你看，內有珍珠翡翠白玉牌，金鉤銀鉤瑪瑙丸！可惜可惜，你竟無福消受！」馬大哥說著端起沙鍋，把那些雜菜泡飯一一打在火堆前的破碗破盆裡。

「珍珠翡翠白玉牌，金鉤銀鉤瑪瑙丸？」阿章困惑的低語。

馬大哥放下沙鍋，用竹片挑起些雜菜泡飯，道：「你看，這不是珍珠（碗豆）？這不是翡翠（青菜）？這不是白玉牌（豆腐）？」——金鉤銀鉤就是黃豆芽、綠豆芽，瑪瑙丸就是皮蛋塊。馬大哥誇張地吸著口水，說：「你看你看，這不都是稀世名貴的珍寶嗎？不吃，豈不是太可惜了嗎？」

「小子，真是的，別小看了我們這千家飯，你趙老爺爺的老祖宗，大宋開國皇帝趙匡胤，當初做叫化子的時候，也吃的這個呢！這『珍珠翡翠白玉牌，金鉤銀鉤瑪瑙丸』，相傳還是他聖口道出的御名，來頭可大呢。」周老爹放下煙桿，端起一碗千家飯，津津有味的吃了起來。

馬大哥就著破沙鍋，拿那寬竹片作匙，大口大口地，稀哩呼嚕的吃了個不樂亦乎，阿章被引得食指大動，也忍不住端起缽吃了起來。

不到頓飯功夫，阿章就發現，這些身世淒涼的斷腸人，十分容易相處，他們雖然只是些吃千家飯的乞丐，卻大都十分豪爽熱情。那種風雨同舟、患難相助的氣概，尤其令阿章感動。

這些身世飄零的流浪漢，幾乎每個人都有段不平凡的經歷，他們的閱歷頗深頗廣，生性達觀而開朗，他們又都有滿腹講不完的掌故和見聞，聽他們娓娓道來，不由令人覺得他們身世淒迷，莫測高深。

吃完飯，他們果然各顯神通，紛紛講述些引人入勝的怪異傳聞，令阿章聽得幾乎入了迷。

那個馬大哥其實並不姓馬，因著他以前是個趕馬人，所以大家就叫他馬大哥。他從來不辯白指正，任由大家這樣叫，他的真實姓名反倒沒人知道。

馬大哥身體健全的時候，一直隨馬幫往返滇緬一帶，靠趕馬討生活。

阿章見他平易可親，就挨近他，放膽好奇的問：「大叔，你的腿怎麼會斷了？」

「被豹子咬去了。」馬大哥果然爽快的說。

「怎麼會被豹子咬去？」阿章憐憫的問。

「還不是因為色迷心竅。」周老爹截口道。

大家哄笑起來。

只有馬大哥不笑，他正色的望著阿章，十分認真的問：「你真的想知道嗎？」

阿章渴切的點點頭。

馬大哥就說了起來：

「那是我最後一次趕馬，我們行到西雙版納的原始密林中，趕馬的人，常常宿在前不巴村，後不巴店的山路上。那天晚上，月黑風高，半夜裡，我起來解溲，突然看見有一個十八、九歲的女子，全身赤條條的躺在草地上，她的身段之迷人，臉貌之美艷，真是形容不出的好看。真的，不是我吹牛，連最有修為的和尚，見了她那副模樣，也會忍不住要動凡心。我正奇怪荒山野嶺的，怎麼會出現這麼個妙麗不可言喻的女子。她卻望著我笑呀笑的——並做著各種迷死人的動作，還不住的把身子扭來扭去，把我的神思撩撥得恍惚起來。我昏昏忉忉忍不住俯下身去，一把將她抱在懷裡，這時，怪事發生了——」馬大哥說到這裡，故意停住了，他睜大雙眼，瞪著阿章——

阿章著迷的傾聽著，他急切的欲知下文！

馬大哥停了一下，才把聲音壓得低低的，道：「你道怎的？我原來以為她光溜溜的身子，到手一定又滑又酥，不想才摸了她一把，便嚇得毛骨悚然，我的媽呀！原來是毛茸茸的呢！我慌忙定睛一看，天呀，那個美艷赤裸的騷女人不見了，被我抱住的，竟是一頭斑爛的金錢豹！」

阿章不由打了一個寒顫，頓時怯意橫生，他恐駭的張大了口，脊樑骨冷陰陰的沁出些寒意來，眼睛眨也不敢眨的瞪著馬大哥。

「就這樣，那畜牲扭頭一口，咬住我的大腿，就往草叢裡拖。我拼命的大叫救命，驚醒了同夥趕馬的弟兄們，我才撿回了半條命。那條大好的人腿，卻給那頭母豹子拖去吃掉了。」

阿章倒抽了一口冷氣，面上不勝惶恐。

趙老倌忙說：「你別聽他瞎吹牛，他是想女人想瘋了，自己編來過乾癮的。」

大家又笑了起來。

不過，馬大哥的腿，確實是被豹子齊股咬斷了的，就因為這樣，才使他淪為乞丐。

阿章不勝惻隱，馬大哥從他的雙眸中讀到了深切的同情。

馬大哥動容地拍拍他的肩頭，說：「小子，以後可千萬別學我，別讓美色迷住了心竅，不然，你馬大叔也不會落到討飯這一步了！」

周老爹抱了些木柴，加在火堆中，一邊撥火，一邊說：「阿章，討飯也沒有什麼見不得人的，大宋開國皇帝趙匡胤，也曾做過幾天叫化子呢。你知道嗎？趙匡胤在浪蕩的時候，一天在妓院吃醉了酒，躺在床上突然顯現出真身來，原來竟是一條金光粼粼的龍呢，把那個李師師嚇得呆住了，才知道他是個真命天子。趙匡胤酒醒後，只見李師師跪在床頭，俯首不敢起來，不禁奇怪的問：『師師，你這是怎麼啦？』

李師師伏身在地，把趙匡胤酒後顯現真身的事，講了一遍，然後懇求道：『等你將來做了皇帝，請你封我為正宮娘娘。』

趙匡胤大笑，道：『我窮途末路如叫化子般，哪有做皇帝的命？也罷也罷，有朝一日我要是真做了皇帝，一定封你做個正宮娘娘！』」周老爹說到這裡，加重語氣強調道：「所以說，人一時落難，並非終身窮困，後來，趙匡胤果然做了大宋的開國皇帝。」

「那他封李師師做了正宮娘娘沒有？」阿章關切的問，生怕那皇帝食言而肥。

王瞎子冷笑道：「難得你這麼有心，倒真是替古人擔憂呢，周老爹把趙匡胤幾代重孫宋徽宗的姘頭，軋到宋太祖頭上去了，李師師當什麼屁娘娘，扯了十萬八千里遠呢。」

周老爹也不辯駁，只是對阿章說：「小子，我的意思是，大凡人都有真命，說不定你也是個上界的什麼文曲星武曲星，被貶下凡，命中註定要遭些磨難，上天叫你多有些能耐，將來才能濟世救人呢。」

「這真是說不準呢，阿章，萬一你真有發跡的一天，可別忘了我們這群老叫化子啊，我們還是你的患難之交哩！」馬大哥十分認定了的說。

阿章拘謹赧然的報以一笑。

趙老倌點點頭，肅容道：「我說真的呢，阿章這個八字命，是有些怪呢，按理說呀，他不被活埋死，也會被狼吃掉，誰知道，居然還能死裡逃生，我敢斷言，阿章今後定有大福呢！」

「說的是，說的是！」馬大哥附和道。

「大叔，既然這麼說，你將來更有後福呢！」阿章不肯獨享後福，也稚氣坦誠的說。

「為什麼？」馬大哥認真的問，「不妨說來聽聽，讓我自己也喜歡喜歡！」他一副陶醉的神情，彷彿很是嚮往。

「你看，豹子咬去你一條腿，你遭這麼大的難，還沒死，不是意味著你的後福無窮嗎？」阿章孩子氣的說。

「嗯，說得真有理，也許是真的呢！我這份後福啊，說不定就是等著將來，沾沾你的光，潤潤你的澤呢！」馬大哥完全贊同的說。

阿章愜意的笑了，笑得好開心，他那懵然不明世故的幼小心靈，也知道自己將來未必就會真有什麼後福，但難友們要撫慰他深受重創的美意，他卻是能體會的。

■

半夜，阿章肚子疼得醒了過來，他睜開眼一看，身邊的趙老倌不見了。

阿章走出破廟，只見外面雲淡風輕，一輪明月浮在天際，灑下一地銀輝。阿章急急的拐進後園，蹲在牆腳匆匆的解完大便。他提著褲子站起來，借著月光，一眼便看見趙老倌，背著身子蹲在一棵大樹下。

趙老倌正在樹下搬動石塊，石塊下掩藏著一個樹洞，他搬開石塊，伸手進樹洞，掏出幾吊銅錢，愛不釋手的撫摸一番，才將衣袋內的幾文銅錢，掏出來一一穿了上去。然後，他就沉醉的趁興數了起來。

阿章冒冒失失的走過去，驚喜的說：「哇，老爺爺，你攢了這麼多錢啦。」

趙老倌大驚失色，惶悚的抬起頭來，忙用破袍遮掩著那幾吊銅錢，他張惶失措的囁嚅著嘴唇，一下子說不出話來。

阿章不明白，趙老倌何以嚇得這般魂飛魄散似的。忙將自己的銀鎖取下來，遞到趙老倌面前，天真的說：「老爺爺，把我的銀鎖也攢上吧，我怕把它不小心弄丟了。」

趙老倌定睛看清是阿章時，才回過一口氣來，他忙將阿章拉了蹲在黑影裡，接過那把鎖，匆匆揣在懷裡。小聲說：「娃娃，你嚇了我一跳了，你可千萬別把這事情講出去啊！這幾吊錢，是我多少年來，一個子一個子兒辛辛苦苦的攢下來的，它們就是我的命根子啊。」

阿章鄭重而懂事的點點頭，連聲說：「我知道，我知道，老爺爺，你放心吧，我決不會講給任何人聽！」

趙老倌將那幾吊錢，小心翼翼的放進樹洞內，又將石塊一一堆起。然後，他悽惻無比的嘆了口氣，說：「小娃娃，這些錢，是我攢來準備買棺材的。我六十歲那年，我的兩個兒子去外面做生意，在路上被強盜殺死了，貨物也全部被搶走，不到半年，家中又失火，燒得片瓦不留。兩個媳婦帶了孫子去改嫁，我走投無路，只有流落到這裡，靠討飯過活了。想不到呀，我的前半生真是榮華富貴，到老來卻這等奔波，孤苦伶仃。你說慘不慘！我如今已是七十多歲的老人家了，卻還無家可歸。如今，我只望死後，能好歹有個安身處，別再叫這把老骨頭，再遭日曬雨淋哪！所以，我一定要生前縱使沒片瓦，死後總得弄口薄棺材啊！小娃娃，你懂我的意思嗎？」

阿章心內一陣悲憫，喉嚨像給什麼堵住了，他使勁的點點頭，哽塞的說：「老爺爺，我懂我懂，等我以後討到錢，我也要拿來給你攢上，你一定能買一副棺材的。」

「那倒不必，小娃娃，只要你千萬別告訴人，我就感激不盡了。」趙老倌不放心的一再叮嚀。阿章真恨不得把自己的心，掏出來給他看看。

趙老倌警覺的說：「別在這裡呆久了，我們還是快回去睡吧！免得引起他們幾個疑心。」

回到大殿後，阿章片刻便睡熟了。

趙老倌心中不定，自然輾轉難眠，始終惴惴不安。他見阿章和眾人都睡熟了，不放心的又爬起來，把那幾吊錢藏到另外的地方去了。

■

天亮的時候，趙老倌把那銀鎖還給阿章，說：「你還是自己收藏起來吧！」他是怕阿章小孩子心性，會今天給了的東西，明天又反悔要回去，是以決不肯要，免得節外生枝。再說，一個失去怙恃的孤兒，他也不忍心佔他的便宜。

阿章見趙老倌執意不肯收了那把銀鎖，也跑進破廟後，想找個隱蔽的地方，將那銀鎖收藏起來。大殿後面，是個荒蕪的菜園，靠牆邊有幾棵高大的樹木，阿章爬上一棵老柏樹，把銀鎖藏在一個松鼠做窩的樹洞內。

周老爹他們還在呼呼大睡。趙老倌揹上二胡，帶了阿章，出外去行乞討食。

走到縣城，太陽升了老高，茶館裡已經坐滿了喝早茶的人。趙老倌遞給阿章一只木碗，叫他沿街去討些吃的，自己就進茶館去賣唱。

阿章拿著那只木碗，忐忑徜徉在街上，他臉上訕訕的，有些灰濛濛的感覺。他實在無法厚起臉皮，坦坦蕩蕩地去挨門行乞。由於他身上那件藍綢袍還有七八成新，每當他畏畏縮縮的站在人家門口，一接觸到人們好奇的眼光，他就羞愧難當，忙把那只木碗藏在衣襟下，慌張而逃。

他躲躲閃閃地在街上蹓了一會，空著手回到茶館來，蹲在門外邊，悶悶的坐著發呆出神。

這一天，他什麼也沒有討到。

接連幾天，阿章由於面皮薄，不敢放膽厚顏乞討，有時見趙老倌討到的飯菜少，他不忍分吃，便謊稱自己吃過了。

所以，他常常是白天餓著肚子，晚上回到破廟裡，才得飽餐一頓千家飯。

那些難友見阿章空手回來，大都不忍指責，遇到有些日子，討來的飯不夠吃，他們也總是勻出一份來給他。每逢這種時候，只有那個二賴子，橫眉豎眼地瞪著他，喋喋不休的罵道：「他媽的，落到當了叫化子，你還充什麼面子？討飯怕羞，吃屎都會被狗攔倒的！」

次數一多，不僅二賴子的難聽話更多，阿章自己心裡也甚覺愧疚。他不得不硬起頭皮，淒淒哀哀的去討飯了。

為了壯膽，掩飾難堪，他提了根打狗棒，拿了那只木碗，低著頭不敢看人，羞怯的走在街上。

不知不覺間，他拐進了一條幽靜的小巷，這小巷高牆夾道，濃蔭匝地，花香襲人，居住的多是些

富商巨賈，官宦人家。

石板舖砌的路面，一直通進深長的巷內，連個人影也不見。那股幽清宜心的舒爽，彷彿遠離了市俗塵囂，遺世獨立。

阿章行到巷深處，倦怠的倚牆而立，他漫不經心的仰首張望，只見晴空湛藍，白雲悠悠。牆頭籠罩著一片悅目翠碧綠玉也似的葉片，在陽光的映襯下，顯得格外晶瑩剔透。

牆腳，蒼苔如絨，墨綠一片，靜謐中，只有微風低吟著穿巷而過。

置身在這夢境也似的小巷裡，不禁令阿章生出些淒清空濛的感覺，聯想到己身的悲涼，一種被人世摒棄的孤寂和傷感，令他忍不住掩面而泣。

他越想越悲傷，越哭越心酸，情不自禁的，他竟放聲痛哭起來。

他的哭聲驚動了四鄰，斜對面的朱漆大門輕輕的打開了一條縫，一個年約八、九歲的小女孩，怯生生的露出半邊臉兒，睜著雙烏溜溜水靈靈的大眼睛，驚奇而憐憫的看著他。一個老媽子站在她身後，探出頭來朝他望了望。

小女孩悲天憫人的小聲問：「王媽，那個小哥哥他為什麼哭呀？」

「不要管他，小姐，那只是個討飯的叫化子！別理他！」老媽子冷漠的說。

「他為什麼要討飯？」小女孩兒天真的問。

「誰曉得？想是他爹娘死了吧！」老媽子不耐煩的關上了大門。

小女孩還在問：「他怪可憐的，王媽，給他點東西吃嘛，好不好？」

「別胡鬧了，這種叫化子，就像些餵不飽的狗，給了一次就沒完沒了啦！」老媽子說著，就到井邊去繼續洗衣服。

那個小女孩仰著頭，大黑眼睛閃閃發光，她側耳聽聽，那個討飯的小叫化子，還在嚶嚶哭泣呢！

小女孩鼻子酸酸的，也忍不住想哭起來，她戚容的聽了一會，趁老媽子不注意，就悄悄的溜進廚房，只見大長桌上，放著好大一盆煮熟的粽子，她慌忙拎起一串七八個粽子，偷偷的溜了出來。

阿章正滿腹淒楚，陡覺身旁多了道人影，他趕忙抬起頭來，只見一張白嫩嫣紅、水蜜桃似的小臉，瞪著雙盛滿了同情和悲憫的大眼睛，怯生生的站在他面前。

阿章呆住了，那小女孩羞澀而恐慌的，將那串粽子快快的、默默的往他手上一塞，就像隻受驚的小貓兒，轉身一溜煙的跑進對面那朱漆大門中去了。

阿章捧著那串粽子，陣陣甜香飄進他的鼻端，他怔怔的一陣發愣。那小女孩美得像天上掉下來般的迷人，她輕巧伶俐，纖塵不染。她穿一身鵝黃色、鑲黑滾邊的衣服，阿章回味無窮的想著她那水蜜桃似的小臉兒，及小臉兒上那雙黑油油亮晶晶的大眼睛。

阿章快要乾涸的心靈，被小女孩芬芳的甘露，滋潤得柔和起來，他用衣袖胡亂的揩揩眼淚，躊躇的走到那扇朱漆大門前，果然，那對大黑睛還在兩扇門縫中默默的注視著他。

阿章臉上飛起一道赧紅，那對大黑睛與他匆匆打了個照面，就被疾速掩攏的大門遮去了。

阿章若有所失，倍覺難言的空虛，他悵然的看見，朱漆大門上方兩側，高掛著兩隻紅紗燈籠，燈籠上各寫著『黃寓』兩個大字。那麼這個小女孩，必定是姓黃無疑了。她叫什麼名字呢？阿章好想敲敲門，把她叫出來問問。

但他不敢！他清楚的明白，此番，他不再是以前趙官村曲家那個小少爺！此番，他只不過是個流落街頭的小叫化兒！卻居然有那麼一個金童玉女般的小女孩，跑來送給他一串粽子，這是真的嗎？

阿章看著手上沉甸甸的粽子，知道並非做夢，心中不由更感激起來。他感激的不僅是這串可以果腹的粽子，還有送粽子那片純真的同情。

這串粽子，是他淪為乞丐以來，第一次『討』到的食物，這串粽子，將使他終身難忘。以後，他常常在夢裡，見到那個小女孩。

雖然，有了這次『討飯』的經驗，阿章對討飯這行當，依然還是視為畏途，為了像模像樣，他故意不洗臉不梳頭，弄得蓬頭垢面的，那身藍綢袍，也髒得不辨前貌了。這副樣子，倒真像叫化子了。

但每當別人叫他『小叫化子』時，他仍然會羞慚得抬不起頭來，恨不得地上馬上裂條縫，讓他立刻鑽進去。

他也唯恐自己有一天，會像馬大哥他們一樣，對這乞討生涯處之泰然。他雖小小年紀，由於多讀了幾天書，畢竟懂得，大凡一個人，對逆境覺得無所謂時，就不易從中拔出來了。所以，他有時寧願挨餓，也要盡量顧惜一點自尊，這也就是，他不再到那小巷去打食的原因。

世界上像那小女孩一般好心眼的人，並不太多。阿章常在街頭巷尾，遭到許多頑皮孩子非難的襲擊。他們常常用小石子打他，或是將馬糞蛋甩到他臉上來。

特別令他難堪，而又無可奈何的是，每當他好不容易才厚起面皮，鼓起勇氣，托缽站在人家門口時，每每便有些做父母的，就會趁機把他當做活教材，教訓自己的孩子說：「你們看，這個小叫化子，他不肯好好唸書，才被父母趕出來討飯！」

或者說：「你們看，這個小叫化子不學好，會偷別人的東西，所以他的父母把他遺棄了。」

這些冷酷無情的指摘，像淩遲般的割痛了他的心。他這才深刻的體會到，淪為乞丐的人，在世人眼裡是既沒人格也沒尊嚴的，任何人都可以按自己的想法，替他加上任何罪名，任何人都可肆意踐踏他的人格和自尊。

唯有阿章深受創傷的心靈中，知道自己並非不肖子，更非偷竊兒，只是因為幼年失去怙恃，而不幸成了同族傾軋的犧牲品，才迫使他淪落街頭。

阿章就在這苦難的泥淖中，飽受著社會無情的鞭笞。

他覺得每天最輕鬆快活的時光，莫過於傍晚回到那間破廟，坐在火堆邊，舒心愜意地飽餐一頓百味雜陳的千家飯，然後就撫著漲鼓鼓的肚皮，津津有味的聽趙老倌他們聊天。

叫化子們大都在自己天花亂墜、口沫橫飛的吹牛中，才能找回迷失的自我，也才能趁機麻醉一下淒苦的心靈。

這幾個叫化子，一到白天，就像打食的鳥雀，先後傾巢而出，午間這頓飯，他們都在外面自己解決，黃昏時才提著些討來的殘湯剩水，回到破廟來團聚，共進晚餐。

共進晚餐，是他們困苦凋零的生涯，苦中作樂的生活調劑，不外藉此增加一點『家』的感覺。

叫化子討飯最易的季節，是春末秋初並整個夏季。因為這期間氣候炎熱，食物放久容易敗壞，所以，大多人家都肯把吃剩的食物施捨。還有逢年過節，或是有紅白喜事的地方，也是叫化子沾光的好機會。

春初秋末，打食已不易，而最慘的就是冬天。天冷食物易於貯藏，小戶人家多捨不得拋撒，大戶人家高牆大院，惡狗狠僕當門而立，叫化子簡直就畏而卻步。

到了寒冬時節，討飯的叫化子衣不蔽體，食不果腹，靠乞討維生的人，最怕的就是喝西北風的冬天。

而冬天，居然很快就來臨了。

3

天將晚，如血的殘陽，漸被陰暗的薄暮吞沒。倦歸的昏鴉，聒噪著棲宿在老樹梢頭。狂風噴著沙礫落葉，呼嘯而過。阿章瑟縮著瘦小的身子，俯在田陌邊的清水溝旁。他正用手上的破鍋，打起半鍋寒徹骨髓的清水，一口一口的吞嚥著。

阿章腹中的饑火，並未被僵冷的涼水潑熄，卻轉成了另一種空寡的滋味，令他胃囊收縮絞痛，直將那些清水排斥著，水從口中嘔吐了出來。

阿章刀絞腸肚似的嘔吐不已，再也無法喝那冰冷的清水了，他虛軟無力的潑掉破鍋裡的水，無力的用手揩去下巴的水漬，拖著虛弱的雙腿，一步一步的往破廟走去。

他身上那件單薄的夏袍，早就又髒又破了。刺骨的寒風，刀割一樣的刮在他身上。他瑟縮的顫抖著，交臂抱在胸前。左手拎了討飯鍋，右手提了打狗棍，步履蹣跚的走回了破廟。

破廟滿目淒涼，一片冷火清煙。

趙老倌他們全回來了，一個個蕭索的倒頭悶睡。討不到吃的，柴火也燒完了，誰都懶得去拾。嚴酷的冬天，奪去了他們僅有的一點樂趣——聊天。

餓著肚子，誰也沒興趣再吹牛皮了，一個個瑟縮的睡在僵冷的地上，落寞的聽自己的腹如鼓鳴，齒打寒顫。

周老爹受了風霜，飢寒交迫，他已經病倒了好幾天了，一直在發高熱。一到刮風天，馬大哥的斷腿處，就疼痛徹骨，鑽心透髓。

阿章原以為，回來能撈到點吃的，見此情景，不由失望的一陣悲傷，他默默的嚥嚥口水，無奈的放下破鍋和打狗棒，悄悄的在趙老倌身旁躺下來。

趙老倌的身子往外挪了挪，嘎啞的說：「阿章，你回來了，哦呀，你的身子僵凍得像塊冰似的，來，擠緊些，我暖著你！」

趙老倌伸出手來，黑暗中一陣摸索，從枕邊的背囊，掏出幾塊碎包子皮，塞在阿章手中，說：「快吃了吧，肚子裡有點東西墊底，身子就會暖和些的。」

「老爺爺，你自個吃吧！」阿章知道這幾天討食不易，連忙推卻。

「我吃過了，吃不下才留給你的。快吃快吃，少講話，省點力氣好做夢。」趙老倌說。

阿章整天顆米未進，聞到包子皮其香無比的味兒，他也就不再客氣的，將那幾小塊包子皮，幾口吞進肚去了。

那邊，周老爹呻吟著低呼道：「阿章，給我吃口水，我，我心裡像著火似的，阿章——」

阿章聞聲連忙翻身爬起來，口中應道：「周老爹，我來了。」他在破沙鍋裡舀了一碗水，端到周老爹面前，立即感到周老爹身上，發出一陣熏人的熱浪，周老爹扎實燒得緊呢。

阿章一手攙扶著周老爹，一手將碗遞過去，周老爹將那碗冷水一飲而盡，僵冷的水，逼退了他體內的燒熱，他立即覺得清爽了。

阿章扶他躺下來，關切的道：「周老爹，我看你老病成這樣，得找個郎中來看看……」

「別說夢話，小子，周老爹哪有錢找郎中？周老爹只有一個乾癟癟的肚臍眼（比喻沒錢）。小子，你去睡吧，風扎實吹得緊呢。」周老爹喘息著說。

阿章陷落的雙眸，在黑暗中一陣閃爍，他突然決定了什麼似的，成竹在胸的說：「周老爹，你放心，明天我就有辦法，替你找個郎中來。」

周老爹不作聲的只是呻吟，心裡卻被這孩子的坦誠關切，深為感動。

阿章回到舖上，興奮的對趙老倌說：「老爺爺，我想把我的銀鎖賣了，給周老爹醫病，你說好不好？」

醫病？這對叫化子來說，是多麼不敢想像的奢侈。

趙老倌不同意的說：「再看看吧，我們這些被多少風霜雨雪，日曬雨淋，打煉得快要成精成怪的老叫化，什麼病呀痛呀的，不都是扎掙挨他個三五天，不也就好了，別急別急。」

阿章還想再說什麼，又覺得有些不好意思的打住了。因為他已經不知有多少回，在眾人面前表示過，要賣了那銀鎖，來解決別人的困難。而至今，那把銀鎖還是沒有賣掉。

他不懂得那是老乞丐們的惜物之心，並非認為他是口是心非。

阿章卻憨直的一心以為，此番非把這銀鎖賣了，便不能剖白他對眾人的誠心，他當下打定主意，

也不再說話，就呼呼的睡了。

半夜裡，趙老倌輕輕的爬起來，他要把這幾天討到的幾文錢，拿去藏起來。

趙老倌躡手躡足的走出大殿，警惕的回首看看身後，又見眾人都酣臥在舖，便連忙潛進後園。到了後園，他又小心地顧盼了一下四周，確定了沒人跟蹤，他才趕忙摸到了牆腳，刨開泥土，摸到了裝錢的土罐，他把那幾枚銅錢，匆匆的穿在錢串上。

趙老倌不敢耽擱太久，將錢塞進罐子，刨土掩上洞口，便站了起來。

他回身正要起步，冷不防的看見那洞門邊，恍惚有黑影晃了一下。趙老倌連忙警覺的追過去，夜色下一片靜寂，大殿上的長廊空蕩蕩的，並不見任何異樣的蹤影，唯有冷風吹過，樹影婆娑。

趙老倌鎮定了片刻，想是自己太神經過敏了，被風吹草動虛驚了一下。

他這樣想著，便放寬心的返去睡覺。

天寒地凍，大冷天的早上，誰都想多睡一會，阿章睡到日正當中，尿袋脹得憋不住了才爬起來。

趙老倌照例早早就出去賣唱了，連馬大哥、王瞎子、二賴子，都已經分頭出去打食了，只有生病的周老爹，還躺在地舖上哼唧。

阿章看了周老爹一眼，也顧不得說話，趕忙先跑出去解溲。

然後，他跑進後園，爬上樹去，從松鼠窩內，掏出自己那把銀鎖。

他得意揚揚的走進破廟，一手拎了那把銀鎖，孩子氣的在周老爹面前晃了晃，說：「周老爹，把這東西賣了，就可以為你請郎中來了，你扎掙再忍一忍吧。」

「阿章，不要賣，趙老倌說得不錯，我們這些老不死的叫化子，不會這麼容易就去見閻王的，你不要賣！」周老爹竭力的阻止著阿章。

阿章望著他枯槁的病容，蹙眉無語的揣起銀鎖，拎起破鍋和打狗棒，一溜煙的跑出去了。

阿章走到牛記茶館，吃早茶的人都散了，午間飯後，茶館裡的客人，通常寥寥無幾，要等到晌午，客人才會多起來。

趙老倌不在茶館裡，想必也是討吃食去了。

阿章肚皮餓得貼住了脊梁骨，他的雙腳軟綿綿的，一點力氣也沒有。他決定先去討點吃的再說。穿過橫街，他不期然的看見趙老倌揹著二胡，正走進棺材店去。阿章連忙跟了過去。

趙老倌訕訕的站在棺材店中，很不自然的打量著那些棺材。

店老闆斜靠在櫃檯上，翻起眼皮看了他一眼，冷冷的道：「老叫化子，怎麼？也要準備料理後事了麼？」

趙老倌僵澀澀的擠出個笑容，陪了些小心，道：「老闆，一副普通的黑漆棺木，要多少錢？」

「十吊！十吊！老叫化子，如果你真能拿出八吊錢，我也賣給你了！算我做公德吧！」店老闆抿抿嘴，故意顯得慷慷慨慨的說。

「八吊就賣，真的嗎？」趙老倌眼睛發亮，喜出望外的說。

「當然是真的，哄你幹什麼，你一手交錢，我一手交貨，馬上就叫挑腳的給你送到破廟去。」店老闆心中卻犯疑著，他不大相信這個老叫化子，真的一下子能拿出八吊錢來。

「好！好！八吊就八吊，我剛好有這個數目，我這就去拿。」趙老倌昨晚受了一場虛驚，一夜心驚肉跳的，他唯恐夜長夢多，發生意外，決計先把棺材買下。

趙老倌輕鬆的走出棺材店，只見阿章候在門外，他眉梢眼角堆了些抑止不住的喜意，難得的展顏笑了笑，說：「阿章，你聽見了嗎？這店老闆的心腸蠻好的，他說只要我拿出八吊錢，原來賣十吊錢的黑漆棺木，他就虧點兒賣給我啦。」

走到僻靜處，趙老倌又說：「八吊錢真的不算貴，這個價是公道的，阿章，前天我數過了，我總共已經攢得九吊多錢了，八吊買了棺木，還剩下一吊多錢，還可以縫套壽衣呢！唉，熬了這麼多年，也算熬到頭了！」

阿章興高采烈的道：「老爺爺，這下可好了，晚上天冷，我們兩個還可以擠在棺材裡睡覺呢，四面不透風，可暖和呢！」

趙老倌喜滋滋的，含笑從懷裡掏出兩枚銅錢，遞了給阿章，說：「我今天心裡頭著實高興呢，阿章，這兩文錢，你拿去買點東西吃吧。我的老屋有了著落，也就不必再這麼節省了。」

阿章接過那兩枚尚沾著趙老倌體溫的銅錢，歡天喜地的跑了。

趙老倌駐足轉過身來，樂呵呵的望著棺材店，他想像著，那些棺材中的一口，將要被自己選中，抬回破廟成為己有，真是樂得心頭癢酥酥的，連忙趕回破廟去拿錢。

阿章買了兩個熱氣騰騰的鮮肉包子，甜甜的一口咬下，肥美可口的餡汁，立即香噴噴、燙呼呼的流了滿口，那滋味真甜美得令他欲仙欲死。

只可惜這兩個包子不經吃，才這麼幾口就吞進肚去了。阿章回味無窮的，不住舔著手上的漬汁，他盤算著賣了銀鎖，要先買他十個大肉包子，慰勞一下自己淒苦的肚腸，然後再去替周老爹請個郎中。

遠遠的，阿章看見銀鋪了。

銀鋪裡，客人並不多。

阿章掏出那把銀鎖，緊緊的捏在手中，他不敢逕直的走進銀鋪，這種地方於他而言，真是高不可攀，使他畏縮生怯。

他貼著牆壁，一步步的挪過去。

到了銀鋪幾尺開外，阿章膽怯的停了下來，他伸頭縮頸的猶豫著，忐忑不安的沒勇氣走過去。出入銀鋪的人，多是錦衣華服，趾高氣揚。阿章卻鳩形鵠面，鶉衣百結，相形之下，他更洩氣了。然而，總不能白跑一趟吧。

阿章窘迫地僵在那裡，躊躇了又躊躇，猶豫了又猶豫，最後，他終於垂眉縮肩，硬起頭皮，畏瑟趑趄的放膽走了過去。

銀鋪裡，突然雄糾糾地竄出個壯漢來。

阿章的腳還未踏進門檻，就被那壯漢兇胸一拳，打出幾步遠。

阿章一個踉蹌跌坐在地上，討飯鍋也掉落了。

「臭叫化子，瞎了眼了嗎？討飯也不看看地方，這裡是任你隨便撒野的地方嗎？」那壯漢兇狠的喝道。

阿章被打得兩眼冒金星，他慌忙翻身坐了起來，舉起手上的銀鎖，帶著哭聲分辯道：「我不是來討飯的，我是來賣這個的！」

那壯漢眼睛一亮，一步縱到他面前，劈手一把奪過那銀鎖，拎起來左右看了一下，切齒冷笑道：「你他媽的臭小子，這是你從那裡偷來的？」

「不是偷來的，是我自己的。」阿章委屈的怯怯分辯。

「不是偷來的才有鬼，小子，你快滾吧，不然老子三腳兩腳，就把你踢死了，你死了，還是個賊名難逃，快滾！」那壯漢說著，一腳揚起，把阿章的討飯鍋踢飛了，他揣起阿章的銀鎖，回頭就走。

阿章悲憤滿腔，又氣又恨，他不顧一切的抱住了那大漢的腳，哭喊道：「賠我的銀鎖來！賠我的銀鎖來！」

『啪』！阿章頭上挨了重重一拳，打得他直發黑暈。緊接著，腹部又中了一腳，他被那兇漢踢出好遠。額頭也被石塊擦破了，一縷鮮血流了出來。

「臭小子，看你還滾不滾！」那兇漢兩手叉腰，神氣活現的獰笑著。

阿章真想衝上去，扭斷他的脖子，把他的狗頭拿來當球踢！方解心頭之恨。

然而，他知道，衝上去的結果，是自己的脖子，會被那兇漢扭斷。他強忍了一肚子怨恨，畏瑟的撿起討飯鍋和打狗棒，哀哀切切的哭著走開了。

他那好幾次要用來幫助別人、解決困難的銀鎖，就這樣被人強搶去了。

■

再說，趙老倌兩腳生風的回到破廟，他徑直走進後園，他還未走到牆腳，入眼就是一陣驚駭，他的面上也立即籠上一片可怕的陰影，剛才還熱呼呼的心，頓時凜凜然的冷了半截。

再急急的走上一步，趙老倌面如死灰的呆住了——

像個惡夢般，他恐懼萬分的看見，地上堆了一堆土，那牆洞被刨開了，他裝錢的那隻罐子，空空如也的滾在一邊。

如遭雷擊，趙老倌雙眼發直，他慘厲的失聲大叫：「天啊天啊！我的錢呢？我的錢呢？我買棺材的錢呢？」

他一下子撲在那堆土上，拎過那隻空罐子，伸手進去一陣亂掏，「天啊天啊，我的錢呢！我的錢呢！我的錢呢……」

趙老倌痛不欲生，淒苦無告得渾身瑟慄，可憐他老淚縱橫。他緊緊的抱著那隻空罐子，一屁股坐

在地上，搥胸搓足一陣狂嚎。

他發狂一樣的扔掉空罐，兩手死命的捶打自己的頭，他的指甲深深的摳進頭皮，頭皮被摳得滲出血來，染在枯白的頭髮上。

他沒命的用那兩隻瘦骨嶙嶙的老手，在泥土中猛烈的亂抓亂刨。地上硬生生被刨起了一個大深坑，趙老倌的十個手指甲，也刨得甲裂肉綻，鮮血模糊。

「天呀天呀，我的錢呢？我的錢呢？我養老送終的錢呢？」趙老倌渾身亂抖，淒絕的舉起血糊糊的兩手，朝空一陣亂抓。

他那淒厲無比的哀號，像隻行將被宰的老牛在嚎叫，又像深山老猿蒼涼的悲啼，令鐵石人也欲墜下淚來。

趙老倌失魂落魄的跑到街上，一路哀叫著：「天啊天啊！我的錢呢？我的錢呢？我養老送終的錢呢？」

他沒命的狂奔進縣城，瘋狂的撞翻了路邊的水果攤，瓜果滾了滿地，再往前猛衝，卻撞在一架牛車上，他跌在地上了。

趙老倌跌跌撞撞的爬起來，鼻青臉腫，他搖搖擺擺的繼續往前去，行人驚悸的四散躲開。

趙老倌昏昏忉忉的闖在一匹馬股上，馬受驚的飛起後足，將他狠狠的踢翻在地上。

趙老倌爬不起來了，趴在地上直喘粗氣，許多人漸次圍上來看熱鬧。

阿章混在人群中，駭異的看見了趙老倌，他連忙分開人群，跑過去攙扶他。

阿章面上淚痕狼藉，他震驚的看見，趙老倌面色死灰，嘴唇發烏，雙目血紅，散亂的頭髮沾著血漬，他的兩手血糊糊的沾著些黃土，幾片指甲要掉不掉的粘在指端，模樣實在悽慘無比。

阿章惶悚的連忙急問：「老爺爺，你怎麼啦？你怎麼啦？」

「天啊天啊，我的錢呢？我的錢呢？我養老送終的錢呢？」趙老倌分明已經認不得阿章了，他只是兩眼發直的亂叫。

阿章立即明白，趙老倌千辛萬苦積攢多年的錢被人偷去了。他一下子駭得透體冰涼，不由圓睜雙目，悸聲道：「老爺爺，這是真的嗎？你的錢，真的不見了嗎？」——他真是不敢相信。

「哦喝喝！我的錢呢！我的錢呢？我養老送終的錢啊——」趙老倌拍天打地的哀號著，令人心酸的縱橫老淚，點點直落。

看熱鬧的人群；居然還有人在說：「你們看，這個老叫化子，想錢想瘋了……」

這時，馬大哥雙手撐地，磨轉著臀部趕來了，他兜胸一把抓起阿章的衣服，急怒交加的道：「阿章，老實說，是不是你偷了趙老倌的錢？快拿出來還給他！不然，我就掐死你！」

阿章悽惶的心上，萬分的委屈，他放聲狂喊：「我沒有我沒有，我沒有——」他餓死也不會做出這種喪天良的事的。

「阿章，不要逼死趙老倌，沒有這份錢，他活不下去的！」馬大哥情急的揪住阿章的前襟，一陣亂搡亂搖，連懇求帶命令的說。

王瞎子也點著竹竿趕來了，他說：「馬大哥，放開阿章，不關他的事，我敢十拿九穩的說，一定是二賴子幹的好事。昨天晚上，我分明聽見趙老倌半夜裡起來，二賴子就馬上偷偷跟了出去。我本想今天瞅空告訴趙老倌，叫他提防著點的，誰想誰想……」王瞎子哀切的哭了起來，哽塞的說不下去了。

瞎子的聽覺最靈敏，這麼說來，不是那個二賴子，還有誰呢！

馬大哥放開阿章，切齒怒道：「這狗娘肏的二賴子，這天殺的入娘賊，我們去找他吧，他一定在劉慶賭坊。」

馬大哥說著，就兩手撐地，抬著那條獨腿，轉身欲走。

王瞎子忙道：「馬大哥，別白跑了。那爛死賊拿走了那麼多錢，一定逃往他方去了，你找不到他的。我們還是先把趙老倌扶回去，好好勸勸他吧。」

趙老倌渾身篩糠樣的亂抖著，他突然停止了哭喊，緩緩的抬起頭來，用一種恐懼、怨毒、絕望的眼光，匹厲的掃視著周圍的人群。

他那眼光，像兩把利刀，像兩簇恨火，不，確切的說，像兩個幽深不見低的絕望深淵，空洞而悲濛得嚇人。

王瞎子和阿章沉痛憫然的去攙他。

趙老倌猛的將兩手一甩，不住的狂嘯：「我的錢呢？我的錢呢？我養老送終的錢啊——」他那哀慟的狂嚎。一聲比一聲高，一聲比一聲慘。當真是令人裂肝碎膽，淒厲痛絕無比。

趙老倌哭號得天欲崩地欲裂。

陡地，一股鮮血從他口內狂噴而出，他兩眼發白，雙手抓胸，半晌回不過氣來。緊接著，他全身不住的痙攣抽搐，他一頭栽倒在地上，片刻便氣絕身亡了。

他的兩眼仍直勾勾的瞪得老大。

趙老倌含恨而死，卻死不瞑目。

■

這是一支最令人悲戚的送葬隊伍。

王瞎子和周老爹，抬著破蓆裹著的趙老倌屍體，阿章扛著把撿來的鈍缺的鋤頭，牽了竹竿在前面引路。馬大哥揹著些討來的香錢紙火，兩手撐地，艱辛的挪移著身子，遠遠的跟在後面。

到了亂葬崗，周老爹和阿章輪流挖坑，把趙老倌草草掩埋了。

馬大哥在墳前燃起香和紙錢，其餘的人，容顏悽慘，蕭索的席地而坐。

趙老倌死了，死了還是沒有可遮風雨的『屋』。

阿章回想起趙老倌的種種好處，如今已幽明殊途，不由倍覺悽慘的痛哭起來。

周老爹聯想到自己的身世，不由蒼涼的一聲嘆息，哀怨道：「命啊，這是命，古老人早就說過，

人生一切皆是命！」

阿章淒楚的哭著，心中不甘的喊道：「我不信，我不信，趙老爺爺，你將就好好安息幾年，等有朝一日，我一定要為你買付上好的棺木，將你重新好好的安葬，讓你在九泉之下，不再擔心日曬雨淋……」

阿章哭著站起來，到山坡上挖來一棵小松樹，栽在趙老倌墳前。

馬大哥撿了塊小石子，在小松樹上用力的刻上『趙老倌之墓』幾個字。

為了打食裹腹，王瞎子和周老爹先離去了。

馬大哥落寞的蹙著眉頭，垂首抱膝的呆坐在墳旁。

直到阿章哭累了，馬大哥才嘆口氣，說：「阿章，你過來，我有話給你說——」

阿章揩著眼淚挪挪身子，在馬大哥身旁坐下來。

馬大哥拍拍他的肩頭，說：「小子，討飯對你來說，可不是長遠之計，你一定要想法掙出這個泥淖！」

阿章抬起頭來，迅速地看了馬大哥一眼，心中不由湧起一陣由衷的感激。他知道馬大哥對他有一種至誠至善的關切。

馬大哥悲涼的嘆了口氣，說：「你看見了，叫化子的下場都是這樣，活著狗不如，死了不如狗，最大的恩遇，也不過是一粥一飯的施捨。你年紀雖說還小，但卻四肢健全，為什麼要甘願過這種日子呢?阿章，去闖吧!靠自己的勞力換口飯吃，本事是在實際生活中磨練出來的。只有在求上進的困苦中，人才會有出息。最起碼，才活得像個人!」

「大叔，我早就這樣想了。」阿章哽塞而激動的說。

「有種!阿章，我們過這種生活，實在是萬不得已，但你和我們不同，你年紀尚小，身子雖然瘦弱些，但好手好腳的又沒什麼病，往後你有的是奔頭呢!你願意去趕馬嗎?」

「趕馬?我願意!我願意做任何事，只要不再討飯。」阿章勇敢又堅決的說。

「那好，撫仙湖畔有個大楊莊，那莊上我有個趕馬的朋友，人家都叫他楊二爺，他自己有二十多匹牲口，全是呱呱叫的大騾子。你如果願意，今天我就帶你去投奔他!」馬大哥直人快語的說。

「大叔，你只要告訴我，他的住址和怎麼走就行了，我自己去找他吧!」阿章不願意馬大哥太勞累。

「你是怕我走不動，是嗎?」馬大哥苦澀的笑了笑，「我們一塊兒去，一天走不到，就走兩天嘛!我也想去會會楊二爺，我們是多年的老朋友了。況且，人說見面就有三分情，衝著我這薄面子，他想必會收下你的。我們這就走吧!」馬大哥說著，就兩手撐在地上，挪移著身子往前走。

■

馬大哥以手代步，手上各墊著一個蒲草包，以減輕手落地時，沙石的摩擦。

第二天黃昏，他們終於來到了撫仙湖畔。

撫仙湖畔，風光旖旎，景色怡人，夕陽下，綠波盪漾，白帆點點。

阿章展開眉頭，指著湖畔的一座村落，快活的叫道：「馬大叔，想必那裡就是大楊莊了吧！」

「正是呢，你看村子當頭那幢青磚瓦房，就是楊二爺的家了。」馬大哥展顏一笑，渾身的疲勞，彷彿已讓撫仙湖的明媚風光，滌盪殆盡了。

那青磚瓦房的院門洞開，一眼便見院中的空地上，散置著許多馬鞍子。

馬大哥見狀笑了笑，又說：「楊二爺八成在家呢，阿章，我們來得正是時候。」

他們行到門前，只見一個八、九歲的小男童，蹦跳著跑出來，看見馬大哥和阿章，他歪著小腦袋打量著他們，口中同時揚聲呼叫道：「媽！門外面來了兩個討飯的叫化子！」

裡面有女人的聲音應道：「冬狗，給他們一人一碗冷飯，打發了吧！」

「冬狗，認不得你三叔了嗎？」馬大哥在門檻邊停下來，笑著說。

冬狗的黑眼睛滴溜溜的轉了幾下，困惑的盯著馬大哥看了半晌，方興奮的叫道：「你是三叔？是被豹子咬去大腿的那個三叔麼？」

「正是呢，冬狗，你爹在家嗎？」

「在呢！我爹正準備打了馱子，要到西雙版納去趕煙會呢！」——趕煙會就是鴉片收穫的季節，通常在農曆正月立春以後。

冬狗說著跳上前去，熟絡的拉著馬大哥的胳臂，一個勁往門裡就拖，阿章跟在後面走了進來。

冬狗快活的大叫：「爹，媽，被豹子咬去大腿的那個三叔來啦。」

冬狗的母親楊二嬸，正端了一缽冷飯走出來，聞聲停了下來，舉目看了看，驚詫了片刻，方笑道：「可真是他三叔呢，唉呀，老三，你是怎麼來的？就這樣走來的麼？真難為你了。冬狗，快去叫你爹來。老三，堂屋坐。」

馬大哥和阿章在堂屋坐下來，楊二嬸一面寒喧，一面泡茶端過來。

一個年紀四旬開外的中年大漢，生得粗眉大眼，絡腮鬍，紫膛臉，渾身的皮膚被曬成古銅色，一副飽經風霜的粗壯模樣。他的辮子盤在腦門上，身穿一襲藍布直裰，腰間繫根黑布腰帶，前襟撩起塞在腰帶內。他大步的走了進來，這人正是楊二爺。

馬大哥在椅子上挪了挪身，雙手一揖，招呼道：「二哥，別來無恙，生意也順利吧？」

「還好還好，老三，想不到你會來呢！我以為你已經把你老二哥我忘記掉了。」楊二爺笑著在馬大哥右側坐了下來，一眼瞥見阿章，問道：「這是哪家的小娃？」

「二哥，三弟我正是為了這小子，特地趕來找你的。這小子是江川縣趙官村那邊的人，他爹媽都死了，無依無靠的。不知你這裡可需要一個打雜的幫工，看他好手好腳的，馬虎討碗飯吃，割草放馬總是可以的吧？」馬大哥道。

楊二爺打量著阿章，道：「這有啥難，眼下我們正要打點了馱子，到猛馬去趕煙會，馬幫上路多

個人少個人無所謂。」楊二爺說著，斜抬起半邊臉，望著阿章，道：「不過，小子，看你那風都吹得倒的樣子，你吃得下這份苦嗎？趕馬人吃不下苦，是不行的噢。」

阿章毫不畏怯的應道：「我吃得下，只要不再討飯，再苦我也不怕。」

「好啊，只要能吃苦，磨練幾年也是個好幫手。老三，就讓他留下吧。」楊二爺應允道。

「那麼，就拜託二哥了，這小子，看他待人忠誠又厚道，又有幾分聰明，所以，我不忍他好端端在乞丐行中淪落，便帶他來投奔二哥，阿章，還不快過來謝謝楊二爺。」馬大哥喚道。

阿章怯生生的連忙走過來，伏在楊二爺腳前磕了一個頭，口中小聲說：「多謝楊二爺！」

「起來起來，往後就是自家人了。一下吃過晚飯，洗了澡，叫冬狗他媽找兩套舊衣服給你換換。」楊二爺和氣的說。

阿章拘束的謝過了，退到一旁坐了下來。

楊二爺嗔怪的對馬大哥說：「老三，你是怎麼搞的，竟不告而別。寧肯流落街頭，去叫化討飯，也不肯在你二哥這裡住下來，這未免太看不起人了吧？」

「二哥，話不是這麼說，我的脾氣你又不是不知道。」馬大哥歷盡滄桑，看透了世態炎涼。他淡然的笑道，眸中卻掩不住的，流露出無限的悲涼和蕭索。

「老三，這次來了，就在你二哥這裡住下來吧。一天三餐粗茶淡飯，有得給你吃的。」楊二爺懇切的說。

「算了，二哥，反正在那裡都是討飯吃，何必一定要在你這裡討！」馬大哥一口回絕。

楊二爺圓睜怪眼，惱道：「你還顧什麼面子呢？阿蓮已經嫁到玉溪去了，這裡再沒有人使你難堪的了。」

馬大哥的面色陡地變白了。

阿蓮原是他的未婚妻。

「哈哈！」馬大哥怪聲大笑起來，「二哥，你還提她做什麼？她走她的陽關道，我過我的獨木橋，誰也不會使誰難堪的。再說，她有權利嫁她的人。我的一隻腳早到閻王殿報到去了，半個活死人，連日子都過不成了，還有什麼面子好顧呢？」

「老三，別多心，你知道二哥不大會說話，你也總知道，二哥待你的一片真心。」楊二爺歉然而懇切的說。

馬大哥拍拍他那條獨腿，大笑道：「二哥，難得你這片真心，別的我不指望，只指望那天三弟我死在街頭路旁，望二哥好歹料理一下我這幾根剩下的骨頭。」

楊二爺面露不悅，有些冒火，他想說什麼又強忍住了，只嘆口氣，道：「老三，何必說得這麼過火呢，好歹我們結拜弟兄一場，不說有福同享總該有難同當。假如遭難的是我，你也忍心拒我不管嗎？」

馬大哥依然笑著，沉吟不語。

「留下來吧！老三，不能趕馬，還有別的可做，譬如：剖竹篾編籮筐，再不，弄條船，到撫仙湖

上去捕魚，還不是自食其力。只是住在我這裡，大夥兒好照料你，並沒有把你當做白吃漢呀！」楊二爺心思細緻的說。

「真是好主意，真是好主意。」馬大哥附和著連聲說好。

正說間，晚飯擺上來了，楊二爺招呼他們吃飯。

吃過晚飯，阿章和馬大哥洗過澡，換了一身乾淨衣服。和楊二爺閒聊了一陣，這夜便在廂房歇了。同睡在一張寬床上，馬大哥叮嚀阿章道：「小子，從今以後，你就好好的跟著楊二爺了，凡事學著勤謹點，盡自己的力量去做。做人要實心，不要奸狡，人只要肯走正道，不怕吃苦，慢慢總會熬出頭來的。你記住了嗎？」

「大叔，我記住了。」阿章應著，期期艾艾的又說：「我也有句話想告訴你──」

「什麼話？快說！」

「大叔，剛才楊二爺不是一再的要留你，在這裡住下來的嗎？」阿章關切的說。

馬大哥蒼涼的一聲哀嘆，黑暗中，他的雙目狂湧著絕望和痛楚。半晌，他才心灰意冷的說：「小子，你太小，你還不懂得人生！幫助一個人的一時之困並不難，而幫助一個人的終生之困，卻是難得很呢。再說，我和楊二爺也不過僅是結拜兄弟。久病還無孝子呢，就是自家親兄弟，我也不忍，也不該拖累他啊！」說到這裡，他悵然的嘆了口氣，意興蕭索的說：「不要再講了，睡吧，阿章，你也著實夠睏的了。」

阿章想了想，忍不住又說：「大叔，你不會拖累任何人的，楊二爺不是說你可以剖篾編籮筐，或是弄條船到撫仙湖去捕魚……」

「小子，我說你不懂，你就真的不懂。如果一個人活著只是為了捱日子，這種活是沒意思的，只為了吃口飯，討飯就行了，何必再這麼麻煩費事。」

馬大哥翻個身，把背對著阿章，不肯再說話的兀自睡了。

阿章見他不肯再說下去，雖說意猶未盡，但撐不住疲乏，睡意深濃地打了幾個呵欠，不一會便睡著了。

天亮時分，阿章醒來，只見身邊空空如也，馬大哥不知何時已經離去了。

阿章連忙跳下床來，穿上楊二嬸昨天給他的舊衣鞋，走出屋來，就去找馬大哥。

楊二爺正從堂屋裡走出來，看見阿章，便道：「小子，你大叔起來了沒有？」

「大叔不見了，」阿章說，「不知道他上哪兒去了！」

冬狗揉著眼睛跑了出來，四下裡一陣大呼小叫：「三叔，三叔，三叔在屙屎嗎？」

冬狗跑到廁所裡、天井裡，根本不見馬大哥的蹤影。

阿章跑到前院，只見虛掩的大門，正在風中搖曳。

楊二爺頓感不妙，忙叫人追出村子去找尋。阿章跟了出來，心內一陣空虛悵惘，沒有馬大哥，他就彷彿失去了依傍。

一行人追到村外，只見路上空蕩蕩的。阿章駭然的看見，馬大哥用來墊在手上走路的蒲草包，掉了一只在路上。

阿章連忙跑過去撿起那蒲草包，不由一陣熱淚盈眶。

楊二爺跑上來，一把拿過那個蒲草包，半晌說不出話來。

阿章抬頭放聲呼喊：「大叔，大叔——」

白光閃閃的撫仙湖畔，又有一隻同樣的蒲草包，「楊二爺，你看，那裡——」

阿章淚流滿面，狂奔到淺灘上，只見白茫茫一片細浪，哪有馬大哥的身影。

馬大哥投湖自盡了。

楊二爺令人在撫仙湖裡，打撈出馬大哥的屍體，買了口薄皮棺材，把他安葬了。

阿章倍覺孤苦伶仃，思量著今後再也不能見到馬大哥和趙老爺爺，不由更加哀痛悲切。

從此，阿章便跟著楊二爺，開始了艱苦的趕馬生涯。

4

殘冬是滇南最迷人的季節，出了江川，翻過哀牢山，一出思茅，便見藍天如洗，莽野蔥籠，野花艷麗，風光明媚，天氣溫和。起伏的山巒連綿不盡，密林遮天蔽日。

林間山際，溪澗縱橫，淙淙的山水，習習的涼風，伴隨著馬幫清脆的鈴聲，分外悅耳的響徹山林。清晨，薄霧飄嫋，露水瀼瀼，千百種鳥兒合唱鳴啼。陽光將萬千縷耀燦的金線，穿過厚實的葉隙，在林端織出一片錦繡朝霞。馬蹄劃破了輕紗似的霧氣。叮叮噹噹的鈴兒，搖落了草尖上串串晶瑩的露珠，翡翠般的綠蔭下，突然會縱出一隻伶俐的梅花鹿，瞬間便消失在前面的霧氣裡。常有淘氣的猴子，盪在高藤上打秋千。趕馬人足背上，不時有受驚的蜥蜴踏過。有時，趕馬人無意中抬起頭來，會赫然看見一條巨蟒，漠然地纏繞在巨樹上，間或，一隻棕熊躲在大岩洞裡，眨巴著一雙亮晶晶的小眼睛，好奇而又文靜的看著馬幫絡繹而過。

經過一個多月翻山越嶺的長途跋涉，阿章漸漸地習慣了趕馬生涯，他足底的血泡，如今已經結成了硬繭，走起路來也沒有起初那麼吃力了，什麼事情只要一經適應，再苦再累也就不為苦不為累了。

阿章正屆稚年，童心未泯，看著什麼都覺得有趣，他一雙眼睛直往林中四處亂轉，驚喜萬分的捕捉著每一個動人的畫面，連一隻形狀奇特的甲蟲也不放過。

長長的馬幫隊伍，在狹窄崎嶇的羊腸小道上列隊前行，阿章忽而跨過荊棘往前奔跑，忽而又因貪看樹上的猴子，落在後面，然後又連忙追上去。

這馬幫共有一百多匹牲口，其中楊二爺的最多，其他的多是鄰近村莊結夥加入的，有的是三、五馱，有的是七、八馱，也有本錢少的，僅有一、二馱。牲口少的，大都是自己趕馬，或是兄弟父子聯手，親戚相幫，牲口多的便僱一些趕馬人做幫手。

趕馬人除了一路上照料牲口，多數還負起武裝保衛之責，防備路途中有盜賊結夥搶劫。他們的武器大都是一把厚實鋒利的長緬刀。比較富有的，便揹一隻洋人新進口的火銃槍，此外，一些趕馬人還會武功，大都身手不凡。

馬幫是當年蠻荒叢林地區，與外界聯繫的唯一媒介，他們馱著五洋雜貨，吃的穿的，用的戴的，玩的樂的，應有盡有。

趕馬人全是地理通，他們在漫無邊際的原始密林中，沒有羅盤，沒有指南針，全憑幾十年積累的經驗，任憑路途崎嶇，縱橫複雜，他們從不會迷路。

他們來時馱了百貨用品，到邊疆跟夷人貿易，換取的主要是鴉片、皮毛及一些名貴土產和藥材，每走一趟都能牟取暴利數倍，一年只要趕煙會打個來回，就能換來一筆可觀財富。

阿章除了一路上隨馬幫趕路，最主要的工作，就是當馬幫歇宿打尖時，拾柴抬水煮飯，或是割草放馬，飼餵牲口。

經常往返這一帶的趕馬人，大都會好幾種夷人的語言，例如：擺夷話、拉祜話、景頗話、卡佤話……最常用的是擺夷話。

馬幫頭子大都和當地的土司山官關係密切，交情深厚，每到一個寨子進行交易，馬幫頭子必須先晉謁當地的土司山官，並贈獻珍貴的禮物，如名貴的瓷器、漂亮綢緞，或新奇的日用品。受禮的一方多回贈鴉片、鹿茸、熊掌、虎骨之類的奇異山珍。送禮除了表示恭敬，也能得到許多貿易的便利，和優厚的招待。

經過一個多月的辛勞跋涉，楊二爺的馬幫來到了猛朗壩。

這時正是鴉片收穫完結的季節，猛朗壩世代居住的各種夷人，早就算準了馬幫要來，寺廟前的曠地上，已用竹子搭好一排排的竹棚貨攤，趕集貿易的墟市，早就弄好了。

馬幫一到，就各人租個攤子駐下腳來，卸馱休息。楊二爺便打點禮物，晉謁猛朗壩的擺夷大土司。禮物是按各人的貨物多少，合夥分攤的。

然後，大土司家的奴僕，站在高處吹響了牛角號，擺夷人在墟市旁，燃起一堆巨大的柴火，火焰熊熊，紅光滿天，方圓幾十里內都能看得見。

看見猛朗壩上升起了熊熊大火，住在山上的景頗人、拉祜人、卡佤人……便連夜打點了鴉片或土產，打著火把，用竹簍揹著下山來趕集貿易。

壩子周圍的擺夷人，更是傾家出動，當晚就在集市上趕擺跳舞，歡迎馬幫的到來，場面真是十分熱鬧壯觀。

阿章從未見過這麼動人的狂歡場面，他一面忙著卸貨，一面望著那些欣喜若狂的夷人載歌載舞，心中不由也充滿了興奮和快樂。

第二天，天還未亮，人潮就像流水般的從四面八方湧來，把集市擠個水洩不通。竹棚內的貨攤上，早就擺滿了琳琅滿目的貨物，生意人用親切的笑容，動人的說辭，招徠著每一個走近貨攤前的夷人。

人們多數用鴉片直接換取貨物，也有將鴉片賣了，換作銀子光洋，或是積攢，或是購買日用百貨。一時之間，集市上人聲鼎沸，笑語不絕，光洋清脆悅耳的叮噹作響，銀子錢像水一樣的流出流進。阿章除了早晚割草放馬，煮飯打雜，白天也要幫著照應買賣。

馬幫馱來的貨物，不消數日，便已變做一堆堆黑壓壓的鴉片。至於一些名貴的皮毛、土產、藥材，不過是馬幫附帶而為的小買賣。

十日半月後，貿易基本告一段落，生意人將鴉片打點成馱子，盤算著買賣的利潤。告別了土司山官，準備起程回江川。

按照趕馬人的規矩，出發前一定要看雞頭卦，占卜凶吉，並須燒香錢紙火，拜祭天地神明，祈禱一路平安。

楊二爺是這隊馬幫的頭子，須得他親手操刀宰雞料理，用來看卦的雞，必須是初試啼聲的小公雞。

楊二爺先將活公雞，在點燃的三柱香上來回飄熏，口中唸唸有詞：「今有雲南江川大楊莊，弟子一行三十多人，將欲啟程回鄉，祈望過往神祇，雞頭卦上顯凶示吉，以期趨吉避凶為盼……」

宰了雞退了毛，煮熟了整隻端上來，楊二爺取下雞頭，細細的剔啃，啃下的骨頭碎片，一點一滴都得仔細的放在芭蕉葉上，然後按規矩一一仔細看分明。

楊二爺首先拿起雞的頭蓋骨，只見內裡充滿了暗紫色的血絲，這血絲顯示發財大吉，生意興隆。他再拈起雞嘴尖喙，瞇起左眼，朝空細看，只見喙上的細小鼻孔，有細膜阻隔——楊二爺見狀面色變了變，這表示路途上將有阻礙，是為不吉。

他面色凝重的放下尖喙，再拿起眼孔骨來細看。

不看則已，一看大驚失色，眼孔骨上有凝血浸透，這顯示路上將有人要死亡……

圍在一旁的幾個年長的趕馬人，也都肅容沉重的面面相覷。

衝著頭蓋骨內部的紅光喜氣，馬幫提高警覺戒備，誠惶誠恐的仍然上了路。

因為不管凶吉，他們必須返回。

況且，他們已深自懂得，人力無法戰勝天意，只有祈禱著，一路走著瞧了。

一出猛朗壩，又進入了人跡罕至的原始森林。阿章忽然打擺子，患了瘧疾。

這西雙版納自古以來，就被稱做『瘴癘之鄉』，初來乍到的人，很容易受瘴癘之氣侵染而患瘧疾。不過短短幾天，阿章便被疾病折磨得形銷骨立，氣血枯竭，連路都走不動了。

在這人跡罕至的原始森林中，走幾天路不見一個寨子。

楊二爺因為看了雞頭卦，知道此一去凶多吉少，是以一路上馬不停蹄的往前走。

起初，還有幾個好心的趕馬人，輪流揹阿章走一程，後來見他病勢越來越沉重，眾人見這光景都心照不宣，深信雞頭卦的凶兆，應驗在這可憐的孤兒身上了。

人心都是肉做的，他們心中頗覺不忍，私下裡，卻又因凶兆沒應在自己頭上，而覺得寬心。

阿章病勢沉重，趕馬人治療瘴癘的草藥偏方，毫不起效，阿章連喝水都會吐出來，高熱更燒得他神智不清。

馬幫帶著他，無異是個沉重的包袱拖累。況且，他的死活，除了令人有些惻隱之外，於馬幫來說無足輕重。

再說，這是天意，他們不敢有違天意，讓阿章把馬幫的災難都帶走吧！讓雞頭卦顯示的凶兆，都由這個無父無母的孤兒，獨自來應驗承受吧。

他們感謝老天爺選對了遭難的對象，一個孤兒死在荒山野嶺，很快就會被人遺忘的，也沒有人會因為他的死，而傷心痛苦。

於是，他們狠下心來，在一天天還不亮的時候，趁阿章還在昏睡不醒，就將他獨自留下來，任由他自生自滅，而悄悄的離去了。

雞頭卦顯示的凶兆不過如此而已，一行趕馬人如釋重負，心雖有不忍，也無可奈何了，他們不再緊張，輕鬆地繼續踏上了歸途。

阿章醒過來時，只見自己孤零零的睡在大樹下，身旁留著一點他根本嚥不下的乾糧，和一隻盛滿了水的葫蘆，四下裡不見一個人影，楊二爺和馬幫早已不知去向。

病重的阿章，被楊二爺他們當作潛意識裡的祭品，祭獻給山神爺，作為化災解難的供獻了。

阿章知道自己已被遺棄，不由害怕的哀哀哭泣。

他悲絕的流淚不止。

瘧疾又發作起來，那種奇寒無比的冷意，使他渾身顫抖不已，口中的舌頭也變得僵硬粗大，上牙和下牙更是連連打戰，高燒發作得更厲害了。

阿章想起了楊二爺的雞頭卦，他駭然的以為自己快要死了。

但他一點都不想死呀！

然而，他有什麼辦法呢？

他連哭都哭不動了，只有無聲的喘息著，哀哀的流淚不止。

太陽透過厚厚的葉隙，灑下些斑斑駁駁的碎金，阿章被寒冷燒熱交相折騰得死去活來，又被死亡的恐懼，弄得他喘不過氣來，林中的空曠寂寥，更使他窒息欲絕。

死亡的陰影層層疊疊，厚厚重重的包圍著他，他幼小的心靈，悲苦酸澀而淒怨無告。

他只覺得五臟六腑滾燙如火燒，骨子裡卻又冰冷奇寒。他口乾舌燥，喘息難當，好想喝口涼涼的水。

他一點力氣也使不出來，唯有望著身旁那隻盛水的葫蘆發急發呆。

好不容易，瘧疾那週期性發作的冷意才慢慢退卻了。

阿章掙扎著支起身子，虛軟的靠在樹上，他終於能伸出無力的手，費勁的拎過那隻盛水的葫蘆，強嚥了幾口冰冷的山泉水。

怎麼辦呢？難道就在這兒坐以待斃嗎？阿章打定主意，他決不，決不坐在這兒等死！

然而，即使疾病不把他立即折磨而死，也難保森林中出沒的野獸，不會把他撕裂裹腹。

阿章無計可施，忍不住淒苦無依的憂傷起來。

想到生命的可貴，他突然不假思索的站了起來，他要去追馬幫，他要活下去。

他才一站起來，雙眼直發黑暈，腦袋裡一片轟鳴，他搖搖欲墜的斜靠在樹身上，又軟癱的滑在地上。

他喘息了一會，頭重腳輕的扶著樹身，再次慢慢的站了起來。他只覺得昏昏沉沉，頭疼如裂。身子稍微動一動，腦袋就彷彿隨時會炸開來似的。

他想揣起那點乾糧，和提上那隻盛水的葫蘆，但力不從心的只好什麼也不拿了。他把披在身上的毯子裹緊，兩腳打飄的的趑趄往前走。

他的腳每落地一下，頭部就被震得疼痛一下，才走了幾步，就渾身直冒虛汗，他軟弱得隨時都會倒下來。

一股求生的意志撐著他，使他咬緊牙關往前走。

好不容易的，他找到一根樹枝作拐杖，實在走不動了，就稍息片刻。

為了追上遠去的馬幫，他乾脆匍伏在地上，一點一點的往前爬，一寸一寸的向前挪。

楊二爺，等等阿章！

楊二爺，阿章已經追你們來了！

楊二爺，等等阿章……

阿章在心中千呼萬喚著，淚水順著他的腮頰不住的流淌。

阿章再也爬不動了，虛脫得又昏迷過去。

■

楊二爺們遺棄了阿章，如同甩掉了災難的包袱，他們的戒備和憂慮，也隨著拋去了。

一路上，大家都不忍再提起這個苦命不祥的小子。於心不忍的人，一想起他，也只是暗中低低嘆息。

他們的心情，都沒有出發前那般沉重了。因為他們深信，阿章已經把凶險帶去了，而這不吉利的小倒霉蛋，又都被他們甩在路途上了。

匆匆趕路中，各人細細的盤算著此行賺取的暴利，一個個從心底笑出聲來。

中午時分，馬匹絡繹不絕的攀上一座高山，居高臨下，楊二爺他們遠遠的看見，左前方的山脊上，氣勢凶險，山崗上，座落著許多茅屋，那些茅屋的兩邊屋頂，一律都建成孔明老爹綸巾的形狀，如此一看就知道，那是一個野卡佤人聚居的山寨。

那山寨山麓四周，方圓幾里，全長滿了可怖的蕁麻和有巨毒的荊棘。這是為了防備別的部落攻打和偷襲的天然屏障。蕁麻和荊棘中間，僅留有一條細窄的羊腸小路，供本寨的野卡佤人自行往返。小路盡頭，有手張弓箭或手持大刀的卡佤男人，據守在地堡裡。生人若要進寨，必須得到他們的允許，方可進入。

這種野卡佤人，尚過著茹毛飲血的原始生活，他們生性兇猛好殺，而且還盛行著殺人取人頭祭穀的野蠻風俗。

楊二爺們憑以往的經驗，每逢途經野卡佤人聚居的山寨，總是戰戰兢兢的繞道而行。只要走出了他們的領轄地，大體上就安全了。

薄暮時分，馬幫終於平安走出了險隘之地。

看看天色已晚，他們揀選了一塊近水的平坦之地，歇宿打尖，放馬造飯。

入夜歇息，仍按規矩輪流站崗放哨，馬匹全集中拴在附近的大樹上。牠們面前堆足了飼料和夜草。是夜，月明星稀，雲淡風輕，山林一片靜謐。

趕馬人因先前看了顯凶的雞頭卦，心情凝重而緊張。匆匆忙忙、辛辛苦苦的趕了幾天路，此時雖人困馬乏，但因心情逐漸寬舒，吃過飯，一個個便圍著馱上的貨物，枕著武器席地而睡了。

午夜時分，風不吹，草不動，站崗放哨的趕馬人，都是機警負責的好漢。他們每次四個人，分守著東南西北，一個個絲毫不敢倦怠。他們知道，他們守衛著的，不僅止是一隊馬幫，而是整個馬幫所維繫著的許多家庭和希望。

他們的責任重大，重大得令人不敢絲毫掉以輕心。

突然，神出鬼沒般，四支有巨毒的箭，陡地同時穿透了他們的胸膛，他們還來不及發喊，便在驚恐中死去。

接著，一群剽悍的野卡佤漢子，赤著長滿了厚繭的大足，無聲無息地從四面八方包抄過來。他們持著鋒利而厚實的大刀，挨近馬幫宿地時，呼嘯著蜂湧而上。

趕馬人被圍困在中央，一個個剛從夢中驚醒，還來不及抵抗，便都被野卡佤人手起刀落，懵懵懂懂成了斷頭鬼。

楊二爺也是劫數難逃，不幸也枉死在刀下。

僥倖存活的，都連忙棄了貨物，落荒而逃。

原來，這才是雞頭卦顯示的真正凶煞。

那些野卡佤人旗開得勝，一個個笑逐顏開。夜色中，他們一手提了人頭，一手拽起地上的屍身，就著頭斷處的如泉噴血，狂飲起來。

吸飽喝足的，便扯了些藤子，把屍體倒掛在樹上，取出背上的竹筒，讓人血滴落進竹筒中，好帶回去給家小分享。

然後，他們撕去死人的衣褲，把他們多肉的地方，一一割下來，包在芭蕉葉裡，要帶回去擺到發臭生蛆，再拿來燒一燒，舂在辣椒裡下飯吃。

天明了，這些食人生番的野卡佤人，將每兩顆人頭的辮子纏在一起，得意洋洋的掛在自己胸前，凡是獵到人頭的，都是野卡佤族的英雄好漢。

他們扛起盛滿了人血的竹筒，牽著馱滿了鴉片貨物的馬匹，興高采烈的帶著一身血腥味，滿載而歸。

寨子外面，候滿了迎接『英雄』的老人和婦女及兒童，他們狂擁上來，爭相搶喝著竹筒裡的人血，並把芭蕉葉裡包著的人肉，割些下來穿在竹棍上烤著吃。

野卡佤的男人們，把人頭一顆顆掛在竹竿上，高舉著環遊寨子七圈。

七圈完畢，便來到寨子中央的空地上，把人頭放在地上，野卡佤的女人們，就用針刺進人頭的眼睛，眼球的水晶體刺破了，流出些帶血絲的液體。

野卡佤人又哭又笑，又叫又跳，像發了癲瘋。

然後，他們把人頭丟進一個盛滿石灰汁的大坑裡，用石灰水將人頭浸透泡漬。

人頭在石灰汁裡漬泡三天三夜，被泡得肌肉縮緊，僵硬如石，不易腐爛，才撈出來，放在太陽下曝曬。

人頭乾透了，那些野卡佤的女人，便拿出她們寶貴的胭脂口紅，塗在人頭的面孔上。

十多個人頭被精心的梳妝打扮好了，就被隆重地放進預先支好的高架上的竹籠裡，要到穀子熟了，這些變成骷髏的人頭，就被當做裝飾品，或是兒童的玩具。

祭獻禮畢，野卡佤人便宰牛殺豬，大肆吃喝，他們發瘋發癲一樣的怪叫吶喊，狂蹦亂跳，像極了地獄中的妖魔鬼怪，連夜狂歡，通宵達旦。

5

當楊二爺他們的頭，被野卡佤人獵去的那夜，阿章被瘧疾週期性發作的寒冷，折騰得醒了過來，他聽見林中的野獸嚎叫不已，不由害怕得肝膽俱裂。

神思恍惚間，他陡然看見黑暗的林中，遠處有火光在閃爍。

有火就有人！

阿章心內一陣狂喜，他希望他已經追上馬幫，他希望那堆火就是楊二爺他們歇宿地上的篝火，不管怎樣說，他希望那火光旁邊有人。

他忘記了駭怕，迫不及待的竭力朝那火光爬去。

那火光越來越明亮了。熊熊的火光旁，有兩個道人正在剝一隻死虎的皮，其中一個老者年約七旬開外，他的面目清瘦癯，鬍鬚花白，身體硬朗，風骨嶙峋，猶如一棵生在懸崖上，飽經了風霜雨雪的老松樹。

另一個年紀輕輕，約摸二十來歲，相貌英俊裡透著忠厚善良，聰明能幹裡顯著平易敦樸，個子中上。看他伶俐的揮刀割虎皮，便知他做事靈活快捷。

他們都穿著一襲灰色道袍，寬衣大袖。

他們師徒二人，師傅名叫姚宏金，徒弟名叫杜璞璧。

熊熊的火光映照得周遭透亮，石塊堆砌的火架上，支著一隻碩大的鐵鍋，鐵鍋內的水，早就翻滾沸騰了。

他們剝下整張的虎皮，便用匕首將虎身肢解，連骨帶肉，丟在鍋中熬煮成膠，這膠就是名貴的『虎骨膠』。

阿章爬行了一程，來到山坡邊緣，漸覺地勢下傾，他定睛一看，才看清那堆火，是在隔著他一條深澗的對面山坡上。

黑暗中，那山澗不知深闊幾許，也不知山澗草叢中，可隱藏著什麼毒蛇猛獸，阿章洩氣的呆住了。

正在惶惑躊躇間，一隻棲息在草叢中的野雉被驚動了，撲喇喇的怪叫著飛了出來，把阿章嚇得大驚失色，他的身子一下子失去了重心，幾個翻滾摔下了澗底。

阿章躺在寒氣襲人的澗底，昏迷了過去。

天矇矇亮的時候，那個年輕的道人杜璞璧，扛著竹節打通做的水筒，到澗底去汲水。

他發現了昏迷不醒的阿章。

他連忙放下竹筒，用手探探阿章的鼻息，知道他還活著，連忙把他負在背上，爬上山坡。

原來，這是一個人高的山洞，洞內並不十分寬深，但也可容二、三人居住。洞內舖著些獸皮，角落上堆著形形色色的藥草，還有兩只藥的藤簍，和一只黑鐵皮的箱子。

老道人姚宏金正在洞內閉目打坐。

「師傅，這孩子不知是從哪裡來的，他昏迷在澗底，請您看看，他好像病得不輕呢！」杜璞璧恭敬的說。

老道人睜開朗朗雙目，說：「把他放下來！」

杜璞璧把阿章放在獸皮上，讓他仰面平躺著。

老道人過來把阿章的脈，又掀開他的眼皮看了看，說：「這孩子得了瘧疾，又受瘴癘毒氣侵蝕，病得實在不輕呢！他幸好遇到了我們，真是命不該絕。璧兒，這孩子的脈弦數（註：中醫把脈象很急的稱為「弦數」），舌苔垢膩，此乃穢濁菌毒伏於腹膜。聽他呼吸，便知有痰濕壅塞，足見他胸悶嘔惡，由於瘟疫之伏邪毒，熱內蘊，最易耗傷肝經陰血，導致肝膽化火，出現少陽之寒熱往來，寒冷發熱無定時，現你須配方『達原飲』，外加白芍、黃芩、知母為佐，意在清肝膽、滋陰解熱。使其熱退而津複，再加甘草一錢，便可共奏辟穢化濁，清熱解毒，調和肝膽脾胃之功。」

杜璞璧按照師父指點，稱藥配方。

配好藥，放進一隻瓦罐中，倒上水，放在火上，慢慢地煨煮。

老道人從岩壁上取下一隻大葫蘆，拔開塞子，伸手進去一陣亂摸，掏出一只小小的細白瓷瓶，倒出一粒『牛黃清心丸』。

杜璞璧連忙遞過一隻小竹杯，老道人解下繫在腰上的紫色小葫蘆，倒了幾口酒在竹杯裡。

師徒二人合力扶起阿章，用銅片撬開他緊咬的牙關，以酒將那粒『牛黃清心丸』灌了下去。

老道人又取出些粉狀芳香的藥末，用麥桿緩緩地吹進阿章的鼻孔裡。

這些芳香的粉末是用冰片、麝香、梔子等研細而成的，功可開竅通關醒神，使人神志清醒。

然後，老道人就在阿章身上按摩、推拿、揉穴、掐捏。

阿章僵硬的筋骨漸漸地有了知覺，身子也陸續地有了暖意。

阿章漸漸有了知覺，他終於甦醒過來了。他不知道自己身在何方，只睜大了一雙困惑的眼睛，茫然的骨碌亂轉。

好不容易，他才明白自己躺在一個溫暖的山洞內，身旁有一位仙風道骨，慈眉善目的老神仙，正在按揉他腫脹的太陽穴。

老神仙的那種按揉法，使阿章覺得有一種說不出的親近感，他覺得他的心和自己的心，是多麼貼切的連在一起。這種感覺，使阿章內心深處的悲苦和淒然掃除一光。

一種遠隔久了，但卻似曾相識的溫馨，令他又感到了被愛的甜蜜。

這是在做夢嗎？阿章的眼睛睜得大大的，半天都不眨一下。

他知道，他已經來到那火光旁了，不是嗎，他看見洞口旁邊火光熊熊，火上煮著香氣四溢的虎骨膠。

山洞外藍天無垠，白雲飄飄。阿章以為這就是傳說中的洞天福地了。

他由衷的激情奔騰，想不到自己竟來到了天界仙境。

「孩子，你醒了嗎？哦，不要怕，好好的休息，你就會康復起來的。」老道人和藹的說，「璧兒，把藥端來，這孩子醒了。」

杜璞璧將一竹杯微溫的藥汁端了過來，老道人扶起阿章。

阿章內心一陣激動，竭力的迸出一句話來，瘖啞的問：「老爺爺，你們是神仙嗎？」

老道人笑咪咪的道：「我們不是神仙，是來此地採藥的凡人，來，孩子，你先把這碗藥喝了吧！」

他的語氣溫和，態度親切。阿章信賴的仰起脖子，憋著氣，將那碗苦藥一飲而盡。

藥湯一下肚，他的渾身立即發出一身汗來。

「好好睡一覺，等一會，你就會覺得鬆爽些了。」老道人替他蓋上毯子，慈祥的說。

阿章氣虛體弱，一句話也說不出來，感激的淚珠，無言的不住滴落下來。

老道人掀起一方衣襟，替他拭去腮上的淚水。

阿章內心百感交集，更加淚如泉湧了。

老道人坐在一旁，從繫在腰上的一隻小布囊裡，摸出幾粒生大蒜，丟在口裡，像嚼花生米一樣的嚼起來，他吐去蒜皮，舉起手上的紫色小葫蘆，大大的喝了一口酒，噴著些酒氣蒜氣，說：「有出息的孩子，是不作興哭的。」

阿章赧顏的澀澀一笑，他哭，不是表示軟弱，而是他悲苦的內心，充滿了太多的感激。

幾天以後，阿章的身體漸漸有了起色。

這兩個道人對他關懷備至，令他歷盡劫難的幼小心靈，逐漸的平靜下來，他知道這兩個救命恩人，是從遙遠的湖北武當山，到這裡來採集研究藥物的。

這兩個道人也斷斷續續地知道了阿章不幸的身世，他們對這個孤苦無依的孩子，十分的同情憐憫。老道人精通醫術，博學精深，在中原一帶，有『再世華佗』之稱，他決定收下飄零無依的阿章為徒。

「孩子，如果你不怕翻山越嶺，採藥辛苦，就跟著我學學採藥治病，將來不僅可以濟世救人，也可以使你有個一技之長，作處世立身之本，你可願意？」老道人說。

阿章雖然還不知道自己幸運地巧遇一代奇醫，但見有人接納，不由一陣由衷的欣喜，他連忙翻身滾伏在老道人膝前，實實在在的磕了三個響頭。

阿章又轉身伏在杜璞璧腳前，也磕了三個響頭。

「師弟，快起來，今後，我們就是一家人了。」杜璞璧忙將阿章攙了起來。

阿章雖然還不大懂得濟世救人的道理，但心中因著有了師父，便有了依靠，慰藉欣喜使他不再徬徨。

「章兒，你病了這一場，身體已是十分虛弱，得好好的補一補。璧兒，你去盛一碗補藥來，給你師弟吃了吧。」老道人吩咐道。

杜璞璧應著，在一隻小瓦罐內，舀了一碗煮熟的黃精、白茅根、何首烏、雞聖參之類的藥物，端

了過來。

阿章接過那只碗，頓覺香味撲鼻，吃在口裡有些微清苦，但仍十分可口。他大病初癒，正覺腹中饑餓，當下便大口大口地吃了起來。

中藥大都是些吃了有病治病，無病滋補的植物，對培本固元具有奇效。

阿章每天喝些稀粥，再以這些清淡滋補的藥草為輔食，漸漸的有了些精神。

一天，姚宏金師徒二人出外採藥，阿章便守在洞內湊火加柴，熬煮鍋裡的虎骨膠。

他在火中加了些柴塊，又在鍋內加滿了水，便拿了把厚實的砍刀，到附近的林裡去砍柴。

他砍了一捆柴扛回洞旁，加了火後，又去再砍。

傍晚時分，他已經砍了好大一堆柴。

阿章唯恐師父他們回來肚餓，他又連忙去淘米煮飯。將砍柴時在山澗枯木上拾來的蘑菇木耳洗淨了，燒了一鍋美味的鮮湯。

姚宏金師徒二人，揹著滿筐的藥草回來了，見阿章已把洞內收拾得乾乾淨淨，還砍了許多柴堆在洞口旁，火架上的虎骨膠輕緩的翻滾不已。

山坡下，阿章正在辛苦的扛了一竹筒水，吃力的往上爬。竹筒壓彎了他的腰，他掙得面紅耳赤，喘息難當。

但他毫不以為苦，幹得好心歡。他是一個知恩知足，吃得苦耐得勞的孩子。

杜璞璧趕忙放下背上的藥簍，立即去幫阿章接過竹筒。

「師弟，你病才好，不要太勞累。」杜璞璧關懷的說。

阿章憨憨的笑了笑，說：「我不累，我只是在舒筋活血，再不動一動，我的骨頭都要變硬了。」

姚宏金見這孩子很是善解人意，厚道誠實又甚勤謹，心中不由十分喜愛。他從懷裡掏出幾個熟透的山果，慈祥的遞給阿章，道：「來，吃吃看，很甜呢，不礙事的。」

阿章歡歡喜喜的接了，道：「師父，飯已經煮好了，你們一定很餓了吧。」

他說著就將烘在火旁的飯菜端了出來。

「好，你這孩子倒真乖巧。」姚宏金笑咪咪的摸著山羊鬍子，在洞內盤膝坐下來，連聲誇獎。

阿章羞赧的笑著，擺上碗筷，揭開鍋來盛飯。

鍋內的紅米飯煮得鬆鬆爽爽，軟硬適中，甚是中吃。

「阿章，想不到你還會煮飯，而且，還煮得這麼好吃呢！」杜璞璧讚賞的說。

阿章跟著馬幫，學會了很多事。

吃過晚飯，太陽已經落下山去了。阿章收拾碗筷洗淨了，便幫著整理那些才挖採回來的藥物。

杜璞璧教他先將藥草分類堆聚，又一樣一樣地告訴他，藥物的名稱、特性和用途。

真正的中醫全才，必須先學會採藥，採藥是習岐黃入門的第一步。

採藥又必須在實踐中，用看、嗅、摸、嚐，逐步的辨認中草藥。

看，就是看植物的葉、莖、花、果實、根的形狀。

嗅，就是揉碎葉子，剝開果實，切開根莖，用鼻子來嗅一嗅，根據不同的氣味，來區別外形類似的品種。

摸，就是用手觸摸、揉捻的方法來觀察。

嚐，就是用嘴來嚐藥以辨別其味道。

只有通過對植物的看、嗅、摸、嚐，才能做到心中有數，辨別清楚。

其中最重要的是看，要會看才會採。

阿章天性聰穎，領悟力很強，記憶也十分好，凡見過的藥草，大都能過目不忘。

藥物分類好以後，他們師兄二人，就趁著月色，拿到澗底泉邊洗滌乾淨。

枝葉大都成束的放在通風的地方晾著，第二天再放在陽光下曝曬。

根趁著水氣新鮮，就連夜切成薄片，曬乾了收存。

有些名貴稀少的藥草，通常是曬乾了舂成細粉，或是配方煉蜜為丸，或精製成顆粒圓滾的丹粒，再不就是以粉末狀裝在瓶裡備用。

姚宏金知道阿章讀過幾年書，識得不少字，每有閒暇，便從那裝滿五花八門的藤簍裡，翻出一套發黃的線裝《大觀本草》，為他講解，讓他看書上的藥物繪圖，並講黃帝神農遍嚐百草的典故給他聽，又講藥王孫思邈的動人事跡啟發他。

阿章最感興趣的是華佗為關公刮骨療毒的故事，而李時珍窮畢生之精力，蒐集藥材近兩千種，完成了中國醫學最輝煌的經典著作《本草綱目》的偉大貢獻，也使他萬分敬仰。

中醫是一套完整深奧的學問啊。

中醫不僅有最廣泛的藥材來源，還有最堅強的理論基礎。

阿章圓睜著雙目，靜靜的傾聽著。

姚宏金只淺淺淡淡地一提什麼：陰陽五行、臟腑經絡、穴位脈象、六淫六經……就令阿章思維觸動，他知道這門學問太博大精深，如不狠下苦功，是學不好的。

數日之後，阿章的健康已完全恢復，氣色比以前還好得多。

姚宏金師徒二人白天出去採藥後，阿章便照例守在洞內，熬煮虎骨膠。

熬煮虎骨膠要連煮十天半月，文火不斷，加水不斷，直到堅硬的虎骨，熬煮成濃汁，方可冷硬結塊。

空閒時，阿章就切藥，舂藥，把學中醫的這套基本功夫，紮紮實實的從頭練起。

虎骨膠煉好以後，姚宏金師徒三人，收拾了物什，離開了那個山洞。

姚宏金揹著他的大葫蘆，杜璞璧揹著那百寶箱似的藤製背簍，其餘的藥物行李，馱在一匹黑馬背上。阿章揹了把挖藥鋤，揹了一隻小竹簍，師徒三人順著山間小徑，走進了森森密林。

密林中，常看到許多碗粗的巨竹，竹根處許多春筍正破土而出。阿章看見那些新筍，便歡喜的跑過去，挖起兩隻手臂長的竹筍，抬起來高舉著，轉身叫著：「師父，你看，這種筍子最好吃，這是大甜筍呢。」

「快閃開！」老道人一眼瞥見，離阿章數寸之間，有一條長約二尺許，黑底白斑的毒蛇，纏繞在竹子上，那毒蛇正引頸吞吐著信舌，探向阿章的面門。

姚宏金呼叫間，說時遲，那時快，他早已疾速的將手中剛挖起的一塊土茯苓，揚手拋起，打在那細若手指的蛇身上。

阿章倉惶的連忙斜退數步，只見那條毒蛇已被打中七寸，扭曲著身子墜落在地上。

姚宏金走過去，用一根樹枝，挑起那條尚在蠕動的毒蛇，如釋重負的道：「好險！這種蛇叫青金蛇，劇毒無比，無論人畜，被牠咬了，如果不及時搶救，不上兩個時辰，便會發毒身死。」

阿章聞說，嚇得瞠目結舌的盯著那條死蛇，半天作聲不得。

「你們看那竹子。」姚宏金肅容的說。

剛才被蛇纏繞的那根竹子，枝葉竟在一瞬間枯萎下垂，青綠色的竹節也變得泛出一股邪門的黑氣，阿章更是駭然色變。

姚宏金道：「這種蛇每到毒盛的時候，就要齧人或動物，以排洩牠體內的毒液，如果找不到人畜禽獸，便用牙齧大竹樹木。被牠齧過的樹木就會立即焦萎而死。所以，你們在林中行走，要眼觀四面，耳聽八方，務必要提防各種的危險。璧兒，來把這條死蛇收起。」

杜璞璧放下背上的藤簍，打開來取出一隻瓦罐，拎起死蛇放了進去，收存在簍裡。

「師父，一條死蛇，要來做什麼？」阿章不解的問，「怎不把牠扔了？」

姚宏金淡然一笑，道：「傻孩子，一帖上好的藥，扔了豈不是太可惜。」

「藥？」阿章仰首待答。

姚宏金慈祥的拍拍阿章的肩，說：「把牠曬乾或烘焙乾了，碾成細粉，可治冷骨風、毒瘡、毒瘤，還可以給小孩子吃了打蟲，牠的毒液，可以用來治大痲瘋，如果將牠熬酥吃下，可治各種風濕關節疼……」

「真奇妙！」阿章著迷的說，「這麼毒的蛇，咬了人就叫人死，牠死了卻可以用來治人的病。」

「阿章，這就是化腐朽為神奇，這裡頭的學問可大呢。」杜璞璧笑道。

「世間萬物，無不相生相剋，這些道理，只要你肯用心思索，慢慢你就會明白了。」姚宏金語重心長的說。

阿章似懂非懂，他困惑的又問：「萬一不小心，被毒蛇咬到怎麼辦？」

「用蜈蚣泡的酒，可以內服外擦，再不就用半邊蓮揉碎了貼在傷口，如果什麼也沒有，就要立即設法擠放或吮吸出毒液，總之，提防才是上策，在這熱帶密林裡，毒蛇真是太多了。」

「師父，剛才那條蛇，可以用來泡酒嗎？」

「不可以，用來泡酒的動物，一定要活的才行，我們須把活捉到的物件，先放進瓶子裡，再灌酒

下去，活物被酒一鬧，牠們體內的毒液或精氣就會散發出來，這樣的酒才能奏效。」

阿章仰著頭，十分有興味的聽著，他的眼裡盛滿了渴慕和欽敬。

「阿章，好好用些心思，岐黃之道是門大學問，充塞在天地間的萬物，皆可入藥，無論草木花蟲、飛禽走獸，甚至賤如糞土，像老鼠屎、鳥糞便，只要懂得它的性能用法和功效，無不可取之為藥呢！」姚宏金諄諄教導。

阿章兩眼閃閃發光，他初次懂得，天生萬物都有其用，身為萬物之靈的人，更應有超凡的作為。

師徒三人越往前行，小路越窄，林深處，陰暗霉濕，藤葛纏繞，落葉厚重，熱帶密林特有的艷麗奇花，寂寞的開在山谷裡。

姚宏金一路行走，沿途注視著荊棘中、懸崖上、草叢裡的奇異花草，怪形植物。

每逢遇見形狀特異的植物，姚宏金就停下來，或是鑽進荊棘，被刺得肌裂膚破。或是攀上懸崖，不顧危險，總要把那植物弄下來，細細觀看、嗅聞、品嚐。認為可用的，便採枝摘葉、挖根刨塊，收存在竹簍裡。

阿章掮著藥鋤，在林中亂跑，凡看見他知道的藥就挖。

杜璞璧笑道：「阿章，像你這樣發狠的見藥就挖，一天山路走出去，十四牲口也馱不完。」

是的，林裡藥實在太多了，幾乎每一棵草，每一株花，每一根藤，甚至連地上的苔蘚都是藥呢。

阿章只好挖一棵，丟一棵，這樣，也倒能記住了不少藥物的名字。

杜璞璧起先還不厭其煩的回答著阿章的每一個問題，但後來簡直說得口乾舌燥，便也煩躁起來，只有叫阿章趕快往前走。

阿章埋頭一路挖將過去。

前面的小徑上，有一根細若髮絲的白棉線，絆在草叢中。

阿章不知不覺絆住了那根白棉線。姚宏金一見，不等阿章抬足，陡然輕縱上來，像拎小雞一樣的拎過阿章。

與此同時，數支利箭從高處飛射下來，姚宏金寬袍大袖一捲，利箭盡數被捲入袖裡。

原來，阿章踩到了土人用來射殺猛獸的弓弩機關，險些喪命箭下。

姚宏金將袖中的利箭抖落，從地上拾起一根，只見箭簇上套著一個尖形細長的紅辣椒，他將箭簇往身旁的樹身上一擦，退去了紅辣椒。便看見箭簇十分銳利，上面塗滿了紅濃如血的樹漿，姚宏金把箭簇放到鼻端一嗅，立即嗅出這樹漿中，有生鴉片和煙草濃汁的氣味。

「好險！璧兒，阿章，這箭簇上的樹漿，就是滇西滇南一帶，有見血封喉之稱的擴樹的樹漿，如侵入肌膚，即能驅全身之血，壅塞咽喉而致死。」

（註：擴樹，學名為*Aniaris toxicaria*，大戟科植物，喬木，高可二十丈餘，葉大如掌，卵形互生，漿有劇毒。）

阿章聞言色變，在這原始的蠻荒夷地，真是處處危機，步步驚險，須得時時提防啊！

走了一程，空氣裡，突然有腐屍臭氣，隨風飄來，越往前走，腐臭之氣愈發強烈，熏人欲嘔。終於，姚宏金師徒三人，看見一條小溪之畔，橫七豎八的躺著許多無頭屍身，屍身皆已腐敗，蚊蠅圍繞，嗡嗡轟鳴。

憑著屍身上七零八落的破衣爛片，阿章認出這是楊二爺的馬幫。他們怎麼竟如此不幸，身首異處的慘死在這裡。阿章不由淚如泉湧，失聲痛哭起來。

面對這慘不忍睹的情景，姚宏金和杜璞璧也為之黯然。他們知道這些趕馬人，遭到了野卡佤人的伏擊，被獵頭祭穀去了。師徒三人用藥鋤刨了一個巨坑，把這些可憐的趕馬人掩埋了。阿章坐在大墳堆前，為楊二爺們哀哀哭泣不止。

姚宏金師徒二人也嘆息著，在山溪裡洗淨了身上的泥土和汗污。姚宏金坐在溪畔的一塊大石頭上，解下腰上的酒葫蘆和小布袋，摸出幾瓣生大蒜，丟在口裡咀嚼，喝酒解濁去穢。

阿章兀自哭了一陣，突然跑了過來，道：「師父，難道你們武當山沒有藥嗎？你們為什麼要跑到這種危險的鬼地方來？這裡又有瘴氣，又有殺人的野卡佤，還有毒蛇猛獸……」

「傻孩子，武當山的藥當然多得很。」姚宏金道，心裡頗覺感動，阿章為師父他們的安危擔上了憂慮。

「阿章，我們千里迢迢的從中原來，深入到這原始的蠻荒，是為了實地考查一下雲南的中草藥物，走過這西雙版納的原始森林，我們還打算翻過高黎貢山，去到西藏的唐古拉山呢。我們要收集滇西滇南、藏東藏北的中草藥共有多少品種……」

「天啊，你們要走這麼遠這麼多的路，天下的藥草有多少呢？師父，你找到過靈芝草嗎？」

「哈哈，阿章，三千界奇花異草，豈此靈芝草才可神通廣大？」姚宏金說著，又往口裡丟了幾粒大蒜，很有滋味地咀嚼著呷了一口酒，方道：「天下的藥草之多，我們還有很多見所未見，聞所未聞，神農遍嚐百草，仍有遺漏，李時珍也未曾南到邊陲，西到康藏，所以，未曾覓獲列入《本草綱目》的，應該還有不少。就是上至碧落下至黃泉，我們也要找它個遍。」姚宏金說到這裡，神色肅穆，他將遙望著密林深處的視線收了回來，語重心長的對兩個徒兒說：「此乃為師有生之年的願望，但盼你們傾心協持，以期早日完成。」

杜璞璧肅容頷首，恭順的應承。

阿章內心一陣激騰，孩子氣的說：「師父，你放心，我要永遠都跟著你，除非你不要我了。你不要我，我也要跟著你！」

姚宏金欣然一笑，道：「阿章，記住師父一句話，在你們，要緊的是博學根深，根基要從深處打，妄圖走捷徑是靠不住的，一個治病救人的濟世者，唯有精益求精，才能學得妙手回春之術，也只有在

不斷的實踐中，你們才能真正懂得各種藥物的妙用。」

6

薄暮吞沒了最後一縷陽光。天黑下來了。

姚宏金師徒三人，終於看見前面的山崗上，座落著幾間稀落低矮的小茅屋。那些茅屋略微撐高了些許，離開地面架在山坡上，這是一個佬黑人聚居的小山寨。

一群又瘦又醜的土狗，嗅到了生人的氣息，吠咬著斜衝出來，大肆嚎叫，幾乎同時，所有低矮的茅屋門口，都鑽出一些大大小小、衣不蔽體的佬黑人。他們看見這三個衣著異樣的採藥漢人，不由圓睜了細小的眼睛，呆滯木訥的朝他們張望著。

由於語言不通，姚宏金師徒三人，靠著指手劃腳，弄了好一會，這些愚昧的佬黑人，才弄明白，這三個遠道而來的漢人，是想在這裡借宿一晚。

這些尚未開化的原始人，只傻頭傻腦地咧開著嚼檳榔的血紅大嘴，露出烏黑的牙齒憨笑著，也不拒絕，也不歡迎，完全一副不置可否的樣子。

姚宏金師徒三人，只好選了一間略微寬敞的茅屋，把小黑馬拴在竹樓下，逕直爬上竹樓。

那茅屋的主人，是個四十多歲的佬黑漢子，看見客人光臨，頓覺受寵若驚，連忙咿唔亂嚷，手舞足蹈，眉開眼笑，但卻就是不知道招呼客人坐下。

屋正中有一個石塊圍成的火塘，火塘邊有一個佬黑女人，正在用長刀，墊著一塊木頭，砍一隻尺

來長的大蜥蜴。那隻大蜥蜴已經被火燒死了。她把那隻蜥蜴砍成一塊塊的，丟在火架上的瓦缽內煮熟。

一個十多歲的佬黑小孩，拿著一隻竹筒爬上來，他身上只掛著一些烏黑的破麻片。他拔去竹筒口塞著的野草，將裡面肥碩巨大的蟋蟀，一一抖進沸騰的蜥蜴湯裡。

這一家佬黑人，正在料理晚餐，還沒有吃飯呢。

姚宏金師徒三人放下行囊，堆在角落，按這一帶的規矩，圍坐在火塘邊。

杜璞璧從背囊裡找出一小袋鹽，倒出約摸半小碗的一堆，雙手奉送給那佬黑漢子，算作借宿一晚的見面禮。

那佬黑漢子滿心歡喜的接了，小心翼翼地將那捧粗鹽盛在一個被火煙薰黑了的小竹筒內。

為了表示對客人的感激，那佬黑女人，往蜥蜴湯內撒了些珍貴的鹽粒。她拿出幾個新鮮的青辣椒，在每人面前舖上一片芭蕉葉作餐盤，舀了一堆冒著香甜氣息的紅穀米飯。一個更小些的佬黑男孩，完全的赤裸著身子，他端過一隻用竹節做的小盆，裡面盛著一點清水，放在正中。大家依次在竹盆內浸濕了手指，圍著那鍋清燉的蜥蜴蟋蟀湯，用手指代替筷子抓飯撈菜吃。

姚宏金和杜璞璧是吃素的，他們只用青辣椒沾鹽佐紅穀米飯，並吃幾瓣生大蒜開胃口。

阿章學著佬黑主人，伸手在肉湯裡，撈出一塊蜥蜴肉，蟋蟀都已經煮得酥爛了，一些頭足沾在蜥蜴肉塊上。

這蜥蜴肉充滿了韌性，煮的時間也不夠，實在不易咀嚼，而且味道淡薄而氣腥，並不怎麼中吃。

阿章嚼著那塊蜥蜴肉，嚼得太陽穴都生疼了，還是撕不碎，只得囫圇吞了下去。

草草吃過了晚餐，佬黑主人指指右方的角落，示意他的客人可睡在那裡。

這佬黑漢子為了表示他的殷勤，特地扛來一棵粗大人高的枯木，加在火塘，把火燒得旺旺的。

住在這一帶的山地民族，都習慣一年四季，日夜不停的在屋裡燒著火。

他們睡覺通常都不蓋被蓋毯的，一家大小，就這麼一個個踡縮著，圍在火塘四周睡覺。如果比較寒冷的夜晚，火塘的火就會燒得更大些。

入夜時分，阿章突然被一陣遠處傳來的淒厲哭喊嚇得驚醒過來。他睜開眼睛，黑暗中，在火光的映照下，看見師父和師兄都已坐了起來，此時正湊著竹牆縫隙往外張望。

那淒厲的哭喊，由遠而近，更為慘烈。黑暗中聽來，令人倍覺毛骨悚然。

「師父！」阿章膽怯的低喊，並把身子挪過來，緊緊的貼著杜璞璧。

「別怕，可能是有人死了。」杜璞璧伸手拍拍阿章的背，替他壯膽的說。

漸漸的，阿章聽清楚了，那是好幾個人混合在一起的哭喊，真的，那號泣中有一種生離死別的絕望和傷心。

不久，他們的佬黑主人也醒過來了，他顯然也是被外面的哭喊哀嚎弄醒的。但他卻依然躺著不動。他在喉嚨裡發出一串含混不清的嘀咕，似乎在埋怨那哭喊擾人清夢。

那佬黑漢子看見火塘裡的火勢已經低黯微弱，本能的伸出一隻手，撥弄了一下柴塊，依然躺著，

把頭湊近了火塘，用嘴「呼呼」的吹起火來。

火焰騰上來，把低矮的茅屋內照得一片通明。

姚宏金挪過來，伸手拍拍那佬黑漢子的肩頭，指指外面，作了個疑問的手勢。

那佬黑漢子毫不動容的嘀咕了一陣，比手劃腳，指指火，指指水，指指外面的山林——原來他是說：寨子裡有一個人病了，這個人的魂魄是被山神爺攝去了。所以過了三七二十一天，也就是今天晚上，那個人便要被送到密林中，去祭獻給山神爺。

所謂祭獻，就是把病人捆在林深處的一棵大樹上，任憑猛獸來把他撕裂果腹，或是活活給林中食肉的蟻蟲，一點點啃光只剩下一副骨頭架子，再不就活活餓死……

原來，這些佬黑人都以為，人生病是因為什麼神祇看中了他們，或是什麼鬼怪來吸取了他們的魂魄。這要靠巫師看卦來顯分明的，如果卦上顯示病人是被鬼怪作祟，那麼，就得請巫師作法趕鬼。如果是火神看中的，便要用火燒死，是被水神看中的，便要用水溺死，是地神看中的便要活埋，是天神看中的，便要吊死在參天古樹上。

如果不這樣做，這些佬黑人相信，神祇就會發怒，降給他們更可怕的災難。

姚宏金皺皺眉頭，肅容的沉思了片刻，決計出去看個究竟。

於是，師徒三人鑽出那間茅屋，朦朧的夜色裡，只見一夥佬黑人，打著火把，綁著一個赤身露體的佬黑青年，拽拽扯扯，拖拖拉拉的號泣著，正從寨子那邊走了過來。

那個佬黑青年氣息奄奄，瘦小的身體皮包骨頭，突出的肋骨歷歷可數，但他的腹部腫脹如鼓，他步履蹣跚，身子搖搖晃晃，連站都站不穩了。他被幾個他的親戚挾持著，跌跌撞撞的走過來。

快要走出寨子時，那病人便軟癱癱的栽在地上，再也爬不起來了，他的親戚拿出預先用藤子搓成的繩索，拴住他的雙足，像拖死狗一樣，拖進密林中去了。

姚宏金低嘆了一聲，道：「璧兒，你去把我的大葫蘆拿來。」

「師父，天這麼黑了，林中兇險……」杜璞璧猶豫的說。

「別磨菇了，快，救人要緊。」姚宏金不容分說的道。

杜璞璧知道師父的性情，不敢違逆，當下鑽進茅屋，拿出那隻大葫蘆。

姚宏金揹上葫蘆，道：「璧兒，你們不必跟去，驚動了這些佬黑人，萬一冒犯了他們的什麼禁忌，便大為不妥。」

「師父，還是讓徒兒去吧！」杜璞璧不放心的說。

「不須多話！」姚宏金說完，抖開寬袍大袖，飄飄然幾個鶻飛兔縱，已在幾丈開外。

那群佬黑人拖著那個半死不活的祭獻品，一路哀號著來到密林深處。

他們把那垂死的病人，綁在一棵大樹上。為首的一個年長的老頭，從掛包裡掏出一根黑線，一頭拴在那病人的腳踝上，往前直拖了二丈餘，另一頭拴在他自己的腳踝上，其餘的尾隨者，慌忙聚攏過來，站在那老頭身邊，眾人一齊跪在地上，口中唸唸有詞，大意是稟告山神老爺，祂要的祭獻物，他

們已經遵命送來了，請山神老爺隨心享用。

然後，那老頭拔出別在腰上的長刀，雙手高高舉起，狠狠一刀往線的正中砍去，線立即被砍斷了。佬黑人歡呼起來，砍斷那根線的意思是，他們已經與這山神爺看中的病人，徹底的一刀兩斷，這樣病人死後的靈魂，就會去歸從山神爺，而不會來纏繞驚駭他們了。

這個絕望的病人，被孤獨無告的留在密林裡，由於驚恐絕望過度，他已經處於嚴重的休克狀態。那夥佬黑人遺棄了他們重病的親人，越去越遠，山林又重新投入黑暗寂靜。

躲在附近的姚宏金，燃亮了一根松明火把，從一棵巨樹後走了出來。他探探那病人的鼻息，病人雖已氣若遊絲，但體還溫，心還跳，顯然還沒有死呢。

姚宏金掏出匕首，迅速地割斷那佬黑人身上的繩索，把他仰面躺在地上，他舉起手上的火把，檢視那病人的情形，只見那病人的面部分外黝黑晦暗，面部和裸露的頸部胸部，都遍佈著蜘蛛狀的小紅點，膨大的腹部叩之有鼓音和濁音發出，雙足浮腫，再拉過他的手來細看，只見他的手掌發紅，色如硃砂。

檢視未畢，那病人突然鼻孔流血不止，口中也嘔出大量烏黑的血塊，一股惡臭腥味，混合在這病人身上，終年不洗澡而發出的體臭，簡直中人欲昏。

姚宏金毫不嫌棄，仔細的嗅聞了一下病人的氣味，辨別病人的寒熱虛。

這時，林中有腳步聲傳來，那腳步聲走到附近便停止了。

姚宏金掀掀眉，面上露出一抹笑意，揚聲道：「阿章，既來了，就快過來吧，不必躲躲藏藏的。」

來人果然是阿章，他因為惦著師父的安危，便謊稱小便私自溜了出來，尋找師父。

阿章連忙跑過來，乖巧的說：「師父，我替你打火把。」他說著，便接過姚宏金手上的火把，恭敬的伺候在一旁。

姚宏金伸出手指，按住那佬黑病人平伸的手腕，切脈診斷，片刻，道：「這人的肝硬化了，我得先替他把鼻血止住，至於他吐出的血塊，是內裡出血，血塊吐完了，便會自行止住的。」

姚宏金說著，將手指按住病人頭部的『上星』穴，病人先前血如泉湧的鼻出血，立即止住了。

姚宏金伸手在那隻大葫蘆內，掏出許多棉紙包，找出碾成細粉末的砂仁、甘遂，順手在近旁的樹上，摘下一片寬大的樹葉，把砂仁和甘遂的粉末各倒了一些在樹葉上，又從腰間的小布囊中，摸出三、四個大蒜，撿了兩塊山石，把大蒜打爛了，混在藥粉中，沒有水，便叫阿章撒泡尿，把那幾味藥調成稀糊，敷在那佬黑人的肚臍正中。採了些寬大柔軟的樹葉和藤，把病人敷著藥的肚臍，緊緊的束了起來。

姚宏金又從大葫蘆裡，掏出幾粒『牛黃清心丸』，用銅片撬開病人緊咬的牙關，用酒將藥灌了下去。

忙亂了一陣，現在可以告一段落了，只等著這佬黑人醒來，才可以進一步的治療。

姚宏金困倦的坐在樹根上，習慣的掏出幾粒生大蒜，像吃花生米一般的，丟在口中很有滋味的嚼著，間或呷幾口老酒，十分受用的閉目養神。

阿章忍不住問：「師，生大蒜又辛又辣，你怎麼這樣愛吃？」

「為師喜歡的正是它又辛又辣，阿章，你也應該學著吃些生大蒜，對身體很好呢。」

阿章想起生大蒜那股刺鼻的辛辣味，連忙搖搖頭，攢眉苦臉的說：「唉，太難吃了，師父，我一點都不愛吃。」

「傻孩子，聽著，師父告訴你，生大蒜能防治百病，是辟邪去穢的萬應良藥，隨時吃些生大蒜，天寒就不怕冷，炎夏就不畏熱，生大蒜還能提神醒腦，解毒去腐，強身壯體，功效不下人參燕窩。」姚宏金說著，又往口裡丟了一粒生大蒜。接著道：「你看，師父七十多歲了，身子還這麼硬朗，頭不昏，眼不花，耳不聾，牙不掉，全是因為師喜歡隨時吃些生大蒜。起初吃，也許不習慣，慢慢地，怕你會上癮呢。」

阿章委實覺得，生大蒜並不如師父說的那麼好吃，他早就偷著吃過師父的生大蒜了，那股辛辣刺激的滋味，他實在無法領受，生大蒜的好處和妙用，他此時還體會不出來。

遠遠傳來雞啼聲，天已灰濛濛的透出了些亮光，這時，杜璞璧揹著竹簍，牽著小黑馬，好不艱辛的趕來了。

「阿章，快幫你師兄拿東西。」姚宏金吩咐道。

阿章連忙迎上去，接過杜璞璧背上的竹簍，師兄二人笑呵呵的一同走過來。

「璧兒，你出來時，那佬黑人沒說什麼吧？」姚宏金知道這一帶的土著民族，禁忌多多，如不小心冒犯了，往往會惹下殺身之禍，或是什麼惱人的麻煩，是以不得不處處小心在意。

「他沒說什麼，他還在呼呼大睡呢。我叫醒了他，告訴他我們要走了，他睜開眼睛點點頭，翻過身又睡了，我就收拾了物什趕來了。」

杜璞璧說著放下行囊，他看了看躺在地上的佬黑病人，說：「看來，他病得真不輕，也算他命不該絕，幸好遇到了師父。」

「阿章，你去找些枯枝來，我們升一個火，等你師兄配齊了藥，好煨煮。」姚宏金道。

阿章依言忙去四周撿拾枯枝。

黎明時的熱帶山林，瀰漫著灰蒼蒼的霧氣，露水浸濕了地上厚重的落葉，踩在上面軟如棉。清新的空氣裡，有芬芳的植物發出淡雅的香氣，樹梢枝頭上，早起的鳥兒在啁啾歌唱。

阿章行走在霧氣裡，不時彎下身去撿拾枯枝。

突然，阿章看見厚重的霧氣裡，隱隱約約的，有一張洞開的大嘴巴，在衝著他露齒發笑。這張發笑的大嘴巴，怪怪的，有種說不出感覺的奇特。

阿章怔住了，呆望著那張洞開發笑的大嘴巴，半晌回不過神來。他感到腳下有樹枝絆住了他，不由本能的俯下身，往下摸了摸，原來是根光滑的枯枝。

阿章一手去拽那根枯枝，目不轉睛地依然瞪著那張發笑、不發聲的怪異大嘴呆望著。

枯枝拽起來了，那張大嘴巴同時撲向阿章的面門，一股陰慘慘、涼冰冰的感覺，令阿章毛骨悚然，那大嘴巴跌進阿章的懷裡。

阿章定睛一看，天呀，手上拽著的，竟是一根死人下肢的枯骨，骨端上還連著五根足狀骨呢！再看看跌進懷裡的大嘴巴，原來竟是一個死人的骷髏頭。

「媽呀！」阿章駭然地丟下枯枝，甩掉死人枯骨，魂飛魄散的回頭就跑。

「師父師父！」阿章唇青面白的跑到師父身旁，渾身癱軟的直發抖。

「阿章，你看見什麼？嚇成這個樣子！」杜璞璧立即警惕而戒備的說。

「死人！那兒有死人！」

姚宏金睜開眼睛，道：「阿章，別怕，這裡有七、八個死人呢，夜裡我就看見了。」

——原來，這兒是佬黑人專門祭獻山神爺的地方。

天大亮了，陽光透過林梢密實的葉隙，一縷縷地透射下來，杜璞璧帶著阿章，一塊去撿拾枯枝，果然看見相距不遠的七、八棵大樹上，綁著七、八具大大小小，男男女女的屍骨。有的已經肢離破碎，有的早被食肉蟻蟲啃成了枯骨架子，地上還散置著被野獸撕裂果腹後的骨骸。

這些枯骨，使山林顯得陰氣森森，異常淒清。

師兄二人撿來了一大堆枯枝，升著了一堆火。火光，驅散了霧氣陰冷，帶來了溫暖光明。

杜璞璧配齊了藥，翻找出瓦罐來煨煮。

那佬黑病人甦醒過來了，先前姚宏金替他敷在肚臍上的藥起了作用，他流出大量小便，腹部積水多已排出來，他那鼓脹的大肚腹漸漸癟下去了。

那佬黑病人睜著一雙細小、渾濁的眼睛，目光呆滯的四下張望著。

他看見了這老小三個異族人，他驚恐的四肢亂抖，掙扎著想翻身爬起來，本能的打算逃竄而去，但他的身體太虛弱了，根本沒有丁點力氣。

「師父，他醒了。」正在吹火的阿章說。

那佬黑病人像隻垂死的土狗，衰弱的發出一陣瘖啞的嘀咕，目中流露出一種動物般的哀憐乞告。

杜璞璧和氣的在他身旁蹲下來，打手勢叫他別怕。

阿章跳起來，拖過師父的大葫蘆，響響地拍了幾下，又掏出些藥物來給他看。

那佬黑病人，好不容易才弄明白，他還活在人間，他沒有死，這老少三個人，也不是會攝取人魂魄性命的山神爺，而是救了他命的好心人。

為了這個佬黑人，姚宏金師徒三人，在這遺棄死人的林裡，餐風露宿了三天。

三天以後，這佬黑病人的重病完全好轉了，只是他久病初癒，身體還很虛弱，但已經可以行動了。

姚宏金令杜璞璧配了七帖中藥，交給那佬黑人，囑他帶回去煨煮服用。

那佬黑人知道分別在即，不由千恩萬謝的跪俯在姚宏金腳前，久久不肯起來。

「埃坎！埃坎！」這佬黑人指著自己的鼻子，不住的直叫。

姚宏金師徒三人笑了起來，他們知道他在說，他的名字叫「挨砍——埃坎！」

埃坎像捧珍寶一樣抱著那些藥，歡天喜地的離去了。

姚宏金師徒三人收拾了物什，辨別了去橄欖壩的方向繼續往前趕路。

卷貳

威靈仙

7

羊腸小徑兩旁的叢林，濃蔭遮天蔽日，藤葛纏繞，深厚而茂密，五花八門，名目繁多的熱帶植物，令人嘆為觀止。

姚宏金一路蒐集標本，要將大自然厚賜給人類的瑰寶，廣加應用，方不致暴殄天物，辜負了造物主的美意。

阿章認識的藥草越來越多，小孩子記性好，悟力強，再肯用一番心琢磨，吸收消化的能量，速度也更快了。

走不完的漫漫小路，爬不盡的崇山峻嶺，看不盡的溪流縱橫，置身在幽壑深谷中，挖藥採草，洞悉天地萬物相生相剋的奧妙，平實中自有一番飄逸，阿章打心底愛上了這行當。

暮色蒼茫，天快落黑時，姚宏金師徒三人，正想找個歇宿處，忽聞穿林風挾了些流水湍急的聲響刮過來，知道前面便有一條河流，不由興奮的使勁加了些足力，拖著疲脹的兩腿趕過去。

視線豁然開朗處，只見白花花浪滔滔，一條水勢洶湧、巨濤拍岸的河流，急漱漱地咆哮著，從密林深處竄出來，又怒衝衝地奔向峽谷，聲勢囂張地狂嘯而去。

岸邊，嵯峨的山石，早被浪潮年復一年的日夜沖刷，變得圓滑又平整。

姚宏金在一塊巨石上站定下來，凝視著這滾滾的河流，那股氣勢迫人的兇險，令人感到心驚膽顫，震耳欲聾的喧嘩，將那匹小黑馬嚇得嘶鳴著人立起來，撒腿便欲轉身逃去。杜璞璧揪緊了韁繩，吆喝著將牠鎮定下來。

阿章孩子心性，才聽見水響，就一路脫衣解帶，到得河邊，早已赤身露體，他發出一聲喊叫，放下背簍，丟去衣褲，喜孜孜的往沙灘上奔去，好想噗通一聲跳下水，痛痛快快的洗去滿身的汗污和疲乏。

「師父——」阿章發出一聲慘叫，唇青面白地回過頭來，兩手求助的朝空一陣亂抓，他的上身傾斜著，兩腿齊膝已沒入沙裡，他的身體還在往下陷，彷彿有一隻看不見的怪手，在把他狠狠往沙裡拽進去。

「這是流沙！」杜璞璧驚叫一聲，奮不顧身，急忙就欲去拉阿章。

平生履險如夷的姚宏金，也從未如此刻般的驚惶失措過，本能的，他攔住了杜璞璧，一時無計可施的呆住了。

可怕地，那整片的沙灘，都在流動坍陷，眨眼間，阿章的下半身已深陷其中。那流沙，如地獄可怕的裂口般，吸吮有聲的夾住阿章往下吞吸。阿章掙扎著，悽厲的哭叫不已：「師父師父——」

眼看愛徒就要慘遭滅頂之災，姚宏金顧不得多想，當先裡正欲撲過去——

猛地，半空裡，拋下一根粗若手指的藤子，疾速地落在阿章面前。

阿章求生心切，眼明手快，一把拽住那根藤，雙手緊緊地死命拉著往上掙。驚惶失措間，杜璞璧總算能喘了一口氣，他忍不住回頭一看，只見一個矮小精瘦，棕黑皮膚的山地人，像隻猴子一樣，雙足盤在一根大樹上，穩住身子，兩手用力地扯著那藤往回拽。

「啊，埃坎！」杜璞璧驚喜地跳過去，協力合扯著山藤，終於把阿章扯上來了。

阿章被流沙夾得血充腦門，臉脹成了豬肝色，姚宏金連忙將他躺在岩石上，替他揉捏按摩，使他衝上來的血液，運行回歸本位。

阿章回過氣來，扁扁嘴，撲拉拉滾下兩行淚，哽塞道：「師父——」

「好了，沒事了。不要哭。」姚宏金慈祥的撫慰著驚魂未定的阿章，他撩起一方衣襟，為他拭去面上的淚水。「記著，這是一個教訓，以後可要多小心了。」

「埃坎，謝謝你！」阿章感激的呼叫那佬黑人，明知他聽不懂，仍然不迭聲的說。

原來，凡祭獻給山神爺的佬黑人，永遠不能再返回山寨故居，所以，埃坎只好悄悄尾隨在他們身後，一路來到了這裡。

眾人長長的呼了口氣，心有餘悸地，回頭再看一看那沙灘，流沙若無其事的回復了原來的平靜。彷彿根本沒有發生過什麼事。沙灘漫無邊際地伸展進林深不知處，沙面覆蓋著厚厚的絲絨也似的苔蘚，還稀稀落落的，長著些含羞草類的低矮植物，在這人跡罕至的蠻荒沼澤，不知遍佈著多少不動聲色的死亡陷阱。

埃坎指指那流沙，咿哩哇啦，比手劃腳，又急又快的不知說了一串什麼，然後，他神色驚悚地，撿起一塊拳頭大的鵝卵石，往沙灘上擲去，令人恐駭的，那沙灘顫動著，裂開一條縫，像餓漢吞雞蛋般，把那塊鵝卵石吞吸下去了。片刻，又回復了靜止的原狀。

姚宏金倒吸一口冷氣，面色凝重的搖搖頭，說：「我們先另找個地方休息，過了今晚再說吧。」沿江兩岸，風景奇佳，暮靄裡，只見怪石猙獰的懸崖陡壁上，古藤老樹，蔓衍垂結。埃坎發出一聲山喊，山谷裡立即傳來一片回響。（註：山喊是雲南山地民族表達心意的特性，也叫喊山，聲音往往傳得極遠。）

浪濤聲漸漸遠寂後，密林中，便有一股蒼涼淒迷的幽清襲來，山的雄渾穩健，林的包羅萬象，令人感到天高野闊，心靈中不由充滿了敬畏。

他們找塊平坦的地方，卸下馱子，放下行囊，升火造飯。

跟山地人換來的紅穀米，早就吃完了。

埃坎像隻猴子，敏捷地鑽進林中，摘來一些野生噴香的榴槤，杜璞璧就近挖了些蕨根山薯，堆在火下面燒熟，剝去外皮，抹點鹽，吃起來別有一番滋味。

草草填飽了肚子，埃坎砍來一根青竹筒，上面盛了山泉水，下截埋在火裡燒，再採些岩石上長出來的野茶葉，放在竹筒裡，用小火慢慢熬煮成一種冒著竹葉清香味的濃茶。

姚宏金喝著那茶，頓覺爽口滋潤，苦裡回甘，濃厚香醇，不由連聲讚好。嘆道：「你們看這蠻子，自幼過著孤生獨死的原始生活，不想他竟也這般有情有意，唉，天下萬物皆有靈，芸芸眾生都有情，所以，做人還是要講一個善字。」

埃坎觀言察色，知道姚宏金是在誇獎他，不由喜得抓頭搔耳，口中突然發一聲山喊，雙腳跳起二、三尺高，猛力地向地面前後左右一陣蹬踏，涎水順著他笑裂的嘴角淌下來，原來，他是在跳佬黑人以猛烈出名的『三腳舞』，他跳得那樣使勁，赤足重重擊在石面上，真教人擔心他的腳踝會骨折。

姚宏金師徒三人起先給嚇得目瞪口呆，以為他發了羊癲瘋，火光下，但見埃坎眉開眼笑，怪模怪樣，奮發亂舞，才知他是在獻媚取寵，表示內心的感激和快樂。

他跳得氣喘如牛，尖厲的山喊更令人毛骨悚然，他跳了一陣像在拼搏的三腳舞，又跳了幾回舞姿怪異的蒼蠅舞、跳蚤舞、猴子舞……

阿章笑疼了肚皮，笑出了眼淚，連姚宏金和杜璞璧也忍俊不住地笑出聲來。

埃坎受了這精神鼓舞，像被催眠似的，越發跳得起勁而賣力。他的影子長長地映在山石上，隨著他的舞姿飛轉迴旋，令人眼花撩亂。他跳得嘴吐白沫，精疲力竭，只會勾著兩隻眼睛，巴巴地朝人呆笑，跳著跳著，步子終於慢了下來，像癱了似的，氣息奄奄地直挺在地上。

姚宏金搖搖頭，嘆口氣，說：「這蠻子，怪可憐的，這麼發狠亂舞，只是想藉此表達他對我們挖肝掏膽也情願的心意啊！可見為人處事，能方便處，且行方便好，於人於己皆有利，更何況，狗搖尾也是一種情呢！」

阿章聽師父如此說，不由動容地看著埃坎，埃坎傻笑依然，神情滿足而快樂。回想黃昏時自己陷在流沙裡，幸好埃坎及時拋藤相救，一種說不出的相依溫馨，立即騰湧在心頭。

狗搖尾也是一種情，這句話在阿章心裡生了根。

這以後，埃坎便充做他們的嚮導，帶著他們翻山越嶺。密林中迷魂陣也似的羊腸小路，錯綜複雜，有時走著走著路就不見了。有時那小徑，會引人鑽入低矮的灌木叢中。那坑洞般陰濕幽暗的叢林深處，籐葛纏繞，有巨毒的荊棘惡辣辣地混跡其中。誤入歧途，爬籐上的刺鉤扎進皮肉，頓時紅腫流血。腐葉下面，常隱藏著有毒的蛇、蜘蛛、螞蟻、蝎子、蛤蟆、水蛭、螞蝗……以及其他叫不出名來的毒蟲。野人捕捉鳥獸的機關，也常設在葉藤茂密的地方。不慎碰到，那淬過劇毒的箭簇、竹刀，足致人於死命。

有了埃坎，他們可以避開許多危險。

埃坎帶著他們繞過激流險灘，這一日，穿出山谷，遠遠的便見那河流平緩靜謐地橫亙眼前。埃坎飛奔到河邊，雙手捧起水來喝了幾口，轉過身來指指前面，叫道：「窩尼窩尼。」

窩尼？反正聽不懂，猜不透，看埃坎那神情，流沙不再是威脅，姚宏金師徒三人寬了心，也放膽走到河邊洗臉，飲水。

相距不遠山坡上，萬綠叢中，隱隱綽綽地，現出些傘形的茅屋，也不知那是什麼族人聚居的山寨。

「窩尼！窩尼！」埃坎指指那些傘形屋子，又叫著說——原來，他是說，那裡住著的是窩尼族人。

沿著河灘走了半里光景，只見青翠的河灣畔，正聚集著一群窩尼人，那些窩尼人無論男女老少都不穿衣服。男人的頭髮全拔得精光溜溜，唯有天靈蓋留了一小撮頭髮，這一小撮頭髮從娘胎留到死，都不能剪去，那一撮頭髮全挽結堆在頭頂。女人都留長髮。髮色焦黃，蓬亂纏結。

阿章一眼就發現，那些窩尼人無論男女老少，全沒有門牙，裂開嘴就是黑洞。原來，他們的門牙，拔來鑽了孔，掛在耳朵作裝飾了。他們的犬牙大都長而銳利。

窩尼人圍攏在河上方，相距七丈遠的下游處，河邊坡地上豎著一個『工』字形的木架，木架上成大字形綁著一個年老的窩尼人，另有一個年輕的窩尼人，站在木架下的河水裡，面無表情地注視著上方的那群窩尼人。

獸皮繃製的鼓低沉陰鬱的響了起來，原來這群窩尼人是在舉行一個典禮，主持典禮的窩尼人，面上塗著紅黃白三種色彩，他將一片芭蕉葉平放在河面上，就有一個窩尼女人，將懷裡甫出世的嬰兒，放在那片芭蕉葉上。

鼓聲越來越密緊迫，那嬰兒呱呱啼哭，聲音清脆響亮，中氣十足，腳蹬手打間，芭蕉葉順著風勢，流往下游。

阿章的心緊縮成一團，他真擔心那小嬰兒會沉下水去。

將新生兒放置水裡，以浮沉決定取捨，是窩尼人怪異的習俗。

如果嬰兒漂浮在水面上，淌到下游他父親懷裡，就認為是可以留養的，如果嬰兒沉下去，就認為

這是瞞了閻王老爹來偷生，或是什麼山精野魅來投胎的，他們便由他任水淹溺沖走。

姚宏金師徒三人，都為漂在河面上那小嬰兒捏著一把汗。阿章看見，芭蕉葉的上下兩端，均各穿著一根手指粗細的竹棍，藉以保持平衡，那小嬰兒微弱的性命，就繫在這兩根竹棍上。所幸，芭蕉葉載著那嬰兒，順利地淌到他父親身畔，那窩尼青年發一聲山喊，狂喜地從水裡抱起了孩子。

聚居在上方的數十個窩尼人，也山搖地動地放聲怪吼，各各拿著長刀短刀，俯衝過來。當先裡，一根鋒利的長鏢，從眾人頭頂『颼』地飛過去，準確地將綁在木架上那個窩尼老人的心窩，扎個透穿，血光迸濺間，那群窩尼人已蜂擁而上，你爭我奪，將那窩尼老人身上的肉，大刀小刀地割下來，一個個塞進口裡大吃起來。

那窩尼人悽厲的慘叫還飄盪在河灣上，人卻只剩下一副骨頭架子。

原來窩尼人的規矩，當孫子出世，經放進水裡不沉得以留養，那麼做祖父的，就得被族人生剮了分來吃，那新生兒才能平安長大。窩尼人相信，那被當肉吃掉的老祖父的靈魂，會鑽進新生兒的身體裡，轉世為人。所以，據說那些升格做祖父母的窩尼人，很願意這樣給族人吃掉，以得重新再從頭活一遍，享有童年和青春。他們認為這是一種無上的光榮和幸運。若是生女孩，那麼這光榮和幸運，就是屬於老祖母的了。

姚宏金悲天憫人的大嘆，天下真是無奇不有，貴壯賤老固然並不少見，但如窩尼人這般愚昧的，恐怕是絕無僅有了。

看到他們這般野蠻，阿章恐懼的說：「師父，我們快走吧，窩尼人大概也會祭人頭的。」

姚宏金揚首看著山坡上那些傘形茅屋，入眼便見高張的方形竹籠裡，果然盛著些白森森的骷髏頭。

窩尼人也像卡佤人一樣，是祭人頭的。

趁著窩尼人還沒有注意他們，還是快走為妙。

埃坎帶著他們找到水淺處，一行人捲高褲管，牽著小黑馬，匆匆涉水過河，疾速地離開了那群窩尼人。

繞山轉林，行了半日，不覺又是人困馬乏，這一帶，連山泉水都找不到，他們早已口乾舌燥，飢腸轆轆。

姚宏金看見前面山崗上，樹木荊棘全被砍伐，那是山地人在進入雨季前，砍伐焚燒後，用來種旱穀的山坡地。

坡地上孤零零有一間低矮的窩棚，窩棚內住著的，多是掛單出來種地的山地人，通常溫和友善，殷勤好客。

「埃坎！」姚宏金示意地指指窩棚，想去討些米飯充饑，他們已經有好些日子，沒有吃過像樣的食物了，尤其是那噴香撲鼻的米飯。

埃坎會意地咧嘴一笑，健步如飛地爬上山坡，鑽進窩棚，不一會又鑽出來，身後跟著兩個叼著煙

斗的男女窩尼人，他們咧嘴笑著，熱情地又喊又跳，招手叫他們上來。

師徒三人爬上坡來，入眼便見兩個窩尼小孩，正在輪流撕吃一隻活生生的貓頭鷹，那貓頭鷹被咬得遍體鱗傷，但卻尚未死去，還在他們牙齒縫間低叫撲翅掙扎。那兩個小孩你撕一口，我咬一口，滋味香甜的吃得很快活。貓頭鷹的羽毛和血，沾了好些在他們的臉上、手上。

姚宏金皺皺眉頭，有些後悔不該闖進來，這些茹毛飲血的蠻子，連人肉都生吃，生吃一隻貓頭鷹，實在不足為奇。

窩棚內照例有一個火塘，他們在火塘四周坐下來，杜璞璧立即拿出珍藏的鹽袋，倒出一捧送給那窩尼人。

窩尼人看見鹽，立即眉開眼笑，他從火塘上方吊著的晾笆上，取下一個尺筒，打開蓋子，將鹽小心地盛起來。那兩個窩尼小孩，雙眼發亮地跳過來，各討了一小撮鹽，放在掌心發聲很響的舔食。

那窩尼女人，殷勤地將大竹筒中的山泉水，倒在一個葫蘆瓢裡，遞給他們喝。

那山泉水清涼甘甜，不知這窩尼女人，是從多麼遠的地方揹來的。

那兩個窩尼小孩啃完那隻貓頭鷹，又舔食了一些鹽，也從地上撿起一個葫蘆瓢，過來倒水喝。

阿章看見他們喝水不是用嘴，而是從鼻孔吸進去，再流進口腔裡。那兩個窩尼小孩，一口氣吸掉半瓢水，竟不會咳嗆。

窩尼人飲水、飲酒，全是用鼻孔吸，所以，都練得奇妙的鼻飲功夫。

那兩個窩尼小孩飲完水，各人扛起一節半人高、碗口粗的竹筒，到很遠的山澗去汲水。埃坎竟會窩尼話，他向他們討飯吃。

那窩尼女人從擱在角落的背簍裡，捧出些冒著甜香的山穀米，放進鍋，倒上水，撥開火塘的火，煮起飯來。

那窩尼漢子一直用竹片在鍋裡拌，攪到水快乾時，蓋上鍋蓋，用芭蕉葉把鍋端起翻轉過來，斜放在肩上方，朝空搖一搖，抖一抖，又從火塘中扒出些紅灰，將飯鍋放在紅灰上，再夾些紅炭塊放在鍋蓋上，一面烘一面轉，不一會飯就煮好了。掀開鍋蓋，一股熱氣溢著飯香冒上來，但見飯粒顆顆透熟鬆爽。

——滇緬一帶的趕馬人，全是這樣煮飯，如果不會煮的人，常將飯煮得半生不熟一鍋糟。阿章跟楊二爺討生活那一陣，也學會了這樣煮飯。

總算，能吃到一餐穀米飯了，這種旱穀米油潤滑軟，非常好吃。

剛吃完飯，只聽見林深處，由遠而近傳來一陣驚悸求助的哭喊。

那窩尼漢子慌忙鑽出窩棚，看見他的小兒子，神色張惶的奔跑過來，又哭又叫。

明顯地，那個大些的窩尼孩子出了什麼事了。

那窩尼夫妻，惶急地叫著奔下山坡，後面跟了姚宏金一行人，跑了很遠一段路，找到山澗裡，只見那窩尼小孩，躺在一棵大樹下，有氣無力的哼叫著，原來，他爬上樹去摸鳥蛋，不慎踩斷樹枝跌了

下來。

他的小腿骨撞在山石上折斷了，尖楞楞的骨頭，刺破皮肉冒將出來，鮮血還在汩汩外流不止。姚宏金連忙跑過去，意欲幫他止血療傷，但那窩尼漢子，已經當先撲過來，一隻光腳丫踏在那孩子大腿上端，兩隻手握住他小腿斷骨處，用力上下一拉一扯，那冒出來的骨頭，便扯進皮肉中去了，那窩尼小孩疼得慘叫一聲，昏了過去。

那窩尼漢子將光腳丫移過來，踏在小孩腿傷的斷裂處，扭頭朝他老婆又吼又叫，那窩尼女人急忙鑽進荊棘中，採來一大把植物，急急用石頭搗爛，就敷在小孩傷口上。然後摘幾匹寬大柔軟如綿紙的葉片，包在外面，用藤子緊緊地紮起來。

埃坎替他們砍來一節碗口粗的竹子，劈成兩半，削去毛邊，將那窩尼小孩的斷腿，從膝蓋到腳踝直直的夾在竹管裡，再用藤子密密實實綁起來。

姚宏金插不上手，在那窩尼女人搗藥的山石邊，撿起些掉落的枝葉，細細地端詳辨認。

阿章疑惑的小聲說：「師父，他們也會治跌打損傷？」

姚宏金鄭重的說：「不錯，任何一種有生命的東西，都各有一套與天鬥、地鬥、與環境鬥的能耐和方法。我們且在這裡耽擱幾日，看看這些生吃阿公阿婆的窩尼人，能不能將那小孩治好。」

姚宏金說完，鑽進荊棘草叢中，很容易找到了那幾種植物。這幾種植物，以前他並沒有用過，一時也無法知道它們的療效是否可靠。

阿章跟在師父身後，也找到了好些同樣的植物，欣喜的叫道：「師父，說不定這幾種藥，有一些是治跌打損傷很有療效的好藥……」

姚宏金凝然沉思了片刻，面上掠過一抹笑意。

這些生活在深山大澤的野人，世代相傳，過著攀山越嶺、捉蟲捕獸、摘果找蜜的原始生活，除了敬畏天地、崇拜鬼神，相信占卜看卦，以趨吉避凶，一定也有一套應付疾病損傷意外的土法子。這些土法子如用心探索，仔細鑽研，除其糟粕，取其精華，定能有可取之處。

「師父，我們真的要在這裡耽擱幾天嗎？」阿章拉拉姚宏金的袖子，面露怯意的說。

「怎麼？你害怕？」姚宏金拍撫著阿章的背，慈祥的說，心中不免也有些顧慮。

「嗯！」阿章點點頭，不由躲到姚宏金身後，小聲說：「師父，我害怕半夜三更，我們正在好睡的時候，窩尼人會把我們殺來吃掉。」

酣沉夢中，突然變做身首異處的冤鬼，在這一帶，是司空見慣的事。

姚宏金肅容的點點頭，凝視著手上那幾種植物，沉吟道：「不過，我是想，要是窩尼人的這些藥，對這孩子不起作用的話，我要替他醫治——」

正說間，只聽見那窩尼漢子氣勢洶洶、怒不可抑地朝他們吼罵起來。

埃坎細小的眼睛，露出驚惶，在那窩尼漢子逼人的指迫下，跌跌撞撞的踉蹌往後退。

杜璞璧正在替那孩子纏藤子，那窩尼女人也罵了起來，罵著罵著，在地上撿起一根木棍，狠狠地

朝杜璞璧頭上打了一下，打得他兩眼直冒金星，方才明白自己也是被罵的對象。

姚宏金驚異的問：「怎麼啦？」

那窩尼夫婦，雙腳亂跳，一致指著姚宏金厲聲破口大罵。

埃坎驚惶地跑過來，朝姚宏金急急地比了個走的手勢，忿忿地指指不識好歹的窩尼人，用手掌在自己的脖子上作了個砍頭的動作。

原來，這窩尼夫婦，已經把他們的不幸，理由十足的怪罪到他們頭上了。所以，才恨恨地做出那副要砍他們的頭、剝他們的皮、吃他們的肉、喝他們的血的駭人動作來。

山地民族都有許多不為外人所知的怪習俗和禁忌，冒犯了往往會招來殺身之禍。

姚宏金嘆口氣，搖搖頭，無奈地道：「走吧，對這些不可理喻的蠻子，沒什麼好說的——」說也沒有用，他們根本聽不懂漢話。

姚宏金一行人，悶悶不樂地急忙轉身走了。

走了十多丈遠，大塊的石頭土團，便像雨點一樣，朝他們身後狠狠擲來。

所幸，這兒離窩尼人的寨子很遠，不然，後果就不堪設想了。

8

清晨的山林，雲蒸霧繞，遠遠看去，千山萬壑虛無飄渺，間或，突兀削立的山峰，割不斷輕雲的纏繞，倔強地一頭從白霧中鑽出來，將那沉穩雄渾的磅礴氣勢，淩厲地指向青天。

阿章蹲在霧氣瀰漫的草叢裡，正在做每天早上的例行課——出恭（解大便）。迷迷濛濛的樹枝梢頭，萬千鳥兒在婉轉啁啾鳴啼，其中，阿章最愛聽的，是小靈雀亮亮脆脆的動人歌聲。

小靈雀的嬌啼，常使阿章想起老家江川那一方，山坡上採茶姑娘清脆悅耳的山歌小調。

離阿章不遠的樹梢上，正飛來一隻求偶的小靈雀，牠舒展開婉轉的歌喉，柔雅地唱起悠揚的情歌，那清亮甜脆的鳴啼，拖著長長撩人的尾，飄盪在山谷裡，傳入林深處，圓潤幽遠，令人回味無窮。

小靈雀一聲聲渴慕地唱著唱著，陡地突然慘叫了一聲，歡唱立即變做悽厲的驚喊。

怎麼啦，阿章急急抬頭看去，只見那隻小巧玲瓏、羽毛嫩黃的小靈雀，正在暗綠色的葉隙間撲翅掙扎，四周的鳥兒，受驚的撇下牠，倉惶的飛走了。

小靈雀飛不走，是藤絆刺勾住牠了嗎？

阿章急急順手採片樹葉，胡亂地擦擦屁股，匆匆拎著褲帶站起來，他睜大了眼睛，骨碌骨碌直往上看，霧氣朦朧，光線低暗，不易看得分明，小靈雀尖聲短促的哀啼呼救著，依然掙扎在那葉簇裡。

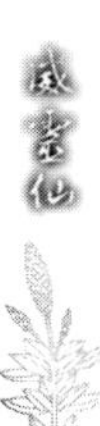

阿章終於看見了，小靈雀棲息的樹枝上，果真纏繞著一根手指般粗細的綠藤，咦，怪事，那綠藤在霧氣中不住地蠕動著。

阿章心一驚，立即看清了那不是一根藤，那是一條油綠色的青竹蛇，牠伸長著邪惡醜陋的呈三角形的頭，正緊緊地咬住小靈雀的足往下拖。

阿章急忙在地上撿起一根枯枝，暴喝一聲：「打死你這爛蛇！」狠狠朝那青竹蛇打去。

青竹蛇被打中了，惡辣辣、直苗苗地飛竄下樹來，阿章眼明手快，使勁狠狠的揮著枯枝，那青竹蛇怒衝衝、兇猛疾速地捲住枯枝，小靈雀哀鳴著跌落在地，阿章將那條受創的青竹蛇，用力一陣亂打，那蛇扭曲著翻過慘白的肚皮，死了。

阿章用雙手輕輕捧起小靈雀，小靈雀瑟瑟發抖，苦痛地縮成一團，阿章看見牠那細嫩淡紅的足肢上，深深嵌進幾個黑點，青竹蛇的毒液，使那些黑點四周，隆起明顯的烏紫腫脹，並滲出一些暗紅色的血來。

小靈雀淒楚憐人地躺在阿章溫暖的手心裡，那滾圓幽黑的美目，水氣濛濛地，求助驚悸的望著阿章，牠那如咽如泣的哀婉低嗚，弄疼了阿章的心。

阿章憐惜的低下頭來，用臉輕輕地撫摸著牠柔聲說：「莫怕莫怕，我去請師父給你治傷解毒吧。」

埃坎抱了些枯枝，裂著血紅的嘴唇傻笑著，正從霧氣裡走出來。他一眼看見阿章捧著的小靈雀，嘻嘻乾笑兩聲，露出愛慕的神色。

阿章用腳重重地踩了死蛇一下，指指小靈雀受傷的腿，急急轉身欲去找師父。

埃坎朝地上啐了一口血紅的檳榔汁，招手示意阿章等一等，便連忙鑽進草叢，摘來一根鮮嫩的青藤，那青藤的斷裂面，滲出一滴透明碧綠的汁液。

阿章明白他的意思，連忙輕輕弄開小靈雀粉紅的喙，讓埃坎把那藤液，滴進小靈雀口裡，小靈雀拽長脖子，吃力地甩甩頭，嘎的啞然一聲，將那汁液吞下去了。

埃坎把青藤再折斷一截，斷面又慢悠悠滲出一滴晶瑩的汁液，如此，小靈雀吞嚥了好幾滴青藤漿液。

埃坎又把那粘濕的青藤斷面，按在小靈雀受傷的細足上，不住來回的摩擦塗揉。

埃坎一本正經地給小靈雀急救療傷，那真摯的關切，令阿章深覺感動。他突然想起師父說：「任何一種有生命的東西，都各有一套與天鬥、與地鬥、與環境鬥的能耐和方法。」

他連忙撿起地上的青藤，要拿去向師父請教，說真格的，他心中對埃坎的單方療效，並不怎麼放心。

回到宿營地，杜璞璧已將篝火燒得旺旺的，正在用青竹筒淘米煮飯。

姚宏金像往常一樣，近旁選塊平坦的草地，演練著強身健體的五畜戲（一種健身術）。

「阿章，一大早，你就去爬樹摸雀了？」杜璞璧看見阿章小心捧在懷裡的小靈雀，不由關切的說，「早上霧大，樹身苔滑，當心跌下來。」

「不是，師兄，這小靈雀，是被青竹蛇咬傷掉下來的。」阿章分辯著，舉起手上的青藤，「埃坎用這藥，替牠解毒治傷，不知有沒有用？」

「哦？」杜璞璧憐憫地看看那虛弱嬌怯的小靈雀，接過阿章手上的青藤，遞到姚宏金面前，「師父，你看，這是什麼藥？」

姚宏金收回姿勢，接過那青脆欲滴的嫩藤，端詳了片刻，道：「這青藤，一路上我都見過，只是沒有特別注意。」他說著，將藤脆生生折斷了，一滴滴碧綠透亮的汁液滲了出來。姚宏金嗅了嗅，伸舌略略一嚐，沉吟笑道：「色鮮氣香，汁甜豐潤，看著就有些迷人。璧兒，把藥書給我拿來，待我查查它的名目。」

杜璞璧從籐簍裡，翻出青布包著的線裝《大觀本草》，雙手遞給姚宏金。

阿章坐在火邊的岩石上，期切的等著師父的答覆。小靈雀痛苦的閉著眼睛，間或發出一陣微弱的低泣，阿章不知怎樣才能減輕牠的痛楚，唯有輕輕地撫摸著牠。

姚宏金翻了一會書，又看看那青藤，道：「璧兒，且將這青藤的外形及葉片先記住，到了橄欖壩，我們慢慢再整理吧。時間不早了，吃了飯，趁天涼好趕路。」

杜璞璧仔細收好藥書，接過那青藤，用心看了一番，截下一段枝葉，留作標本。

阿章性急的問：「師父，這藥究竟有沒有用啊？它的藥名叫什麼？」

姚宏金信手折斷青藤，右手提高的那一截，垂懸著一滴碧綠鮮亮的汁液，他若有所思的笑道：「且先把它叫做瓊漿玉液藤吧，你們看，這多麼像一粒女人耳朵上，用翡翠打磨成的滴水珠，好漂亮。」

「瓊漿玉液藤，這名字真好聽。」杜璞璧笑道，「師父，我們快吃飯吧。」

埃坎把一隻隻冒著甜香氣息的青竹筒，從火堆中挖出來，剖去燒焦的外皮，取出一條條透熟滑軟的糯米飯。

阿章饞涎欲滴，但還在急急的追問：「師父，這瓊漿玉液藤，能解毒療傷？」

姚宏金正容道：「這要看你那小鳥兒的反應了。」

「牠叫小靈雀。」阿章稚氣的說，抓起一節竹香糯米飯，滋味香甜的吃起來。「以前我們家門口，有幾棵又粗又高的老柏樹，每天天不亮，就有小靈雀飛來唱歌。所以，我認得牠。」阿章說著說著，喉嚨像給什麼堵住了。

姚宏金拿起小葫蘆，呷了一口用鹽跟山地人換來的米酒，輕輕嘆口氣，他懂得阿章的意思，那小鳥兒喚起阿章內心深處的思鄉惆悵，這落魄異鄉的孤兒，想家呢！

阿章悶聲不響，低下頭去吃飯，吃著吃著，忍不住一陣淚如泉湧。

「阿章，你怎麼啦？」杜璞璧溫和的問。

阿章被這一問，眼淚更像斷了線的珠子，不住往下落，他用手背揩著淚，抑制不住的哭出聲來，嗚咽著說：「我怕這小靈雀會死掉。」

小靈雀氣息奄奄，頭歪搭在一邊，凶多吉少地躺在阿章衣襟裡。

杜璞璧蹙著眉頭，有些心虛地寬慰著阿章，說：「你快吃飯吧，牠不會死的。」

阿章越哭越傷心，眼淚落在小靈雀的羽毛上跳了一下，又滾濕了他的衣襟。

「阿章，生死有命，盡人事後，只有看天意，要順其自然。」姚宏金慈祥的說，「傻孩子，學著看開些吧，如你這般凡事傷心牽掛，活在這悲歡離合的世界上，豈不是太苦惱？」

阿章依然痛哭流涕，哀求道：「師父，你再弄點藥，給我的小靈雀吃，好不好？」

眾人不住笑了起來，內心深處，湧出一陣難言的酸脹和感動。

杜璞璧愛憐的說：「藥怎麼可以亂吃，埃坎不是已經給牠吃過了嗎？」

埃坎動容地撿起那青藤，朝阿章揚了揚，信心十足地把胸膛拍得咚咚響，意思是叫阿章放心大吉。

阿章輕柔地將小靈雀毫無生氣的頭，撥正攏在掌心，將信將疑地看著埃坎手中的『瓊漿玉液藤』，那顆心依然緊緊地懸吊著。

此一去，阿章不再像猴子般的活蹦亂跳了，他小心翼翼地呵護著那隻小靈雀。

當天下午，小靈雀活轉過來了，埃坎的『瓊漿玉液藤』果然神速奏效。

小靈雀劫後餘生，氣虛體軟，不勝嬌弱。阿章含了清泉水，一口一口度給牠解喝。又為牠採草籽，捉小蟲，百般溫柔體貼。

白天，阿章把牠捧在懷裡翻山越嶺。

晚上，阿章把牠貼在胸口，給牠安全和溫暖。

幾天以後，小靈雀的美目又晶亮起來，充滿了有神的勃勃生機。

漸漸地，牠凌亂的羽毛，恢復了往日的潤澤和光采，那細骨伶仃的足肢，被蛇咬傷的地方已癒合，牠那痛楚不安的低咽微泣，不知何時，竟轉換成原來亮脆清越的嬌啼。

好一隻漂亮鮮活的小靈雀，牠常常沉思昂首，凝望著藍天白雲，牠懷念著往昔自由飛翔的日子。

阿章一隻腳跪在地上，雙手捧著小靈雀依依不捨的，要任由牠飛回大自然。

小靈雀沁涼的嫩爪，在阿章掌上輕盈跳躍，牠美麗溫柔的亮眸，善解人意地瞅著阿章，轉呀轉的，怯懦地嬌啼一聲，展開豐滿的翅膀『嘟』的飛走了。

阿章看著牠嫻熟優美滑翔飛舞，心中頓覺萬分安慰，小靈雀輕巧地落在樹梢上，舒展開動人的歌喉，清清亮亮的歡叫起來。

牠那甜脆婉轉的鳴啼，一下子就把四周所有的鳥叫壓下去了。

阿章癡望著牠揚眉吐氣的縱情歌唱，不知怎的，內心深處湧出一股淒楚的愁悵，那種若有所失的空落感，更令他泫然欲泣。

小靈雀是屬於山林的！

小靈雀是屬於藍天白雲的！

阿章不忍自私地奪去牠的自由。

小靈雀，你青雲直上的遠走高飛吧！只要你快快樂樂，阿章就滿足了。

阿章甩甩頭，想把心上那千絲萬縷的柔情甩掉。

阿章含淚依依，再看看那飛上高枝的小靈雀，懷著一腔惜別的哀涼，硬硬心腸，轉身去追前面的師父。

猛地，小靈雀以為阿章遺棄了牠，驚駭地哭叫著，埋怨地嘀咕著，急急飛下高枝，亮脆柔婉的呼喚著，輕巧地落在阿章的肩頭上。

牠已經再也離不開阿章了。

阿章喉嚨一陣發緊，眼眶濕濕的好想哭，「小靈雀，你真的有靈！」他激動地伸開手掌，小靈雀伶俐地飛進他掌心，阿章狂喜地俯下臉來，在牠亮麗的羽衣上不住摩挲親吻。

「師父，師兄，埃坎，我的小靈雀牠養家了，牠不飛走呢！」阿章有一種失而復得的欣喜，倍加珍惜的呼叫著，追上前去。

小靈雀從此成了阿章忠實貼心的伴侶，有時，牠也像阿章一樣，朝前漫山遍野亂飛一陣，打食捉蟲吃飽了，又飛回來，親熱地歇在阿章肩上，牠常用喙輕輕啄啄阿章的脖子，弄得他癢酥酥的直發笑。再不，便將牠可愛的小腦袋，抵在阿章面上，一陣撒嬌亂揉，牠累了，倦了，就鑽進阿章懷裡，放放心心的睡去。

杜璞璧在馬鞍行囊上，用柔軟的燈芯草，給牠做了個舒適的窩，小靈雀有時嫌阿章懷中悶熱，就飛到那窩裡去憩息。漸漸熟悉後，小靈雀也會頑皮地，落在姚宏金的毘藍帽上，站一站，歇一歇。

每當打尖歇宿的時候，阿章常常仰面躺在草地上，小靈雀就落在他腦門上，用喙咬住他的鼻尖扭過來，扭過去，間或發出一串銀鈴般的嬌笑，牠還會將小小的甜漿果，一粒粒啣起來，餵給阿章吃。

小靈雀又聰明又淘氣，趕路時，牠常會突然從阿章領口鑽進他懷裡，又『嘟』地飛出來。埃坎常常找來一些牠愛吃的草籽，藉此聯絡感情。

那匹小黑馬也寵牠，任隨牠恣意在自己背上或跳舞或散步，小黑馬為了滿足牠的好奇心，有時故意把耳朵豎起來，任由牠鑽進去深幽取勝。

這隻可愛的小鳥兒，一路上給他們增添了不盡的快樂和情趣。

每天早上，小靈雀總是準時呼地一聲，從阿章懷裡飛上高枝，展開動聽悅耳的歌喉，精神抖擻的唱起趕馬山歌，催人起來好上路。

阿章依著雲南小調的曲譜，編了一首歌，唱道：

「天分四亮小靈雀，
嬌聲脆轉小靈雀，
飛回轉來小靈雀，
跟我上山去採藥。」——原係雲南民歌。

小靈雀聽見阿章的歌聲，不論飛了多遠，都會立即清亮嬌脆地的啼著，飛回來，在前面帶路。

橄欖壩，終於落在眼底了。

姚宏金師徒一行人，沿著蜿蜒的羊腸小道，走出山來。

山腳下，有一灣清澈見底的小石潭，淚水也似的泉水，從一角突出的山石上，叮叮咚咚滴進潭中，潭邊的石頭上，佈滿了墨綠滑膩的苔蘚，濃蔭遮天蔽日，使得周遭分外幽寂而清涼。

小靈雀歡快的叫著，展翅落在小石潭邊，急呼呼一頭傾下去，甜滋滋地啜飲著涼蔭蔭的山泉水。潭邊的石塊上，放著一把椰殼做的瓢，阿章舀了一瓢水，雙手先遞到師父面前。

埃坎一直學不會漢人繁瑣的禮節，倒懂得蹲在下游，雙手捧起水，痛痛快快飲個飽，然後，就胡亂地洗起臉來。

解了暑渴，消去燥熱，姚宏金一行人，愉愉快快地走進橄欖壩。

橄欖壩偎山抱水，是個清幽美麗的小盆地，一瀉千里的瀾滄江，肥了芭蕉，綠了椰樹，捏得出油來的良田萬畝，一片滋潤青蔥。天性溫和、善良的擺夷人，聚居在這片得天獨厚、風調雨順的沃野上。

蒼蔥翠碧的萬綠叢中，座落著一幢幢精緻迷人的小竹樓，清風拂來，飄過陣陣濃馥醉人的花香。擺夷人愛花愛樹，家家戶戶，無不瓜果滿園，亞熱帶特有的奇花異草，絢麗繽紛點綴其中，開不完的鮮花四季交替，吃不盡的鮮果終年充足。

人間若有世外桃源，遠在西南邊陲的橄欖壩就是，那股與世隔絕的清幽，那份恬淡無爭的寧靜，那種豐衣足食的安樂……真令人想老死在這裡。

姚宏金師徒穿出一片濃蔭，金燦燦的黃色阿勃勒，熱熱鬧鬧撲進眼簾，擺夷人把這種花叫做潑水花，真是名副其實，極為傳真，可不是，瀾滄江兩岸的平原，萬千樹梢上，托著一串串艷黃的潑水花，朵朵飛揚，若即若離，遠遠看去，如煙似霧，那種像從高處潑灑下來的透明亮麗，美得令人驚嘆。

花香醉人的涼風裡，輕颺著動人的擺夷情歌，長鼓芒鑼規律有致地響著，不遠的大榕樹下，臨水有一片青草如茵的曠地，無數的擺夷人、景頗人、拉祜人、崩龍人、卡佤人、佬黑人……穿著琳瑯滿目的節日盛裝，載歌載舞，正在隆重地歡慶一年一度的潑水節。

竹子搭成的高臺上，張著遮蔭的芭蕉葉棚，裡面坐著處理橄欖壩全境政務的擺夷宣慰使——詔罕亮和他的夫人孋菖莆。還有各寨少數民族的山官土司，也坐在貴賓席上。

（註：宣慰使官從三品，清朝官名，詔，是擺夷語『王侯』的意思。）

潑水節是西雙版納及東南亞一帶，每年最盛大的節日，相當於漢族過農曆年，日子在清明節十日後，相互潑水，是表示祝福吉祥的美意。

詔罕亮高倨臺上，在人群中發現了『漢朝』來的姚宏金師徒，立即下令熱情款待。

長鼓芒鑼敲得更響了，一隊年輕美麗的擺夷姑娘，膚色白嫩，窈窕修長，她們清一色地，上身穿著雪白細紗的緊身上衣，下身繫一條玫瑰艷紅的及地沙龍，一手端著銀製的圓瓢，斜放肩上，銀瓢裡盛著潔淨的清水，水裡漂著一朵朵馨香的白色玉蘭花，雲南人叫緬桂花。擺夷姑娘們婀娜多姿，曼妙輕盈地款擺著，跳著出名的孔雀舞，朝著姚宏金師徒舞過來。

她們面露嬌甜的微笑，纖長秀氣的玉指，不住地從瓢裡撂出些花香清水，一個個依次灑在遠方來

的客人身上。

姚宏金和杜璞璧，隨和地舒展開眉頭，笑臉相迎，打躬作揖，表示親切的感謝。

他們師徒二人，被那群擺夷姑娘簇擁著，迎送到高臺邊，詔罕亮親自步下臺階，恭身將他們請上貴賓席。

不起眼的埃坎和阿章，早就被擺夷人潑成了濕淋淋的落湯雞。阿章爽性脫去衣服，任由一桶桶水，沒頭沒腦的從四面八方潑來。

小靈雀機智地躲在大榕樹的葉簇裡，樹身上拴著小黑馬，乍然看到這麼多狂歡的人，牠們都感到驚詫和不安。

擺夷人把來自中土的漢人，稱做『漢朝』來的。

詔罕亮說得一口流利的漢話，他受光緒皇帝誥封為橄欖壩宣慰使那一年，曾經跋山涉水，去過中原，在北京城住了很長一段日子，返回版納途中，又在昆明流連忘返，一住就是三年的光陰，他可說是這一方最見多識廣的漢人通。

詔罕亮四十多歲，身軀魁梧高大，相貌堂堂，不怒而威，他頭上纏著名貴的銀白色綾羅包頭，身上穿著光緒皇帝欽賜的黃馬褂。舉止言談，頗具王者威儀。他的夫人嫻葍莆，是滇西猛卯宣慰使刀帕銑的千金，年雖已坐三望四，仍嬌嫩甜美，儀態萬千。

詔罕亮夫婦面前，置有一張從中原帶回來的紫檀木榻，雕花鏤鳳，極為精緻，榻上堆滿了鮮果美酒，如雲的美妾僕從，穿梭似的招待著各方來賓。

姚宏金師徒，被請坐在詔罕亮身旁，當做最佳上賓款待。

嬾菖蒲巧笑嫣然，舉起黃金打就的酒壺，在銀杯裡斟滿了美酒，詔罕亮親自雙手遞過來，姚宏金連忙道謝接了。

乾了杯，詔罕亮笑道：「二位道長，是漢朝哪一府的？」

「貧道原住湖北武當山，北去蒙疆，繞道西南，特來十二版納挖藥草，也順便瞻仰貴境異於中原的風土人情。」姚宏金道。

西雙版納古稱十二版納，西雙即擺夷語：十二之意。

「今日得見道長，真乃三生有幸，這正如你們漢人愛說的，千里有緣來相會。逢此佳節，幸會高人，我真是太高興了。」詔罕亮說著，又敬了一杯，開懷大笑，「難得難得，由蒙疆南下到邊陲，千山萬水，路途迢迢，艱險重重，我想請你們在這裡多住一些時日，讓我這些化外魯鈍的子民，也開開眼界，尤其二位道長精通漢醫，版納一帶常流行瘴癘瘟疫，無知夷民，多信鬼神，二位若肯在此濟世救人，施醫捨藥，也是版納萬千少數民族的福分。」

「無端打擾，貧道委實不安。」姚宏金原有意在橄欖壩居住一段時日的，只是從未想過，居然會驚動雄峙一方的宣慰使詔罕亮。

詔罕亮懇切的道：「道長若肯應諾，也是我等造化，雖說版納僻遠閉塞，但都同是天朝子民，道

長再客氣，就未免見外了。」

阿章從人群中鑽出來，好不容易，才來到高臺下。他怯怯仰視上方，但見詔罕亮富貴榮華，聲勢顯赫，威風八面，儼如帝王，阿章頓時噤若寒蟬，不敢貿然奔過去。

師父師兄坐在詔罕亮身旁，神色坦然。

阿章從來沒有見過這等場面，倍覺自慚形穢，不由瑟縮地躲在僻靜處，遠遠觀望守候著。

突然，阿章看見一隻肥胖壯碩、毛色亮緞似油光水滑的大黑貓，肚皮及四隻腳掌雪白耀眼，輕巧地縱上高臺，嬌滴滴「喵嗚」叫著，神氣活現地落在詔罕亮肩上，牠前後左右顧盼一番，又「喵嗚」一聲，鑽進詔罕亮懷裡撒起嬌來。

詔罕亮愛憐的撫摸著那隻大黑貓，極為珍惜地對姚宏金說：「這是暹邏皇帝送給我的暹邏貓，你看牠全身純黑無一絲雜毛，唯肚皮和四掌雪白亮眼，是貓中最著名的『烏雲蓋雪』呢。」

詔罕亮愛此貓如命，無時不捧在身旁。

這隻暹邏貓真是好福氣，有八個年輕婢女專門侍候牠，牠吃的自是美味珍饈不在話下，每天還要用香湯沐浴，晚上常伴詔罕亮錦帳同眠。

阿章孤零零坐在竹蓬下，正覺飢腸轆轆，只見埃坎捧著些芭蕉葉包著的食物，巴巴的尋了過來。

「埃坎！」阿章叫著，話聲未落，小靈雀嬌啼著飛過來，親熱地落在阿章肩上，阿章不由欣慰的笑了，他也有一種得意的自豪感，這自豪感是小靈雀對他的眷戀而產生的。

埃坎將那些芭蕉葉一一打開，裡面是一些白潤香軟的遮放米飯。遮放米又叫景棟米，是擺夷地區最出名的稻米，品質之佳，氣味之甘甜，沒有吃過的人，是不易體會的。阿章用手抓一團顆粒修長、晶瑩柔潤的香米飯，入口便覺津生甜爽，即使沒有佐食的菜，也可滋味無窮猛吃幾大碗。

另一張芭蕉葉包著的，是一些擺夷人嗜吃如命的生剁牛肉，稱之為『臘』。

這道擺夷名菜的製法是：選上好肉質細嫩的牛肉剁細，加牛血、牛尿、牛腸內尚未排出的尿羹、鹽、舂細的朝天椒、檸檬汁，均勻的拌在一起便成。滇西及至東南亞的擺夷種族，把這味生剁牛肉，視之為上味，大小盛會、婚嫁喪葬、紅白喜事，一定少不了這道馳名遐邇的美味佳肴。

其次，剁生剩下的牛肉，就燉煮酸筍，這也是一道味美鮮甜的擺夷名菜。

阿章吃著那辣香味異的生剁牛肉，覺得有些怪怪的難以忍受，但飢不擇食，還是把它吞嚥下去了。

9

詔罕亮的巨宅，座落在濃蔭深處，四周皆是參天古木，青草如茵，繁花似錦，那種夢境般的清幽靜謐，有一種古樸恬淡的安寧，連氣勢囂張的瀾滄江，流經宣慰使府第時，也斂聲屏息，彷彿恥於在這優雅的世外桃源魯莽撒野。

詔罕亮的行宮氣派豪華，巍峨壯觀，一百二十根四、五人抱粗的高大巨柱，雄偉地撐起這座擺夷式的大殿，大理石的地面上，鋪著名貴的地毯，裡外的牆壁上，都用彩色水晶，鑲嵌著美麗細緻、突出擺夷風格的花紋圖案。陽光射來，騰銀飛金，泛紅映紫，說不出的輝煌奪目。

詔罕亮懷中抱著那隻大黑貓，盤膝坐在大殿上，正興致勃勃地與姚宏金師徒，說古論今回憶中原各地名山勝水，風土人情，以及擺夷人的生活情形。

姚宏金道：「不知何故，版納一帶少數民族，名叫：埃坎、埃峨、埃刀、埃朵的人特別多，這些名字與我們漢話：挨砍、挨餓、挨刀、挨剁的發音極為相似……」

不等姚宏金說完，詔罕亮就縱聲大笑道：「道長有所不知，版納夷人原是沒有姓的，三國時候，諸葛亮孔明老爹，南征到這方來，見此地少數民族愚頑難訓，七擒孟獲，降服了蠻夷後，便賜姓：刀砍斧剁，因擺夷人叫大哥作『埃』，於是刀大哥就成了埃刀、埃砍、埃斧、埃剁，及至慢慢受漢化開通，方才將刀改為刁（也有未改，仍以刀姓的），砍為罕，斧為俸，剁為多，刁罕俸多，如今便成了擺夷的姓。」

阿章忍不住稚氣的說：「擺夷也有姓怕的，連起來，不就是怕刀砍斧剁了嗎？」

眾人不由放聲大笑。

詔罕亮又道：「對對，這怕姓的起因是，明朝兵部尚書王驥三征滇西蠻夷，因夷人屢降屢叛，不勝厭惡，敉定後，又賜『怕』為姓，不過，今改做帕了。」

詔罕亮通情達理，見多識廣，一向欽仰大漢聲威，談吐間，處處溢露著不卑不亢的中庸氣度，待人性情隨和平易，非常容易相親相近。

正說間，僕人領進一個包頭跣足的擺夷老倌，那老倌上身穿一件白色無領窄袖的衣服，下身一條土黃色的大襠褲，進得殿來，立即朝詔罕亮合十鞠躬問安。

詔罕亮介詔道：「這位刀大爹，是我們橄欖壩最有名氣的草藥醫生，你們都通岐黃，正可做個同行朋友。」

姚宏金起身一揖，笑道：「貧道姚宏金，請刀大爹多多指教。」

刀大爹說得一口流利漢話，和悅笑道：「我乃山野之人，不足掛齒，今天得與道長萍水相逢，真是好生歡喜。」

詔罕亮令刀大爹在一旁坐了。

刀大爹仰慕地道：「中華漢醫，博大精深，尤其是按摩針灸，功效神異，我們化外蠻荒之地，對

於這些正統的醫術，幾可以說從未見識過，今後正可以向您請教了。」

「刀大爹不必客氣，我發現這滇南一帶，藥草奇豐，種類繁多，許是滇南氣候、土質宜於植物生長，即使是同種同科，在此間大都長得較為肥碩壯大，藥性療效也比中土一帶為高，還有不少藥，連李時珍的《大觀本草》，都未曾列入，版納熱帶密林中的奇花異草、飛禽走獸，多得實在令人著迷，刀大爹在此土生土長，對於貴境方物，定有深厚鑽研，貧道正想向您多多討教呢。」

「兩位都不必客氣自謙了，」詔罕亮笑道，「道長若肯在此久居一段時日，日後相互取長補短，不僅能交流醫術，更能漢夷溝通，增進感情。」

姚宏金和刀大爹異口同聲道：「詔說得是，說得是。」——僅稱詔，是表示恭敬。

四個體態輕盈的女僕，用長方形的木盤，捧著些新衣服及日用品，低肩縮眉，俯彎著身子走了進來。

詔罕亮道：「這幾套衣服，是我令人連夜趕製的，權請道長做換洗。」

兩個女僕各將幾套嶄新的灰色道袍，恭謹地遞到姚宏金和杜璞璧面前。

阿章和埃坎，也各得了兩套擺夷式的衣褲汗巾之類。

詔罕亮笑道：「道長喜歡清靜，我特令人在後院收拾了幾間房屋，你們可在那裡安歇，後院另有側門，出入方便，離刀大爹家也很近。」

「如此打擾，貧道委實不安。」

「道長既來之，則安之。我因公事纏身，特請刀大爹作陪，舍下大小僕人，道長盡可使喚，每日三餐，請仍來此處，與我一同分享。一來常可見面，二來照應方便。」詔罕亮說畢，便令人帶姚宏金師徒到後院去安歇。

僻靜的後院，濃蔭深處，果然別具一格。有一幢漢式平房，上面一間正房，左右兩間廂房，這原是詔罕亮備來特意招待漢族賓客的。四周老樹參天，枝葉茂密，藤葛葳蕤，分外幽清寧靜，寬闊的如茵草地，既可演練運動，又可曬藥。

堂屋廂房，全打掃得乾乾淨淨，生活起居用品一應齊全，姚宏金和杜璞璧住了右房，阿章和埃坎住了左房，下邊兩間廂房，東廂闢為製藥房，西廂便做診療室。

詔罕亮真不愧為一方『神聖』，處處都設想得十分妥善周到。

安擱了行囊，稍息了片刻，刀大爹請姚宏金師徒去他家喝茶聊天。

姚宏金欣然應諾了，一行人沿著濃蔭小道，來到了刀大爹的家。

推開柵欄門，入眼便見空地上，舖著許多晾笆簸箕，其中曬著形形色色或切片、或成段的藥草塊根，還有一些剖製了繃張在竹棍上的蜥蜴爬蟲之類，藥香花香隨風撲鼻而來，令人神清氣爽。

刀大爹在一塊晾笆上，抓起一捧茶葉，道：「這是今年剛發的新茶，近日方才採回來的，我們且上竹樓去煮一罐來嚐嚐鮮。」

滇西滇南均盛產茶，少數民族將嫩芽嫩葉採回來，都是先在鐵鍋內揉捻凋萎，再放在陽光下曝乾，

即成為茶。

刀大爹的竹樓雖然樸實無華，卻也還軒敞寬闊，四周竹架上，置滿了分門別類的藥草，竹笆牆上，掛著些可入藥已製乾的爬蟲鳥獸。

屋正中照例有一個火塘，但比山地人家講究潔淨，火塘四周舖著獸皮，一行人便在獸皮上坐下來。

火塘正中的三角架上，燉著一銅壺開水，刀大爹從一旁拿過一只小瓦罐，放在火裡燒紅取出來，將手中那撮茶葉，投入其中，用塊抹布捧著小瓦罐不住搖晃抖動，茶葉漸漸烤出一股焦香氣味，刀大爹提起火上沸騰著的開水，急沖入小瓦罐內，只聽響聲隆隆不絕，刀大爹蓋上瓦蓋，放在一旁，待其出味，笑道：「姚師父別見笑，我們這擺夷茶，也有些名目呢，叫做雷響茶。」

「雷響茶，真是形容逼真而傳神。」姚宏金嘆道，擺夷人文風雖不似漢人興盛，但每譬喻比示，無不直覺動人。

刀大爹從一旁拖過兩管竹製的，二、三尺長的水菸筒，遞了一管給姚宏金，道：「姚師父，請抽菸！」

姚宏金是沒有菸癮的，但入鄉隨俗，也拖起那竹水菸筒，在菸嘴上塞了些刀大爹自製的菸絲，點著火，呼嚕呼嚕抽起來。

少頃，一股濃馥的茶香溢了出來，刀大爹將那琥珀色的雷響茶一一倒在竹杯裡。

姚宏金端起一杯，趁熱啜了一口，入口便覺濃厚醇美，苦中回甜，齒頰生香，果真別具風味。

阿章見他們飲茶抽菸，談興正濃，他孩子心性，是坐不住的，便瞅空悄悄溜了出來。阿章才走下竹樓，歇在樹梢的小靈雀，便呼的落在他肩上。阿章笑容滿面的說：「小靈雀，走，去看我的新衣服。」

他身上這套粗布衣服，還是初到楊二爺家那陣，冬狗的母親給他的，如今早已破損不堪，阿章惦著詔罕亮給他的新衣服，一心巴望趕快得穿在身上。

他飛奔跳躍著回到處所，連忙脫去那身破衣爛裳，小靈雀嬌啼著從木格窗戶飛進來，一頭抵在阿章那雀兒上撞了一下，銀鈴般的嘻笑著又飛開了。

阿章滿心歡喜地穿上了新衣服，上身是一件土黃色窄袖無領的布褂，下身是一條同色的，又寬又短的大襠褲。

擺夷男人穿這褲子，都是不用褲帶束縛的，大都將褲腰最上端，左右摺疊緊緊別在腰間，阿章穿上那大襠褲，腰身一拉三、四尺寬，不由傻了眼，小孩子有新衣服穿就好，阿章依舊把原來的褲帶，胡亂將褲子拴在腰上。

穿好衣服，阿章自個上下端詳一番，只覺甚是光鮮，不由快活的笑出聲來，這擺夷衣服初穿雖不甚習慣，但卻相當舒適涼爽。

房中几淨窗明，竹床上舖著涼蓆，阿章抑制不住歡喜地，一頭倒在床上，仰面躺著，望著木格窗外的藍天白雲，小靈雀也不住地飛進飛出，分享著阿章的快樂。

阿章坐立不安地，跳下床來走出房去，只見滿園的木瓜香蕉、荔枝龍眼、紅毛丹番石榴、榴槤菠蘿蜜，還有一些叫不出名來的，許多熟透了的果子掉在樹下。

阿章跑去摘了一堆鮮果，坐在草地上，開懷地吃個不亦樂乎。他吃得肚皮撐漲，再也吃不下了，便在草地上翻筋斗、豎蜻蜓，小靈雀在他身旁上下飛舞，阿章說笑牠啼叫，一個孩子一隻鳥，在這幽清的寂寂庭院中，真是說不出的愜意和自在。

阿章玩樂了一陣，趁興走進東廂房，但見內裡切藥的案桌、鍘刀、舂藥的石杵石臼、擺藥的木架，全簇新完整地在短時間置好了，可見詔罕亮是多麼誠心懇切地，希望姚宏金師徒，在橄欖壩住下來。

阿章東摸摸、西看看，他站在切藥的大案桌旁，信手拿起鍘刀上下扳動，牆壁四周，規律有致地陳立著放置藥物的木架。小靈雀像阿章一樣喜形於色，嘟的飛在左邊的木架上站站，又嘟的飛在右邊木架上歇歇。

阿章放下鍘刀，在舂藥的石臼旁坐下來，抓起石杵棒，在空臼中咚咚一陣亂舂。

突然間，小靈雀慘叫一聲，淒厲短促地驚叫起來。

阿章震驚地抬頭一看，只見詔罕亮的那隻寶貝大黑貓，不知何時潛伏在那木架上，牠神氣活現地咬住小靈雀，面露得色地朝阿章望了望。

阿章駭異地跳起來，焦急地跺腳迭聲大叫：「死貓，放下牠，放下牠！」

那隻大黑貓啣著小靈雀，弓身一縱，想從木格窗子逃出去。

阿章急恨交加，救雀心切，不加思索地忙將手中的石杵棒，朝那隻可惡的大黑貓狠狠擲去。

大黑貓被打中了，慘烈地怪叫一聲，隨即墜落下來，厲聲喵喵亂叫。

小靈雀撲翅掙扎著掉在地上，阿章連忙將牠小心地捧起來，只見牠柔細的頸上，被大黑貓銳利的尖齒，殘酷地咬得洞穿了。

小靈雀歪扭著頭，淒然的美目，蒙上一層黯淡的白霧，牠哀婉地在阿章掌中斷了氣。

阿章痛楚地渾身哆嗦，悲切地淚如泉湧。

那隻可惡的大黑貓，罪有應得的趴在地上，厲聲囂張的不住哀號，號得阿章心驚肉跳，彷彿在提醒他，牠是詔罕亮愛如命根子的寵物啊。

阿章卻恨不得用那石杵棒，敲碎牠的腦袋，方解心頭之恨。

但他不敢，也不忍。

那隻負創的大黑貓越叫越響，阿章唯恐牠這難聽的號叫，驚動了詔罕亮的僕人，當下顧不得再悲傷，他絕望地將死去的小靈雀，匆匆揣進衣袋，十分不情願地，連忙去料理那隻該刀砍斧剁的大黑貓。

大黑貓兇性大發，吹鬍瞪眼，怒毛倒立，張牙舞爪，嘶吼著抓了阿章幾把，阿章的手背被抓了幾道血淋淋的口子。

阿章強忍著劇痛，膽戰心驚的罵道：「死貓，閉上你的爛嘴，不許再窮叫，再叫，我就打死你！」

大黑貓驚心動魄地越叫越響，叫得阿章肝膽俱裂，這被寵壞了的畜牲，根本不把阿章放在眼裡。

阿章心慌意亂，急中生智，不容分說，強抱起那隻大黑貓，匆匆奔進上房，從先前換下來的爛衣服上，撕下一團破布，塞進那貓嘴裡，使牠不能再肆意嚎叫發聲，然後便用破衣服密密實實包住牠，惶恐地從後門溜了出來。

瀾滄江橫亙眼前，阿章真想一不做，二不休，把這隻萬惡不赦的大黑貓拋進江心，任由水流沖去。轉念一想，如此作為，未免太有虧良心，倉惶間，為了掩飾這無心之過，阿章一時不知該怎麼辦才好！站在江邊發愁地躊躇了一陣，又擔心被人發覺，他顧不得多想，急急抱起大黑貓，專揀僻靜無人的地方，一路怯怯地奔進山野。

好不容易，才在山澗低窪處，發現有一個岩洞，阿章急忙鑽進去，唯恐那隻貓會因窒息死去，喘息未定，連忙先將衣包打開，那隻大黑貓便兇猛地撲面抓了他一把。

阿章血流滿面，奮勇地搏鬥了一番，才發現那貓的左後腿被石杵棒，打得皮開肉綻，骨頭也打斷碎裂了。

阿章知道自己闖了大禍，愈發嚇得骨酥體軟，不勝煩惱，千不該，萬不該，只因牠是暹邏皇帝賜給詔罕亮的暹邏貓。

怎麼辦呢？

那隻一貫養尊處優的大黑貓，雖然半死不活地躺在地上，仍目露兇光地瞪著阿章。

阿章喪鳥之痛未減，憐貓之意頓生，忍不住將貓口中的破布拽出來，那不識好歹的畜牲，立即逼命似的嚎叫起來。

阿章哀懇地求道：「請你饒了我吧，求求你不要再叫了嘛，你咬死了我的小靈雀，我不打死你就是好的了，你還叫什麼球！」

那隻大黑貓不肯聽人話，憤怒地拒絕和解，依然惡毒的叫囂著，表示最強烈的抗議。阿章無奈地，只好又將破布塞進牠口裡。

怎麼辦呢？阿章不安地喘著粗氣，煩惱焦愁地直皺眉頭。

張惶失措地望望洞外，生怕有人闖進來，無意間，阿章看見不遠的溪澗，綠油油長著一蓬接骨草，一道靈光騰現在他心頭，此番，他既不能把這隻大黑貓丟棄，又不忍心把牠弄死，唯一的辦法就是聊盡人事——找些藥來替牠醫醫看吧。

大黑貓受了重傷，奔跑跳躍雖不似先前孔猛有力，卻一心想逃走。

阿章將那破布撕成布帶，想把貓拴在洞裡，那破衣服實在太腐朽，根本耐不住大黑貓的亂掙亂拽。

阿章無計可施，唯有解下褲帶，一端拴住貓的前腿，一端拴在一塊長形的石塊上。

禁住了貓，阿章站起來往洞外就跑，那條大襠褲，立即滑落下來，把阿章絆得跌了個狗吃屎，下巴磕在山石上，裂破了一塊皮，阿章胡亂揉揉下巴，提著褲子疾速地跑進澗底，順手採了一把接骨草，左邊又見一棵活血龍，伸手連根拔，站起來，荊棘中又見一叢夏枯草，阿章拽長身子搆過去，那條大襠褲又滑了下來，光天化日，羞得阿章連忙伸手遮住那雀兒，本能的四下望了望，那裡有半個人影，

索性脫下那絆人的褲子，纏在腰間，聊遮住下身，也顧不得蕁麻螫人刺鉤戳肉，凡是師父師兄教過他可以治傷止血的藥草，他都採了一大堆。忙亂中，求好之心倍切，竟又想起窩尼人給他小孩治腿傷所用的幾種藥草來，阿章特別多採了一些，連埃坎救小靈雀用的『瓊漿玉液藤』，也拿來助威了。

阿章抱著那一大堆五花八門的藥草，奔回岩洞，撿兩塊平整的岩石，三下五去二，用力將那些藥草塊根搗爛，大大捧了一把，敷在那貓的傷腿上，撕塊破布纏將起來。

貓的後腿骨斷碎裂，得用東西固定起來才行，阿章想起溪澗邊，丟棄著一些過路人用來飲水的小竹筒，便去撿來兩截，用鋒利的山石剖成幾片拿了轉來。

咦，那隻大黑貓不知怎麼把口中的破布吐出來了，牠扭過頭撕去腿上的破布，正大口大口飢饞地，吞吃那些搗爛的草藥。

既然牠肯吃願吃，就任由牠吃吧。阿章竊喜地待牠吃夠，便繼續替牠重新敷藥包紮。

那貓想是吃了些草藥，恢復了精神，張牙舞爪，弓起身子，豎直黑毛，兇厲的咆哮著，作勢撲騰，拒絕阿章碰牠的後腿。

阿章顧不得貓抓撕咬，將那綁貓的褲帶解下來，用石塊砸成四節，把貓的四隻腿拴在四塊石頭上。

那隻黑貓無法再動彈，又扯開破鑼嗓，怪聲亂嚎，阿章怕過路人聽見貓叫，只得又將破布塞進牠嘴裡。好不容易擺平了這畜牲，阿章將藥厚厚實實敷在牠傷腿上，先用破布纏好，再用竹片夾緊固定起來。

給貓做完了『手術』，阿章透了一口氣，才覺得渾身上下，火辣辣地痛疼直鑽心，他忍不住齜牙裂嘴，噓呀噓呀倒吸冷氣，定睛看看，才發現自己臉上、手上、腳上——甚至連屁股上，都被銳利的貓爪，抓破咬傷了。

一陣涼爽的山風灌進洞來，吹在阿章身上，那些傷痕更痛了，除了痛，阿章覺得身上還有些不對勁，他本能的低頭看看，才發現那條大襠褲在忙亂中，不知何時，掉到何處去了。

阿章在草叢中找到褲子穿起來，扯根藤子做褲帶，看看日已偏西，竟是黃昏時分了。

有鳥啼從山谷中傳來，勾起阿章內心深處的悲傷，他的手無力地伸進衣袋中，掏出那隻死氣沉沉的小靈雀，他依戀地把牠貼在面上，淒苦的淚水又灑濕了衣襟。

天將晚，唯恐師父惦念找尋使喚，阿章只得無奈地，匆匆刨了個土坑，把小靈雀掩埋了。

10

阿章不慎誤傷了詔罕亮的惡貓，甚覺心虛膽寒，臉上有些灰濛濛難以見人的感覺，如履薄冰般，他悒悒怏怏地回到住所，師父他們尚未歸來，便悄悄躲進房裡，蕭瑟地躺在床上。想著，闖了禍，咋辦？想著孤獨留在山野的大黑貓，凶吉難測，一時間，真是不勝苦愁煩惱，覺得自己真是全天下最不幸的人了。

憂愁尚未排遣消去，腹中一陣飢火攻心，阿章忐忑不安的溜出來，想去廚房討點吃食，怎奈傷痕滿身，面目倉惶，形容狼狽，唯恐讓人看出馬腳，躊躇猶豫了一陣，幾番欲打消討食的念頭，無奈腹如鼓鳴，神虛體軟，一心只想著要吃東西。

阿章身不由己來到廚房，幾個擺夷女僕看見他，笑容滿面迎上來，嘰嘰喳喳的噓寒問暖，甚是熱情親切，阿章一句也聽不懂，觀言察色，只覺她們平易友善，便放膽指指大灶上的木蒸籠，一個擺夷姑娘，立即會意地掀開草編成的大鍋蓋，用手挖出一大團米飯，放在一片芭蕉葉上，另一個女僕抓了幾大塊炸牛肉，加在飯頭，阿章千恩萬謝，捧著芭蕉葉包回到後院，狼吞虎嚥匆匆打發了肚皮囊，爬上床用毯子蒙住頭，以為這樣便可以將一切苦悶摒棄了。

悲戚愁煩地胡思亂想著，不知怎的竟睡著了，夢裡，一直在跟一隻比人高的兇猛大黑貓搏鬥……

半夜時分，阿章被從惡夢中叫了起來，他睡眼朦朧地，看見師父師兄面色凝重，提了風燈站在床前。

姚宏金見他醒轉，便問：「阿章，你有沒有看見詔罕亮的暹邏貓？」

原來，詔罕亮發現他的寶貝貓不見了，宣慰使府內上上下下，正鬧得雞犬不寧。

阿章的心往下一沉，渾身沁出些冷汗來，睡意刹時全消，他直直地勾著兩眼，望著師父半晌說不出話來。

埃坎在一旁捏著鼻子，喵喵叫了幾聲。

姚宏金見他失魂落魄的，不由從杜璞璧手中拿過風燈，在他面上照了照，詫異的問：「阿章，你臉上怎麼弄破了這些口子？」

阿章心一驚，喘了口氣，好不容易回過神來，怯怯地支吾道：「我、我爬樹跌下來，被刺勾破了……」

「你這孩子，總是不知道留心，阿章，你有沒有看見詔罕亮那隻大黑貓？」

「沒、沒有。」阿章更慌了，竭力迸出一句話來，特別強調地說：「世界上，我最恨的就是貓！」

「沒有就好，阿章，記住，這詔罕亮府內的規矩，你千萬要遵守，凡事謹小慎微，不要惹人生厭，聽見沒有？」姚宏金叮囑道。

「師父，我——」阿章有苦難言。

「什麼事？」姚宏金見他面色有異，不由蹙眉焦切的問。

阿章迅速地看了師父師兄一眼，又畏縮地低下頭去，師父師兄神情甚是嚴肅，令他愈發不敢供出那件虧心事，只得掩飾著，遲遲道：「我、我早上，私自摘了他們的果子——」

姚宏金和杜璞璧不由心寬釋懷地呼了一口長氣，姚宏金道：「摘幾個果子吃，在這些地方微不足掛齒，詔罕亮也吩咐過，園中花果，我們可以任意享用，阿章，你只是不要恣意隨心亂吃，憨撐憨脹的弄壞肚子就好！」

阿章趁機顫聲說：「師，我就是早上摘果子跌傷勾破了臉，又多吃了幾個果子瀉肚了。」

「唉，你這孩子，」姚宏金搖搖頭，神色緩和下來，慈祥道：「待會叫你師兄拿藥給你吃，這不要緊的，只要你沒有碰了詔罕亮的暹邏貓就好！」

正說間，只聽見一片嘈雜聲由遠而近，外面許多僕人喵喵亂叫著，打著燈籠火把，四下裡正在找尋那隻貓。

幾個僕人一陣撲門打窗，嚷嚷著闖了進來，床上床下，樑上櫃上，仔仔細細搜索了一番。

等他們騷擾離去後，姚宏金不悅道：「這些下人，未免太小題大作了，一隻貓長著四條腿，偶爾到外面求偶交配，也是免不了的。」

「師父說的是。」杜璞璧也反感的道，「現在似乎正是貓叫春的季節。」

「這夷人地方，怪事多端，人尚且早熟多情，遑論貓狗畜牲了，不一定幾日後，那貓又自個回來了。」姚宏金說著嘆了一口氣，感慨道：「這官府人家生活奢靡，養貓養狗原不足為奇，但似這等寶貝珍貴，也未免太過分，阿章，你在這裡千萬不要惹是生非，聽見了嗎？」

阿章誠恐惶恐，噤若寒蟬，那副心虛意怯的樣子，簡直一眼就可以把他看個透穿。

姚宏金皺皺眉頭，若有所思地突然省悟，他欲言又止，嘆口氣，轉身離去。

杜璞璧拿來止瀉藥，給阿章服了。

阿章心中惦著那隻大黑貓，翻來覆去再也睡不著，揣度著師父剛才的言語神情，知道事態嚴重，自己已經闖下大禍，不知怎麼善後才好，心中七上八下的，突然又想起那大黑貓，整天沒吃沒喝，口中那團破布會不會將牠悶死……一時間，更像有千萬隻螞蟻蟲子，在阿章的肌膚上爬來爬去，連骨頭縫裡，也止不住沁出些酥癢難耐的感覺，他真給這前所未有的心理負擔折騰得想自殺了。

夜已深沉，萬籟俱寂，唯有蟲鳴啁啾，阿章躡手躡足溜了出來，決意到廚房偷點吃的，明天一早帶進山去餵那隻大黑貓，他記得傍晚時分，在廚房裡看見有許多牛肉塊掛在竹竿上，正可以偷一塊作貓食。

廚房的門虛掩著，裡面黑漆漆的，阿章怯怯地，從門縫擠了進去，那門捏雞脖子似的『嘰呀』響了起來，寂靜中，更是令人倍覺心驚膽顫，阿章嚇得胸口怦怦亂跳，黑暗中依稀看見竹竿上的牛肉塊，走過去連忙扯下一塊，幾根竹竿同時滑落下來，掛著大大小小半條牛重的牛肉塊，重重打在阿章頭上，阿章險些昏了過去。不遠處的僕人被驚動了，「喵喵」叫起來，他們以為是大黑貓夜遊歸來了。

阿章來不及多想，慌慌張張取下一掛牛肉，那是一整條牛的後腿，又大又重，外面的僕人「喵喵」

亂叫著，循著聲響逼近廚房。

阿章只好扛起那條十個人也吃不完的後腿，惶恐地急忙溜出來，鑽進草叢中，打後門跑出園去。天將黎明，寨子中響起了雞鳴，阿章扛著那隻牛腿，趁天尚未透亮，慌裡慌張趕進山去。到了山澗，天已透出些魚肚白，阿章頭鑽進山洞，朦朧的天光下，放眼望去，不覺駭然心驚——那隻大黑貓不見了！

阿章呆愣了片刻，將牛腿靠在洞壁上，蹲下身細心檢視了一番，先前用來鎮貓的石子，有三塊尚留下掙脫的帶子——阿章原來的褲帶，東一塊西一塊，甩離了原來的位置，那充作夾板的竹片、破布，還有那些藥草撒了一地。阿章發愁的蹙緊了眉頭，不知那隻貓，是不是被詔罕亮的手下找回去了？還是牠自個逃走了？

正在愁眉緊鎖，無計可施，漸漸明亮的洞中，又赫然看見許多凌亂的貓毛，阿章倍覺頭痛心煩，呆在這裡，唯恐被人發覺，只得憂慮地轉去了。

走進後園，隔著依稀竹葉，阿章看見師父師兄，正在草地上練五畜戲。趁他們不注意，悄悄溜進屋裡。埃坎尚躺在床上，咧開大嘴，討好地衝他傻笑著。阿章爬上床，蒙頭大睡。

埃坎跳下床，掀開阿章的毯子，關切地指指他臉上的傷痕，捏住自己的鼻子，喵喵叫了幾聲。

阿章唇青面白，慌忙一把打開他的手掌，用毯子緊緊裹頭，轉身對著牆壁。

這不識相的埃坎，還在趁興喵喵亂叫，此番，最令阿章厭惡的莫過於貓叫聲了。他忍無可忍的一翻身坐起來，指著門，怒火直冒地低吼道：「埃坎，你滾出去。」

埃坎原只是想逗樂子，比喻他臉上那些『從樹上跌下來，劃破了』的傷痕，像被貓抓了，卻不想正犯了阿章的禁忌，只得悻悻地出去了。

那老實人傷心落寞的出去後，阿章不由有些歉然，一個人做錯了事真是不勝煩惱，身不由己的一錯再錯，早知如此，真不該那般魯莽地闖下禍來。

阿章愁腸百結，一心巴望那些藥，奇蹟般治好那隻大黑貓，使他能化險為夷，蒙混過關，惶恐間，也不知過了多久，只聽見外面，傳來刀大爹的呼叫聲：「姚師父，詔罕亮的寶貝貓找到了，他令手下請我們去看看呢！」

——阿章只覺一陣血衝腦門，天旋地轉的不知身在何方，喘息未定，不由心亂如麻地跳下床，怯懦惶恐地尾隨在師父他們後面，忍不住要去看個究竟。

到了那大殿，只見如雲的僕從，全綳緊著臉，神色凝重地候在外面。

姚宏金師徒和刀大爹被迎進去了。

阿章心虛地混在人群中，怯怯擠到側門邊，伸頭縮頸地朝殿內張望。

詔罕亮面色如金紙，一夜之間，彷彿老了十歲，顯得蒼老而憔悴，他悲戚哀傷地盤膝坐在大殿上，面前的紫檀木榻上，綾羅錦被下躺著那隻貓。

看見姚宏金師徒和刀大爹，詔罕亮淒然無語地，指指那木榻，囁嚅著嘴唇，半晌才講出一句話來：

「請道長看一看，我這貓——」他似是傷心已極，竟哽塞地說不下去了。

姚宏金肅容地掀開那錦被，不由陡然色變，失聲驚叫了一聲：「啊——」阿章的心，立即向無底的深淵沉落、沉落，頭也嗡的一聲漲大了。

令人毛骨悚然的，只見那隻貓像被滾開水燙過般，皮毛盡皆脫落，身體暴漲膨大，膚色慘白青紫，牠想是經過一番苦痛掙扎，齜牙裂嘴，四爪俱張，那副悽厲萬狀的死相，說不出的令人恐怖憎惡，教人僅看一眼，就畢生難忘。

杜璞璧赫然看見，那死貓骨翻肉爛的後腿上，拴著一根帶子，那帶子好眼熟！他的心止不住一陣狂跳，他竭力咬住嘴唇，才不致驚叫出來——那帶子，分明是阿章的褲帶呀！

詔罕亮沉痛地、帶著哭聲道：「以道長所見，我這可憐的貓兒，是怎麼、怎麼死去的？」

姚宏金將那慘不忍睹的死貓，依然用錦被蓋起來，斷然道：「牠是中劇毒而死的！」

詔罕亮訝異地沉思著，悲憤地切齒道：「是什麼歹人這般毒，要害死我心愛的貓？我一定要把他查出來，碎屍萬段……」

姚宏金師徒與刀大爹相顧無言，他們默默地退到一旁坐了下來。

詔罕亮低頭哀傷了一陣，意興蕭索地站起身，淒切道：「請道長自便，我今天不大舒適，恕不奉陪了。」他說著，令手下用錦被裹起貓屍，拿去香湯沐浴，並囑立即選上好的柚木造棺收殮，抬去廟中令高僧誦經超度，擇吉日焚化安葬。

詔罕亮回寢安息後，姚宏金師徒和刀大爹也退出大殿。經僕從告知，這死貓是他們一大早，在江邊亂草中找到的。

姚宏金師徒和刀大爹，默然遠離了那些僕從。

刀大爹道：「請姚師父還到我家去，我們煮茶論醫講藥吧。」

姚宏金立即答應，卻吩咐杜璞璧道：「璧兒，你小師弟昨日亂吃果子，瀉了肚，此時尚未起床，你去給他弄點稀飯，好好伺候他吧。」

杜璞璧明白師父的意思，允諾著告辭了刀大爹，匆匆回到後院，逕直奔進阿章房中。

阿章早就悄悄溜回來了，正躲在床上蒙頭大睡。

杜璞璧掀開他的毯子，一把將他提了坐起來，小聲道：「阿章，你闖大禍了，說，你為什麼要弄死詔罕亮的大黑貓？」

阿章未語先哭出聲來，泣道：「不，不是我——」

「你還不承認，那死貓足上，分明拴著你的褲帶！」杜璞璧毫不姑息，嚴正指責。

阿章委屈地連聲喊冤，怯怯分辯道：「真的，我沒有弄死牠，那隻貓——」

「小聲點！」——此事非同小可，萬萬不可張揚出去的。

阿章壓低了聲音，泣訴道：「那貓咬死了我的小靈雀，是我不慎打傷了牠——」他把緣由和盤托了出來。

杜璞璧重重嘆口氣，用從未有過的厲聲，道：「阿章，你對下藥治病，完全狗屁不通，就如此胡亂使用虎狼藥。詔罕亮的寶貝貓，就是吃了你的仙丹妙藥，中劇毒而死的。唉，你這小子，真是亂彈琴！藥也是可以這般亂使亂用的麼？幸好，那只是一隻可憐的貓，如果是一個人，那豈不是太傷天害理？庸醫殺人不見血！你還未曾走上正道，就如此草率輕狂，自以為是！你——」杜璞璧氣得說不出話來。

阿章自知理屈，不敢作聲，只是納悶不解地思量，那些藥，師父師兄明明說，都是可以止血療傷、消腫去瘀的，為什麼那貓竟會『中毒而死』？他覺得真是不可思議。

杜璞璧將他一把扯下床來，但見他那副恐慌茫然的樣子，不由憫然的軟了心腸，嘆口氣道：「躲在這兒，不是逃避的辦法，揹了竹簍和鋤頭，我們上山挖藥去吧。」

師兄弟二人默然的走進山林。

阿章沉不住氣的說：「師兄，我把那些藥挖來給你看！」他說著一頭鑽進草叢中，一會兒就採來大半簍藥物。

他將藥倒在杜璞璧面前，說：「師兄，你看，這些藥，就是我昨天用石頭搗爛了，給那貓療傷止血用的。」

杜璞璧看著那些藥，啼笑皆非的問：「那天，也這麼多嗎？」

「好像比這更多些呢！」

杜璞璧蹙緊眉頭，道：「似你這樣亂用藥物，實在太驚人！別說一隻貓，一百隻、一千隻也死了。」

阿章困惑不解，雙眸中的茫然，卻掩不住強烈的求知慾。

杜璞璧將那些藥草一棵一棵檢視著，道：「你用的這麼多藥，足夠編幾首打油詩，且讓我唸給你聽。」他清清嗓子唸了起來：

「六月霜降血見愁，
過山龍趕紫金牛，
蘇鐵火蔥急性子，
珍珠益母月下紅。
六月飄雪望江南，
地錦夏枯三丫苦，
滴水珠弄石見穿，
苦爹鹹蝦穿魚柳。
六輪臺生仙人草，
大葉活血芙蓉花，
虎杖馬鞭鳳尾搖，
薏仁接骨威靈仙。

六棱鋒利雪裡青，
王不留行參三七，
班行相思雁來紅，
天青地白雲凌霄。」——全係中藥名。

阿章聽得呆了過去，倍覺自己的知識貧乏得說不出的可憐。

杜璞璧唸完那首打油詩，感慨道：「阿章，這作藥書的古人，全是些有大學問的人呢，且看他們給藥物取的名目，就可以想見一斑了，你不過隨隨便便採一堆藥，藥名就可湊成一首滿有意思的打油詩，細細品味，更覺趣味橫生。這些藥名，大都顧及了藥的形、色、味，或是產地及生態，用意簡潔明朗而高雅。就拿糞便來說吧，人的糞便稱做『人中黃』，小便的積垢稱做『人中白』，小孩的童便稱做『輪迴酒』或『還元湯』，蝙蝠屎叫做『夜明砂』，明明是動物病變的結石，卻稱做『狗寶、豬寶』，牛黃是牛膽囊中的結石，氣味清香，入口芳香清涼，先苦後甘，可慢慢溶化，嚼之不黏牙，具有清心、解熱、利痰、止驚、開竅、解毒的功能，像猴棗，原是猴尿泡裡的結石，不懂的人以為是一種植物……如此雅緻的名稱，使人聽著順耳，吃著順口不疑其噁心，凡此種種，可見古人對做學問技術，是何等的認真慎重，和功力深厚了。」

阿章聽出了興趣，抓起一棵藥問：「那這威靈仙，又是什麼意思？」

「威，是比喻性猛，靈仙，則形容其效靈驗如仙。」杜璞璧說著，指指身旁一棵淫羊藿，笑道：

「像這淫羊藿，因它有壯陽作用，羊兒食了此草能催起淫慾，一日可以百度交合，所以叫它做淫羊藿，這蛇床子，是因為蛇類喜歡睡在它草葉之下，所以叫它做蛇床子……」

阿章指指地上他採來的另外幾樣藥，道：「那麼，這幾種藥的名目是什麼？」

杜璞璧瞅了瞅那幾種藥，道：「這幾味怪藥，只有你才知道了。」

「我也不知道，那是窩尼人——」

「怪不得！」杜璞璧搖首一陣嘆息，抓起其中一棵仔細辨認，道：「這一棵名就叫做狼毒，含有猛毒，你這小子，太心浮氣躁了。師父不是一直告誡過你，根基要從深處打，不要鑽旁門左道嗎？這窩尼人的怪藥，師父一則不肯輕視，二則不敢掉以輕心，還說要研究驗證呢，你居然就敢拿來使用了。」

阿章赧顏羞愧的低下頭，心有餘悸的低聲道：「幸好幸好，那只是一隻貓！唉，那隻可憐的貓……」

——一條生命就這樣暴斃在阿章無知的妄為下，實在令他引以為惕。

「阿章，大體上來說，每一種藥，都是經過了數千百年廣泛應用有效後，而流傳下來的。李時珍的《本草綱目》，綜合了歷代古人的心血結晶，《本草綱目》的最前身，是《神農本草經》，一代又一代演變改良，像師父現在常用的那本《大觀本草》，就是宋代流傳下來的版本。歷代古人，本著承先啟後的踏實精神，用心鑽研，才逐步使中國醫學去蕪存菁，將精華流傳下來。」

阿章有些不服氣地抓起一棵藥，道：「這活血龍，你不是明明說過，可以治跌打損傷的嗎？」

「不錯。」

「還有這三七……」

杜璞璧忍不住在他頭上敲了一下，斥責道：「你這小子！這麼不虛心，如此強詞奪理，真該打屁股。」

阿章揉著頭，屈聲分辯，道：「我只是弄不明白，向你請教，你教我，我才會，你打我，又不許我問，那，我就只會越來越憨笨了。」

杜璞璧不由莞爾一笑，道：「說得是，簡單告訴你，對症下藥才有效。寒症投以寒藥，就如冰益寒，熱症投以熱藥，就如火益熱，下藥又講究君、臣、佐、使，藥的分量也有規定，多一分無益，少一分有害，有的藥物作用會互相排斥抵銷，有的原來無毒，不慎中和使用，便會產生劇毒……」

阿章問：「君、臣、佐、使是什麼意思？」

「簡單說，一劑藥，是那一種藥為主、為輔、為次、為第，下藥也要因人而異、因時而異，而且，每一種藥的製法，要怎麼才奏效也有不同，這些，一時也說不完說不清，說多了你也不明白。我只想把師父一貫的教導告誡你，醫病救人，生死攸關，務必慎始慎終，切不可再如此胡為亂來。」杜璞璧耐心地說著，蹙起眉頭，「你看那貓的死相，真是說不出的痛苦萬狀，可想見你那些藥，是多麼辛辣狠毒，厲害無比了。」

阿章愧然的低下頭，更加懂得『庸醫殺人不見血』這句話的嚴重性了。

「師父原打算要親自教訓你的，只因那刀大爹拉了他去煮茶論醫，才令我把這些道理，先略略鄭重告訴你！師父憐惜你自幼失去怙恃，小小年紀受盡諸般風霜打擊，但天性誠實忠厚，才肯收你為徒，要不，到了這橄欖壩，何不打發你些銀子，找隊馬幫讓你跟他們回老家去？」

阿章淚如泉湧，不由哭出聲來，泣道：「師兄，我錯了，不要攆我走，我要永遠跟隨師父四海為家……」

杜璞璧內心一陣激動，將阿章拉到身旁，拽起衣襟溫和地替他拭淚，道：「阿章，既是如此，千萬記著，我們今後凡事只可為師父增光，不可令師父丟臉，才不枉自做了師父的徒弟。」

阿章垂著頭，嘴角溢出一抹感激的澀笑，心中泛起一陣酸脹的甘甜，師父待他如父，師兄待他如手足，所以才如此責之切！阿章覺得自己的心，更緊緊地跟師父師兄熨貼在一起，不可分離了。

橄欖壩盛夏的陽光，熾熱地照射著大地，濃密的綠蔭遮去了漫天的燠熱，詔罕亮的宣慰使府內，每到中午，總是分外的安謐幽靜。

詔罕亮落寞地坐在寢宮中的蓆墊上，他慵懶不快地閉著雙目，陰鬱的面上，凝結著深沉的悲哀和痛楚，一副如喪考妣般的淒涼神情。

他的夫人孏葍莆悶悶不樂地躺在臥榻上，她倒不是捨不得那隻貓，而是怨恨詔罕亮愛貓勝過了愛人。

一股複雜深濃的怨氣，使這富麗堂皇的寢宮，顯得說不出的蒼涼幽清，靜謐中，彷彿有嬌柔的「喵嗚」聲，熟悉地傳進詔罕亮的耳膜，那團柔軟溫暖的身子，又彷彿生氣勃勃地鑽進詔罕亮懷中，隨著

一陣安恬的呼嚕聲，那一小片溫濕的舌頭，也彷彿在討好地舔吻著他的手——於是，詔罕亮伸出肥厚的手掌，像往常一樣地想去撫摸牠那亮緞樣沁涼豐美的黑毛……

他的手落空了，一陣恐慌的空虛，使他清醒過來，他驟然抬起頭，睜開眼睛，目光便像利刃一樣刺落在窗前的大理石檯面上，那長檯上放著一個精緻的竹盤，盤中鄭重地盛著阿章的那截綁貓的褲帶——行兇的犯罪證據。

詔罕亮刷地站起身，跣著雙足，心神不寧地在軒敞的寢宮內，來回地踝踱著，他惱恨憤怒的目光，不時怨毒的瞟在那褲帶上。

根據手下洗刷自身的猜測，和詔罕亮自己的判斷，那弄死暹邏貓的兇手，無疑就是姚宏金的小徒弟了。

因為這橄欖壩方圓幾百里，有誰不知道，這暹邏貓是詔罕亮的寶貝命根子？他那些膽小俯順的夷民，又有誰敢做出這種大逆不道的事來？

詔罕亮蹙緊眉頭，鐵青的冷著臉，牙齒咬得格格響，他走到那大理石檯前停住了，仇視著那截帶子，不由將雙手緊揑成拳，指節狠狠一陣絞擰，發出一串串響聲，怒火燒得他爆炸開來，他狠狠地一拳打在大理石檯面上，切齒道：「我非把那小子宰了，再把那兩個妖道趕走！」

他的夫人嬾菖莆幽怨地看著他的背影，淒然地轉過身去，低聲哭了起來。

詔罕亮不為所動，怪聲怒吼起來：「來人啊！」

隔著一道簾子，幾個彪形大漢的身影，立即出現在寢宮門前，等著主人一聲令下，就要去打殺那弄死貓的兇手。

嬾葍莆穿著一身淺綠色的絲織睡袍，像陣綠色的霧，飄落在詔罕亮的腳前，她抱著詔罕亮的雙腿，懇切的泣道：「詔，不要，詔，求求你，不要……」

詔罕亮煩躁地甩開她的手，暴聲對那些手下人喝道：「滾！」

那些手下人的身影立即機械地消失了。

嬾葍莆坐在地上，雲鬢凌亂，嬌靨籠愁凝哀，胸部襲上一陣痛楚，她的右手撫在胸口上，蹙眉泣訴道：「詔，難道那隻貓對於你，真的比我更重要——」

詔罕亮粗重的嘆息了一聲，頹喪地癱倒在皮椅上。

嬾葍莆匍匐著爬過來，將她那美麗蒼白的臉，枕在詔罕亮的雙膝上，繼續道：「詔，為了我的病，請你饒了那孩子吧！詔，我的這病，唯有那漢朝來的道長，才治得好了。」

詔罕亮無語地捧起她淚痕狼藉，不勝淒美的面龐，細細凝視，嬾葍莆俏麗的眉宇間，溢著一抹不易看得分明的病氣，他僵硬的面色緩和，柔聲道：「嬾，且歇住悲傷，我依了你就是！嬾，不要怪我，你知道，我是太愛那隻貓了！」

酸楚辣辛漲疼了嬾葍莆的心房，她慘淡一笑，悲涼地道：「我知道，在你心目中，我尚且不如一隻貓，遑論你那些千嬌百媚的美妾們了。」她嚥下了哽塞，淒楚地垂下頭，幽怨柔弱地嘆了一口氣：

「詔，我並不是非要治好了這怪病，我唯一不忍離去的，是我兒年方幼小，怎可令他失去母親？」她哭得渾身顫抖，再也說不下去了。

詔罕亮迅速地蹲下身來，一把將她緊緊擁在懷中，他愧疚地長長嘆口氣，頓時意識到自己的疏忽和荒唐，孄菖莆單薄瘦弱的身軀，激使詔罕亮內心的恐懼愈來愈嚴重，失去那隻貓，他只是少了一樣調劑生活的樂趣，失去孄菖莆，他就再也活不下去了！直到此時，他才醒悟到，他與她之間，早已不可分割的連成一體了。

「孄，你放心，我會請那道長，立即為你治病。孄，不要恨我！」詔罕亮橫抱起他的嬌妻，將她放在軟榻上，百般憐惜恩愛地撫慰她，他但願他的過失仍能補償，他但願他的悔憾仍能挽回。

現在唯一能幫助詔罕亮，挽回恨憾的只有姚宏金了。

黃昏，太陽落進了山凹，涼爽的晚風裡，飄溢著濃郁的梔子花香，孄菖莆披著落日的霞彩，嬝嬝娜娜，輕盈地踏著厚軟的草地，施施然然走進了寬深的庭院，綠蔭高張著形成了天然的屏風，那片天像抹上一層艷紅的胭脂，流淌著變幻無窮的繽紛彩雲，化淡了蒼茫的暮色，給這幽清的庭院增添了些許適意的明快。

草地上，潔淨光亮的大理石桌旁，詔罕亮面露戚色，正在鄭重地向姚宏金講述他夫人的疾病。

詔罕亮沉痛地道：「拙荊這怪病，已頗有一段時日了，算起來少說已是二、三年的光陰，起初，她自覺乳中結核數粒，但不紅熱，不疼痛，女人家害羞，不願宣諸於人，及至後來，每臨經期前數日，乳房腫如覆碗，色紫而堅硬，常常疼得半夜醒轉，哀婉呻吟，直到天明，我始得知，連忙多方求醫問藥，但俱不見效，現特請道長為拙荊把脈診斷，究竟是何怪病……」

嬾菖莆端莊地走過來，衝人溫雅一笑，默默地坐下來。

姚宏金觀她的氣色，但見她美目含愁，娥眉輕聳，淺笑裡溢出一份無奈的淒惻，似是隱有萬般不願為人所知的苦楚，當下心中已有幾分瞭然，和藹道：「請夫人伸腕號脈！」

嬾菖莆忸怩憂鬱地一笑，旋即伸出一隻嫩藕般的玉腕，橫在石桌上的紅布棉墊上。

姚宏金把脈診斷，察覺嬾菖莆左關（註：脈分寸關尺）出現緊實脈象，右關脈伏，這已顯示中脘已有積塊腫瘤，所幸尚未潰敗，不由吁一口氣，道：「夫人之疾尚屬中期，只須服藥數月，此病便可痊癒。」

詔罕亮聞言欣然笑道：「那先謝過道長了。」

姚宏金朝他使了一個眼色，詔罕亮會意低聲對嬾菖莆道：「你先回房休息去吧，我還有話要跟道長講一講。」

嬾菖莆起身向姚宏金俯腰行禮謝過，女僕攙著她離去了。

姚宏金道：「有句話要明說，但請詔不要見怪。」

「道長不妨直言。」

「尊夫人的這病，相當嚴重，那腫瘤今已處在將潰未潰時，情況險惡，所幸，現在下藥還可挽回，

否則，不及十天半月，那腫瘤轉成紫黑色，穢氣漸生，毒深如岩穴，潰時肉翻如泛蓮，痛苦鑽心徹骨，並會時流膿流臭血，愈久愈難收拾，斯時，五大俱衰——」

詔罕亮駭然色變，顫聲道：「拙荊一貫養尊處優，為何竟會得此怪病？」

「貧道觀尊夫人氣色，似是長久悒悒寡歡，這病多半由憂愁鬱遏，時日累積，脾氣消阻，肝氣橫逆，遂成隱核，初時不痛不癢，散則為氣，凝則為形，數年後，方為瘡瘤，這種病曰乳岩（即今乳癌之古稱）。」

姚宏金雖平舖直敘，聽在詔罕亮耳裡，頓覺驚心動魄，不寒而慄，他慚然地嘆息了一聲，自責道：「道長說得是，拙荊這病，全怪我之疏忽和平日荒唐——」

原來，這嬾菖莆年方二八，便遠自滇西猛卯，下嫁到千里之外的滇南橄欖壩，遠離了父母親人，嫁作異鄉婦。初時，詔罕亮也曾百般恩愛，與她形影不離，及至後來，隨著時光的流逝，夫妻間的感情漸漸平淡，這擺夷人大多一夫多妻，詔罕亮貴為一方宣慰使，更是美妾如雲，嬾菖莆在悠久的冷落中，不禁積怨成疾，才生出這怪病來。

姚宏金用一種洞悉瞭然的眼神，灼灼逼人的直視著詔罕亮，道：「詔現今既請我替尊夫人治病，有些不情之處，尚須詔誠意合作，尊夫人這病才有可治之望，否則，便難了。」

詔罕亮正色懇切道：「道長但說無妨！」

姚宏金肅容道：「聽你方才陳述，尊夫人之病，緣由先得後失，才致六欲不遂，七情動火傷血，致使調攝失定，血凝結皮血之中，漸漸滋長成疾，如此可見，尊夫人的病因，全在於情緒的悲觀低落，如果詔不能令她快樂起來，這病還是治不好的。」

詔罕亮無言以對，惶愧塞滿了他的心房。

「自古道，醫病難醫心，藥雖逍遙而人不逍遙，終有何益呢？」姚宏金慨然地盯著詔罕亮，逼著他回答。

詔罕亮低垂了眉睫，愧然道：「我明白道長的意思了，為今之計，要救我那可憐的小妻子，借此補償我良心的過失，定當竭誠配合道長療心治病，以求拙荊早日脫離這疾病的折磨、心獄的熬煎，盡快康復起來。」

「詔既如此通情達理，我才敢說我能治好這病，否則，再高的醫術，再好的良藥，也萬難有回天之能耐。」

詔罕亮立即厚資遣散了他那些年輕美妾，任由她們自行改嫁，把那寵愛三千的浪漫之心收了回來，全心全意戀在孄菖莆身上。

孄菖莆破碎的心，在詔罕亮赤誠的感召下漸漸癒合。

姚宏金的對症下藥，也在她強烈求生的慾望下，神速奏了效，未及三月，孄菖莆的疾病便完全根除痊癒了。

這期間，姚宏金在橄欖壩德澤廣被，施展他的妙手回春之術，不知醫好了多少疑難雜症，救了許

多夷人的命。聲名一時在十二版納大噪開來，每日慕名遠近而來求醫的人，絡繹不絕，真是道為之塞，門庭若市。

阿章也在伴隨師父治病的磨煉中，細致觀察，用心鑽研，刻苦不懈的學習，每有空餘閒暇，便拿了師父的諸多醫藥書籍，悉心研讀揣摩，弄不明白的便向師父師兄請教。

詔罕亮因為阿章弄死了他的寶貝貓，雖一直隱忍不提，但對這孩子始終心存偏見不悅。但漸漸地，他發現這孩子行為拘謹規矩，雖不脫兒童天真氣息，難免屢犯無心之失，卻非是那種頑劣不馴之放肆乖張，觀他素常不是跟了姚宏金師徒上山採藥，就是整日關在房裡切藥、舂藥，工作甚是勤懇賣力，才不由將那嫌惡之心，慢慢轉換成激賞之意了。

一天晚上，夜色清幽，天邊一彎冷月，悠悠瀉了滿地銀輝，詔罕亮趁興親自提了一盞風燈，挽著孋菖莆，摒開下人去賞月。他們踏著如水般的月色，沿著濃蔭小道，說說笑笑行到後院來。

姚宏金師徒到刀大爹家去了，只有阿章一人，正在熒熒青燈下苦讀。

詔罕亮夫婦在木格窗戶外面站住了，阿章全然不覺，仍自低頭專心看書。

詔罕亮清了清嗓子，親暱地呼道：「小子，你師父呢？」

阿章驀然一驚，抬頭看見是詔罕亮夫婦，不由更覺訝異，慌忙怯怯回應道：「我師父去刀大爹家喝茶——」

詔罕亮看見桌上的《大觀本草》，讚許的點點頭，孋菖莆逐漸健康豐腴的嬌靨，堆滿了幸福的甜笑，

她將手中的一個棉紙包遞給詔罕亮，詔罕亮接過來，往那木格窗子拋了進去，那棉紙包發出一陣細碎悅耳的悉索聲，落在桌面上。

詔罕亮聲如洪鐘，笑道：「小子，這是我老婆賞給你的，你先打開來看看。」

阿章不知所措，遲疑地打開那棉紙，不由失聲「啊」地叫出聲來，一顆心也不知飄向何方去了。原來，那棉紙包著的，是一條精工打製的純銀寬腰帶，美麗別致的花紋一環扣一環，只有擺夷貴族，才用這種銀製的腰帶。那綿紙包裡，還放著那一截——拴在死貓足上留下來的阿章的破布褲帶。一種偷東西被當場人贓並獲般的窘迫羞愧，立即令阿章覺得無地自容，正在惶惑得透不過氣來，只聽見詔罕亮道：「如果一隻貓，能為造就一個良醫而死，那是死也值得了。小子，別辜負了我那可憐的貓兒吧。」

詔罕亮說罷，擁著孏菖蒲大笑而去。

阿章半晌才回過神來，知道自己已得到寬恕了，他情不自禁地抓起那根銀腰帶，追出門去，高興得想大叫幾聲：「謝謝！」

只見詔罕亮夫婦親熱的相擁著，提著風燈，已漸漸走進朦朧的夜氣中，越去越遠了。

11

雲水悠悠，綠野蒼蒼，瀾滄江展現出一片醉人的幽遠空濛，深廣澎湃地奔流不息，沿江兩岸，鮮黃亮麗的阿勃勒（潑水花），迎來了多少璀燦的夏天。艷紅嬌媚的木棉花，送走了多少無霜的秋天，在這四季蔥翠，終年溫暖的十二版納，七、八年的光陰，就這樣和平寧靜的過去了。

書香藥香熏陶了阿章的性靈，他在年復一年刻苦的磨練中，由一個落魄街頭、亡命荒山的流浪兒，在一代名醫姚宏金的苦心栽培下，漸漸成長起來了。

又是一個連綿半年的漫長雨季。

窗外，雨聲淅瀝，白霧茫茫。大大小小，老老少少，男男女女的病人，有擺夷、有漢人、有卡佤、有景頗……擠了滿滿一屋子，他們都是冒著惱人的滂沱大雨，濺著泥漿，翻山越嶺，艱辛萬狀地由遠處，趕到這兒來求醫治病的。這些尚未開化的夷人，除非病得快要死了，占卜看卦全失去了作用，才會抱著一線求生的希望，來碰運氣般的尋求醫治。

大凡他們所要治的疾病，多是些已入膏肓的頑疾怪症，非常考人醫術的深厚淺薄。

阿章如今身材修長，穿一身土黃色的擺夷衣褲，光潔的辮子整齊地拖在腦後，年輕的面龐上，透著些早熟的穩沉儒雅，氣質謙恭溫和，舉止拘謹但不迂泥，是那種苦難中踏實勤奮長大的樣子，敦厚的外表，掩蓋不了智慧的聰穎，令人自然產生出一份由衷的關愛和信賴，使人樂意與他相悅相近。

姚宏金凝然坐在桌旁，桌上放著一個紅棉布墊，一方盛了釅墨的硯臺，阿章握著毛筆，擔任書寫方箋的工作。

姚宏金的身子骨還是那麼硬朗，只是頭髮快全白了，這位來自中原的再世華佗，早成了滇南邊陲的活命神仙，被夷民敬愛如神祇。

杜璞璧還是那副超然物外的灑脫。許多多情的擺夷姑娘，半公開的熱戀著他，像他這麼一個天性善良、為人厚道的漢家郎，確實是令姑娘寄託終身的好男兒，怎奈他自幼出家做了道人，早把這紅塵俗緣的兒女之情，安之若素地置之於度外了。此刻，他正在細心的秤藥配方，僅看他一絲不苟的專心工作，就令那些躲在一隅的擺夷姑娘，竊竊芳心暗許了。

一個擺夷中年人，是來自猛哈的土司，他溢露出過度的痛楚憔悴，由兩個下人攙扶進來，阿章連忙引他躺在竹床上，刀大爹照例在一旁參與治病，充當翻譯。

姚宏金細觀病人的氣色、眼皮、舌苔，聽他陳說病情，知他食道臃腫，食難下嚥，並時有胃翻如絞，疼痛攻心，發作無定時，常吐黑色血塊盈盆。

姚宏金替他把脈診斷，對阿章道：「這位土司生活富裕，尋常喜膏粱厚味，又縱情醇酒淫慾，所以大動脾胃肝腎，致令血液衰耗，胃脘枯槁，液凝為痰，痰火固結，妨礙道路，所以飲食難進。」

阿章默記於心，知道了這病的起因和來龍去脈。

「這病稱之為噎膈（相當於現在的食道癌或胃癌）。」

「噎膈在上，咽喉壅塞，飲湯水勉強進入，吃食物便難嚥如刀割，膈枯在下，胸臆苦悶，食物即使勉強進入，到了胃裡，仍會被翻兜劇痛攪上來……」

姚宏金教阿章替那病人切脈，實際體會病人數的脈象，接著便口述所用的藥物及分量，阿章便一一在方箋上寫明。

阿章寫好每一張藥方，姚宏金都要親自再過目，確定無誤後，才交給杜璞璧配齊。

這十二版納由於氣候炎熱，各族婦人月經期間，多不忌食物生冷，大多嗜吃酸辣之物，尤其擺夷女子，常常在熱汗淋漓的時候，恣意任性跳下山澗冷泉，或是江畔流水中沐浴沖涼，山地民族的婦女，更不懂月經的衛生，任由經水肆流橫淌，故此地婦女患癥瘕痼疾的尤多。（癥瘕相當於現今的子宮癌及卵巢癌。）

姚宏金常使她們藥到病除，慕名而來的病患也越來越多了。

阿章替一個擺夷女子寫好藥方，姚宏金接過來看了看，道：「阿章，這兒茜草的分量太少了，可以改三錢為五錢，中藥的功用，有許多處看似矛盾，這完全與用量多少有很大關係，就拿茜草來說吧，大量則通經，小量則止血。這些千萬不可再忽略。」

阿章唯唯諾諾，連忙更正了錯誤。

由於經年生活在蠻荒沼澤，致邊民飽受瘴癘惡氣的重污穢積，不少人患石癭、石瘤、石疽，或惡瘡險癰，全是些令人痛苦徹骨入髓的繁雜絕症。（癭、瘤、疽、癰相當於現代的淋巴癌或是甲狀腺癌。）

一個景頗大漢，身材粗壯昂藏，面色卻枯槁黝黑，只見他頸上長著碗大一個癭瘤，瘤已潰爛，肉糜如翻花石榴，惡臭的血水，淋淋漓漓滲淌下來。

姚宏金立即替他施麻醉，將那癭瘤無痛切除了，又撒上止血防腐的藥粉，並配以攻補兼施的藥物內服。未幾，那景頗漢子的頑疾根除痊癒了。他大老遠的，送來一袋鍋片銀作報酬。(十二版納產銀，土人用土法提煉而得，俗稱鍋片銀。)

一天晚上，雨過天晴，白茫茫的濃霧，化成一縷縷縹緲輕柔的薄紗，那彎殘月嬌羞地，在流雲中露出半邊嬌怯的臉來，冷冷的銀輝，幽幽地撒在朦朧的夜氣裡，竹葉草尖上，搖曳著一串串亮晶晶的小水滴，隨著涼涼的晚風，閃閃發光的滴落下來。

夜，淒迷幽清，這樣的夜，常使人的心易於感傷迷失，而充滿了溫柔的情。

東廂藥房裡，杜璞璧心神不寧地，正在整理一堆堆烘炮乾了的藥片，他緊蹙著眉頭，間或發出一聲低低的嘆息，那份不願為人所知的愁煩，從他矛盾苦痛的雙眸裡，掩藏不住的宣洩出來。

阿章一面把藥裝進櫃中的小抽屜裡，一面忍不住回頭打量著師兄，看著師兄那副愁腸百結的模樣，幾番欲言又止。

沉默中，杜璞璧突然重重的長嘆了一口氣，阿章忍不住關切地叫道：「師兄，你有什麼煩惱，不妨對我說，我願替你分憂——」

杜璞璧迅速抬起頭來，面上流露的驚異，分明以為阿章留在這裡實在意外，阿章那洞悉瞭然的眼

神，觸怒了他做師兄的尊嚴。他狠狠地瞪了阿章一眼，凌厲的斥責拒絕，盡在不言中。逼得阿章把幾欲脫口而出的知心話，又強嚥了下去。

遠處，依稀有一陣輕揚婉轉的樂聲，穿雲破霧，隱隱約約傳了過來，那是一種用樹葉吹出的曲子，聲韻如怨如訴，不知寄了多少的柔情。

擺夷青春男女，慣將葉片含在口裡，吹出非常優美動聽的情歌，表示渴慕愛戀，互通情款。幽寂中，那葉片哀婉撩人的樂聲，愈來愈近，愈來愈動人心魄。

杜璞璧的思緒，迷失在那片樂聲裡，一份悲涼的柔情，如縷不絕地從他內心深處，抑制不住地汩湧出來，漲滿了他的心房，淹沒了他的理智，他苦痛地躊躇了片刻，終於無奈地立起身，默默地拉開門，疾步走進淒迷的夜氣裡。

阿章擔憂地追到門邊，靠著門扉，看著師兄的身影，漸漸地消失在黑暗中，不由也悵然地嘆息起來。

杜璞璧走出後園，泥濘小徑兩旁樹木的露水，濺濕了他衣褲，辨別著那用葉片吹出的樂聲，他大步朝江邊趕去。

瀾滄江像一匹黑色的軟緞，在冷冽的月輝下，泛出一片華麗的光亮，那嬌囀輕柔的葉片樂曲，拖著長長餘音，隨著一葉輕舟盪了過來。

有冷風刮起，將那薄薄的夜霧，瀰漫在江面上，杜璞璧的視線被遮住了，迷迷濛濛的，只聽見木

槳撥動江水的喧嘩，杜璞璧暈眩眩的，只覺得這一切，不實在得像一個似曾相識的幽夢。

又一陣冷風吹來，掀起了他的灰色道袍，彷彿在提醒他的身分，他自責地嘆息著，身不由己地凝立在那裡。薄霧散開處，一隻小小的木船款擺著，從蘆葦叢中，慢悠悠地飄盪過來。

杜璞璧的視線凝住了，小船上，坐著一個年方二八的擺夷姑娘，白色的衣服沙籠，單薄地裹在她窈窕的身上，烏亮的長髮，挽成髻子，要墜不墜地堆在頭頂，薄長輕柔的白紗披肩，在冷風中翻飛舞動。

小船攏岸了，姑娘放下木槳，直起身子，立即怯伶伶地打了個寒顫，她嬌媚美麗的面龐上，一雙晶亮的星眸，幽怨蘊愁，含情脈脈，悄悄注視著杜璞璧，相顧無言間，兩行清淚，從她那可愛的睫毛上滾落下來。

憐惜揉疼了杜璞璧的心腸，他再也把持不住的放棄了矜持，發一聲無奈的低嘆，縱上那小船，那擺夷姑娘一頭撲進他的懷抱，低低啜泣起來。

杜璞璧溫柔地撩起衣襟，嘆息著，替她拭去腮上的淚水，然後，他操起木槳用力一划，那小船迅速地盪進了蘆葦深處。

天邊，有幾顆明滅閃爍的寒星，伴著那彎伶仃的孤月。夜風送來一陣陣水鳥夢囈般的哀鳴，周遭如斯地淒寂清幽，天水林木都化作了氤氳，變作一片虛無飄渺的混沌。杜璞璧多麼希望，自己就如斯地消失在那片混沌的夜氣裡。

那攞夷姑娘依偎在他懷中，良久良久，終於忍不住嬌羞的說：「埃璧，你帶我走吧，帶我去漢朝地方你的老家。埃璧，這個世界上，我心中永遠只有你！」——埃是攞夷語大哥的意思。

她熱切地訴說著，身子緊緊地貼住杜璞璧，情不自禁地抓住他長滿厚繭的大手，杜璞璧忍不住握住了她嬌小細嫩的柔荑，搖首又是一陣低嘆。

「埃璧，罕龍今天已叫人送來了聘禮，再過幾天，他就要迎我進門，我媽看他家有錢有勢，已經答應了。」她顫抖的訴說，擴散著內心的焦急，那攞夷姑娘止不住清淚橫流，她努力著，不肯放棄心中的希望。

杜璞璧訝然地有一陣驚異，罕龍是詔罕亮的兒子，年紀二十五歲，早就明媒正娶了車里宣慰使的千金，而且又收了好幾個美妾作偏房，如今，這花花公子，竟又要打玉孃的主意了嗎？

「玉孃，真的是罕龍嗎？」——為什麼偏偏是罕龍呢？杜璞璧以為玉孃終會找到一個比他自己更適合她的歸宿，卻想不到，這個柔弱嫻靜的玉孃，竟會被罕龍看中了。

「埃璧，你帶我走吧，我們逃得遠遠的，不管逃到那裡，我都跟著你，埃璧，好嗎？」

經過一番痛苦的掙扎，杜璞璧歉然的說：「玉孃，請你原諒我，我們漢族的禮教，不允許我這麼做，我不能帶你走，自從我十歲那年，我娘還願，把我送進了武當山出家為道，就註定了我今後的命運。」

玉孃怎麼也不相信，漢人一旦出家，還俗就是終身令人嘲笑的恥辱，而攞夷人篤信佛教，每個男人都要剃髮入寺當一段時間的和尚，期滿後便可還俗，照樣娶妻生子成家立業。而漢人半路出家可以，如果為了迷戀一個女人破戒還俗，那今生今世永遠名譽掃地，萬難再抬得起頭來。

況且，杜璞璧也絕不願，做出這種欺師滅祖的行為。

人非草木，孰能無情，然則有情是一回事，戰勝情慾又是一回事，要真正達到六根盡除，清心寡慾的境界，不知要經受一番怎樣痛苦的心靈熬煉。

杜璞璧苦澀地回憶起三年前，一個暮春的黃昏，他帶阿章進山採藥轉來，趕著小黑馬走出密林，偏僻的人煙稀少處，突然聽見一個擺夷小女娃，在驚惶失措的哭叫，師兄弟二人慌忙循聲趕了過去，只見山坳裡，有一幢孤零零的小竹樓，一隻斑斕兇猛的山貓，咬住一隻通體雪白的孔雀翅膀，正疾速地鑽進荊棘叢，那個十四、五歲的女娃，恐懼地哭叫著，不捨地尾追在後面。

杜璞璧眼明手快，立即將手上的藥鋤揮過去，狠狠打在那隻山貓的軟腰上，那山貓厲聲怪叫，棄下那隻白孔雀，負創逃走了。

那女娃就是玉孃，她痛惜地抱起那隻折翼的白孔雀，焦急地啼哭不已。

杜璞璧熱心地掏出一瓶常備的療傷藥粉，撒在白孔雀洞穿流血如注的傷口上。

玉孃的爹早就過世了，她與母親靠賣豌豆粉度日，這白孔雀，是她爹生前在森林中捉回來的，有兩隻呢。

不久，那白孔雀的傷痊癒，以後，杜璞璧他們每次進山挖藥回來，都要在玉孃家歇息片刻，討瓢

涼水解渴。玉孃的母親，常常切兩碗涼拌豌豆粉，請他們吃。

玉孃常常帶了那一對白孔雀，送他們到小路岔口。

隨著時光的流逝，玉孃長成了青春少女，不知何時，杜璞璧驚異的發現，這位嬌羞畏怯的擺夷姑娘，竟早已多情地迷戀著他了。

他竭力地迴避著，再也不打玉孃家門走，每次進山總是繞道而行，也不知何時，他苦惱地醒覺，自己怎麼也情不自禁地，難忘她於懷。

但他竭力地把這片幽柔的情，深深地埋藏在心底。

他和她心照不宣，但他卻下意識地表現出疏遠和冷漠。

直到今夜——

不知為什麼，玉孃竟那麼固執地以為，杜璞璧一定會不顧一切地娶她為妻的。

「埃璧，你聽我說，我們也可以逃到緬甸的，這兒離緬甸很近，那裡沒有人知道你是一個道士。埃璧！」玉孃一聲聲熱切地呼喚著、訴說著。

杜璞璧艱難地沉默著、沉默著。

突然，玉孃不說話了，寂靜，有一分難堪的侷促，她睜著那雙黑白分明的大眼睛，幽柔地，多情地，靜靜直視著杜璞璧。

玉孃明眸，有兩簇小火焰，在燃燒跳躍，她勇敢地逼視著杜璞璧，問：「埃璧，告訴我，你愛過我嗎？你真的一絲一毫都不曾愛過我嗎？我是說，是屬於那種男女之情的愛——」

杜璞璧駭然心驚，是的，他從來沒有用語言表示過，他永遠也不會這樣宣諸於口。

「告訴我，埃璧！」

他驀然驚覺，自己的疏遠和故作冷漠，不是已經明明地暗示，他在愛她了嗎？他軟弱地點點頭，視線空濛地落在那幽深不見底的江面上。

「那麼，埃璧，你要了我吧，我是說，我的第一次——」玉孃囁嚅地說著，就將他寬厚的手掌，大膽地壓在自己胸口上。

一陣酥軟的電流，使杜璞璧震撼得跳了起來，他敏捷地抽回自己的手，失聲說：「玉孃，你瘋了！」

「埃璧，我很清醒——」她嬌羞地垂下頭去脫衣服。

「你放肆！」——嫌惡使杜璞璧的心冷硬起來，他肅容地操起木槳，緊緊地抿住嘴唇，小船像箭一樣盪出蘆葦。

沉默地到了江邊，杜璞璧重重的把木槳一丟，縱上岸，毫無表情的說：「玉孃，不要這麼糟蹋自己，快回去吧！收回你的心，好好準備嫁給罕龍吧！」

玉孃失望、傷心、羞愧難當地跌落在黑暗中，她直直地瞪著空洞的兩眼，看著杜璞璧仰天一聲長嘆，甩開那寬袍大袖，轉身頭也不回地揚長而去。

杜璞璧頹喪疲乏地走進東廂房，阿章立即關切地迎上來，道：「師兄，師父回來了，正等著有話要跟你說呢。」

杜璞璧定了定紊亂的心緒，連忙趕到上房，姚宏金盤膝坐在竹床上，正在閉目打坐。

「師父！」

「坐下再說吧！」姚宏金睜開眼睛，若有所思地瞥了杜璞璧一眼，道：「璧兒、阿章，我們在這橄欖壩，晃眼間，七、八年的光陰就過去了，時間過得真快，為師現在已經把這滇南本草，大致整理清楚。本來，我決定到中秋雨季結束後，再離開這兒到西藏去，但是入了冬季，西藏大雪封山，就不易行走了。所以，我想，我們還是趁現在離開橄欖壩，趁大雪封山前，趕到西昌，過了冬天，開春再去唐古拉山。」

阿章欣喜雀躍地道：「師父，我們什麼時候走？」

「雨季行走諸多不便，所以，我們務必要仔細打點，璧兒，你明天就去買幾匹壯健的騾馬牲口，盡快張羅好，趁早上路吧。」姚宏金說到這裡，鄭重地看著杜璞璧，頓了片刻，方又道：「我看你最近心神不寧，還是趁早離了這是非之地吧。」

杜璞璧慚然低下頭，任何事都瞞不了師父，他並不辯解，也無從辯解，只是感激師父作出這提前走的決定，實在是為了他著想，當下恭敬道：「師父說的是。」

姚宏金又道：「出家人只求心安，璧兒，看那櫃中，積攢了許多的銀子，那麼多要來何用？留一些防備路途所需便可，餘下的，全部撒給那些苦寒的夷人吧。」

阿章連忙說：「師父，埃坎的老婆又生了一個小娃娃，他現在一共有五個娃娃了。」——埃坎早就娶了一個擺夷女人，在這兒成了家。

「唔，那就多分他一些銀子吧，這埃坎跟了我們這些年，也夠忠實的了，如今一旦分別，心裡一時真是十分不捨。」姚宏金感慨著，「出家人雖不可為情所困，但人非草木，孰能無情，要緊的，還是要看開些。」

杜璞璧惶愧地暗中自嘆，有師如此，夫復何求。師父如今年事漸高，但他畢生的願望，就是北去蒙疆，南下邊陲，西到康藏，將每一方的本草拾遺整理出來。而今，只要安然到了康藏，師父的心願也就可以了了。杜璞璧下定決心，要侍奉師父達成他的宏願。

師徒三人商量妥當，夜已深沉，便分頭熄燈安寢了。

自從埃坎成家後，杜璞璧就搬過來，跟阿章同住了。

黑暗中，阿章注意到師兄輾轉難眠，不由關切地說：「師兄，做人都會免不了有這許多煩惱嗎？」

杜璞璧幽幽長嘆一聲，道：「阿章，以後你就會知道了，人活著，最困擾人的就是情，要撇開她，不去理會，不是冷酷麻木，就是白痴呆瓜。要從情困中掙拔出來，實在是非常痛苦不易的……」

「師兄，你心甘情願嗎？我是說，撇開情！」

杜璞璧蒼涼的苦笑著，悵惘嘆道：「不心甘不情願，又有何益！命中註定，與情無緣！唉，只要真能撇開這情鎖，也是一種解脫！」話雖這麼說，那份無奈的痛苦恨憾，已經深深嵌結在他心裡，令

他終身難以磨滅淡忘。

直到雞叫頭遍，杜璞璧方才迷迷糊糊睡去，未幾，一陣吼嘯的風雨狂敲著門窗，把他從夢中驚醒，睜開眼睛，只見天已透亮。

阿章戴著一頂濕淋淋的笠帽，神色倉慌地奔進屋來，急急呼道：「師兄，玉嬝不見了，她母親正在外面挨門哭找——」

杜璞璧悚然驚恐，立即披衣而起，翻身跳下床來，胡亂套上芒鞋，焦愁地冒著大雨衝出去了。

杜璞璧狂奔到江邊，淒迷的白霧瀰漫在江面上，沿江兩岸一片鮮綠慘亮，那隻空空的小船，像個惡夢般，寂寥兀自橫在淺灘上，隨著風雨浪潮輕輕晃盪搖曳。

玉嬝呢？玉嬝呢？

只見雨季暴漲的渾濁江面上，波浪滾滾，水流湍急，那種一去不回頭的絕然冷漠，看著就叫人心寒。

極目遠望，激流過處，一棵倒在江畔的樹枝上，掛著一片白色的薄紗，杜璞璧面如死灰，過度的恐懼，緊緊地攫住了他的心房——那片白色的薄紗，是玉嬝的披肩！他倒吸一口冷氣，跳上小船，操起雙槳，猛力地向下游划去。

蘆葦絆住了一團寂然的白色，心悸地看著那團白色，杜璞璧只覺得頭暈目眩，神思恍惚，思想裡一片空空的迷濛渺茫。

他不知道自己是怎麼把那團冰冷死寂的白色，抱進懷裡的，凝視著她幽怨含悲的慘白面龐，他不知道自己是怎麼把船搖到江邊的。

耳邊，彷彿聽見阿章，在遙遠不知處呼叫他：「師兄，玉嬝的母親在那邊。」

他機械地抱住她僵冷的身軀，任由雨點像碎石一樣打在面上，一步一步地、沉重走上江岸。

此番，她寂然地躺在他懷裡，他與她之間的距離，因著他的道貌岸然，幽遠得永遠拉不在一起。不是嗎？玉嬝依然純潔著——純潔得無比的悲涼！

杜璞璧依然道貌岸然著——道貌岸然得連他自己都覺得可憎！

昨夜，他是如斯地冷酷、絕情、殘忍！

為什麼他不肯給她一分溫柔——說幾句安慰話，把她送回家，幫她從痴迷中掙脫出來！

——當她勇敢地從禮教陳腐的霉爛中掙出來，他卻不給她一點幫助，反而扼住她的脖子，又將她按入絕望中。

愛有何辜，情有何罪？他居然那樣譴責她！那麼心硬如鐵的掉頭而去！他太麻木不仁了。

他竟如斯地任她一逕跌落在迷茫的黑暗中，輕視的屈辱裡，歪曲的傷害，使她心寒，使她輕生……

悔恨憾然有何益！她如今已含恨屈辱的默默死去！

狂風捲起他厚重濕透的衣襟，颼颼作響地翻飛不已，他悲濛地抱著她嬌小冰涼的纖軀，一步一步走在霧氣裡。雨，越下越大了，他彷彿就要這麼一逕地走向永恆。

任清淚橫流，任肝腸寸斷，無語問蒼天，什麼是情？情終有何益？

■

縱馬奔出橄欖壩，姚宏金師徒三人，戴著笠帽，勒馬站在山崗上，回頭再望一望滂沱大雨中，煙鎖霧籠的橄欖壩，別愁離恨化作一聲聲蒼涼的嘆息，揚鞭揮不去那千絲萬縷的悵惘，唯有硬起心腸，無奈地打馬踏上了漫漫程途。

12

天晴雲霽，已是重陽時節。

姚宏金師徒三人，這一日來到了以風、花、雪、月，聞名四方的大理邊境。

點蒼山下，奇巒異巒，老樹蒼藤，疊嶂迴擁，飛瀑漱玉，溪流縱橫，洱水雷鳴雷震般穿過峽谷，肆意地喧嘯著狂奔而去，山腰上白雲隱隱，宛若玉帶環繞。

姚宏金迎著撲面刮來的大風，銀鬚飛舞著，一馬當先跨在天生橋上，那天生橋原為山峽斷崖，亙古以來，受激流所穿鑿，變作弓形丈餘長石樑，憑虛淩空，飛渡駕接兩崖之端，故名天生橋。

風聲嘯吼著，從谷底上方猛掀過來，那風高而不寒，疾而不暴，亦無塵沙挾持，姚宏金迎風勒馬，放聲暢懷大笑：「好風！好風！果然名副其實的下關風！」

遙望點蒼山白雪皚皚的山頂，披著秋陽的艷輝，映上一抹嬌柔的紅暈，晶瑩剔透的冰雪，參差不齊地化作水聲潺潺的溪流，從黛嵐横翠的山澗奔淌下來，巍巖奇石，古樹夭矯，横枝亂飛，好一片遺世獨立的清福之地。

阿章也快活大叫：「師父，看那邊，點蒼山的雪，到這重陽時節，依然還是白茫茫一片！」

姚宏金拈鬚含笑，沉吟道：「這雲南是個好地方，真是好地方！尤其是這大理地方的下關風、上關花、蒼山雪、洱海月，更是天下聞名！身臨其境，果然不同凡響，如果不是趕時間，我倒真想在此

盤桓幾天呢。」

「遊山玩水，風花雪月，師父，我們真有些像花花公子了。」阿章揶揄地笑道。

「胡說！高人韻士的清風飄逸，怎可跟那些風月場中的下三濫相提並論！」姚宏金斥而不怒，「我們的遊山玩水，跟那些無所事事的浪蕩之輩是不同的。」

杜璞璧依然還是那副四大皆空的漠漠神情，他把人間的一切情感，都化作那抹溢在眉宇間的鬱鬱蒼涼。

過了天生橋，沿著翠色橫空的山間小路，一逕行來，只見視線開朗處，前面松柏竹林堆青籠翠，露出幾間竹籬茅舍來，朵朵碗大的山茶花怒放著，昂首衝出籬外，白的皎潔如雪，紅的嬌艷似火，牆頭路邊，杜鵑花更是開得滿山滿谷。玲瓏如玉的玉蘭花（辛夷）有白中泛紫，有雪裡透紅，在天邊撐出一片繽紛艷麗，幾隻色彩煥然的彩蝶，翻飛在花間翩翩起舞。一彎清溪，順著門前悠悠淌去，月牙也似的一座小石橋，落在溪兩頭，幾棵垂柳，婀娜俯臨在溪畔。

阿章忍不住信口唱起來：

「隔河看到花一灣，
聞到花香順風來，
蜜蜂採花不擇險，
那怕山高又石巖。」

香氣氤氳的竹籬內，竟有姑娘甜脆的歌聲回應過來：

「阿妹生來在農家，

白日耕田夜織麻，

前園種花香噴噴，

後園種椒火辣辣。」

這雲南地方的人，都是自幼唱山歌小調長大的，歌詞充滿土諺俚語，雖無雕鑿之工，卻有自然之美，那爽快高低不平的音調，回響於空谷曠野之間，真有說不出的傳神，令人回味無窮。

阿章被那姑娘的回應，挑起了興致，唱著應道：

「山重水疊路迴轉，

石橋清流好風光，

採藥路過你家門，

討碗涼水解暑渴。」

歌聲未落，柴門便吱呀一聲打開了，一個十六、七歲的農家姑娘，眉清目秀，穿一件自家漂染的花布衣裳，一手拿了碗涼水走出來。

阿章跳下馬，笑容滿面，唱道：「好個水井清又涼，郎要吃水怕螞蝗。」

那農家姑娘面上的笑容收斂，含怒蘊嗔唱道：「螞蝗不在涼水井，歇在山溝爛泥塘。」唱罷，將碗

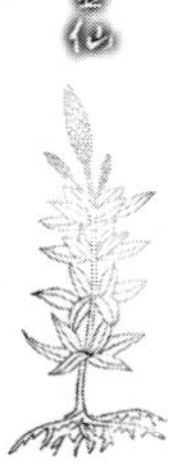

裡的涼水朝地上一潑，轉身掩上門，不再理睬。

阿章尷尬地呆住，原想開個小玩笑，反被那姑娘譏為山溝爛泥塘來的大螞蝗，可不是麼，他身上那件青布衫，衣襟上正濺滿了泥漿。

好厲害的潑辣小姑娘。

「阿章，怎地這般輕狂，胡亂得罪人，對歌就對歌，為何這等調笑無忌？」姚宏金牽著馬過了小石橋，走過來斥責道。

「師父，好久沒有看見人了，我只想跟她開個玩笑，解解悶，我一高興就忘了分寸，不想得罪了她。」阿章失悔的屈聲分辯。

「阿章，你活該討罵，遇到更潑悍的，會教你吃不了兜著走。」杜璞璧笑道。

——隔山對歌，一不留神唱溜了嘴，往往招來一頓狗血淋頭的謾罵。對歌輸了老婆和家當的，在雲南地方不足為奇，對歌打冤家成了親的，更是屢見不鮮，這也是滇省地方最獨特的風俗。

「阿章，快道歉。」姚宏金道。

阿章只得怏怏唱道：

「牽馬下河吃苦蒿，

不該得罪小姣姣，

妹是鮮花人人愛，

郎是螞蝗人人嫌。」

那農家姑娘躲在柴扉後，忍不住噗嗤一笑，轉恨為喜，唱道：

「不熟山勢不熟人，
出門上路好孤淒，
不嫌寒傖請進來，
芭蕉樹下好納涼。」

柴門又吱呀一聲打開了，那姑娘望也不望阿章一眼，只對姚宏金道：「老師父，請進來坐坐歇口氣，喝杯涼茶再趕路。」

「阿妹，多謝了。」姚宏金欣然一揖，師徒三人將馬拴在門外的柳樹上，跟那聰明活潑的小姑娘走進院來。

院中的花更是開得錦簇一片，土階前絢爛奪目一片鳳仙花，碗大的粉團花姹紫嫣紅，含笑迎人，芭蕉蓬下，涼蔭蔭遮去半邊土基茅屋。乾淨清爽的地上，一群雞兒正在啄食，屋簷下掛著一串串的紅椒。土階上擺著一張矮矮的四方小木桌，牆角，擱著一溜七、八個團團的稻草墩。（稻草墩是用稻草搓繩，編結成的小凳。）

姚宏金師徒各在一個稻草墩上坐下來。

那農家姑娘提來一壺涼茶，倒在三只土碗裡，笑吟吟道：「老師父，請喝涼茶。」

倒罷茶水，姑娘又去捧來一大堆松籽、核桃，很是熱情地款待著這遠方來的客人。

「小茶妹，你進來一下。」屋後面，傳來一陣沉鬱的呼喚。

「我爹在叫我，你們自管休息吧！」小茶妹嬌憨地笑了笑，脆聲應道：「爹，我來了。」

小茶妹輕盈地跑進去，不一會，只見她揹了一只竹簍，拿了把鐮刀，又走出來，說：「老師父，我要去割馬草，我爹一會就來陪你們。」

阿章連忙站起來，懇切道：「阿妹，讓我去幫你割！」

「不用了，我還是自己去割吧。我爹才買來的那匹青騮馬，舌頭上長了一個爛疔瘡，好幾天吃不下料，我爹叫我去割筐苦涼菜，來煨水給牠吃。」茶妹說著蹙起了眉頭，惋惜地道：「才四歲的牡馬呢，剛可以使喚就病了，我爹急死了。」

姚宏金關切的正要詢問，只見一個五十多歲的老農，穿一身洗得發白的粗布短衣，神色憂戚地走出來。

「這是我爹。我們姓茶。」

「茶大爹，聽這阿妹說，你有一匹馬，舌上生疔，我去幫你看一看。」姚宏金擱下茶碗，站了起來。

老茶黯然的雙目中，露出一絲光亮，遲疑地道：「老師父會治病？」

姚宏金沉然穩健地一笑，道：「先看看吧。」

老茶苦愁地嘆口氣，道：「唉，不瞞你老說，我這匹馬，原是身強力壯的好馬，不知怎的，舌上長了一個疔瘡，我先是土方子給牠吃了些草藥，也請遠近聞名的醫生看過，全都不見效。這幾天，那疔瘡爛出頭來，流血流膿，一點料都不肯吃，瘦得皮包骨頭——」

行到後院，果然看見馬廄裡，躺著一匹全身瓦灰色的馬，那馬鬃毛呈黑色，由背脊一線相連到尾梢，末端兩夾肩上，呈八字顯出刀狀紋，一看毛色形狀，便知是一匹幾可與『烏龍過江』媲美的好馬。但現在牠形銷骨立，皮毛枯萎，色澤黯淡，嘴筒微張，伸出半截舌頭，哈哧哈哧正喘息呻吟不已。膿血合著口涎，淋淋漓漓地滴將下來。

姚宏金走近一看，但見那馬舌，肉糜爛翻花如泛蓮，那馬兒苦痛難忍，憔悴而萎頓，光線斂縮黯然的雙目中，濛著一層渾濁的水氣。

姚宏金道：「茶大爹，你這匹馬是可以醫治的，但必須把牠舌上那團爛肉割掉。」

老茶遲疑了片刻，默默地思量了一番，才狠狠心，顫聲道：「老師父，你看著辦吧。」

阿章連忙拿來動手術的器具。

他們將馬的前肢吊起來，用繩子吊住馬的上顎，使牠不能把口閉合，姚宏金施了麻醉，杜璞璧把用老酒燒淬過的利刃，遞給了師父，姚宏金熟練的三兩下，便從馬舌內，剜出一團鴿卵大的肉瘤來。

老茶接過那團帶血夾膿，腥氣惡臭的肉瘤，如釋重負的道：「病根就是這東西了，老師父，好醫術。」

杜璞璧掏出一只小藥瓶，將一些白褐色的藥粉倒在土碗裡，調了半碗老酒，給那病馬灌服下去，阿章立即在馬舌上敷上厚厚一層五虎膏。

茶妹端來一盆清水，姚宏金洗著手，吩咐道：「璧兒，你取丹毒腫瘤方三劑、收口去腐散一瓶、五虎膏一團，留給茶大爹。」

杜璞璧依言取來了藥，姚宏金對茶大爹道：「這丹毒腫瘤方劑，每日研末調醋半碗，收口去腐散調酒半碗，先後灌服，這五虎膏塗敷舌上，每日數次，茶大爹，不必心焦，只待傍晚，這馬舌就會收口，明天早上，就能灌些米汁豆漿，不出三天，包牠能嚼著食料如常，你儘管放心吧。」

老茶寒霜陰沉的面上，露出一絲澀澀的笑意，牲口是莊稼人的半個依靠。老茶省吃儉用不知積攢了多少年，今年八月漁潭會，才打鄧川沙坪街買來這匹西藏青騮馬。老茶百感交集，忍不住撫摸著馬兒瘦骨嶙峋的背，眼眶不由濕潤起來，他轉過身，使袖子揩去眼淚，聲音發抖地道：「多謝老師父，莊稼人買匹好牲口，實在不容易啊。」

姚宏金同情地點點頭，默默注視那匹憔悴的馬，但見牠身高六尺，面寬眼孔大，鼻孔闊，嘴筒子粗壯，胸脯寬大，骨節均勻，後腿略彎，背略呈凹形，馬蹄圓勻細小，越看越知是匹好馬，不由讚道：「茶大爹，你真內行，買得這匹上乘好馬。」

茶大爹僵澀一笑，有些自得地道：「我這一生，就渴望得匹好馬，所以，才苦心積攢了多年的血汗錢，我買不起良馬名駒，湊合著勉強買了這匹青騮馬，好好調教，悉心飼養，也可抵得那烏龍過江呢。」說到這裡，不由把心緊了緊，方道：「不想牠卻舌上生疔，弄得膘落體瘦，這些日子來，我真是給折騰得寢食難安。」

茶妹從廚房伸出頭來，道：「可不是，這些天，我爹整夜整夜抱了水煙筒，蹲在馬廄邊，發愁地只管呼嚕呼嚕抽悶煙，我也是一夜一夜睡不著，心裡急著這匹馬，又焦著我爹可憐……」說著說著，聲音也哽咽起來。

姚宏金動容勸慰道：「阿妹，茶大爹，信我一句話，不必再發愁，你們家這匹馬，一定會很快就強壯起來的。」

茶妹含淚一笑，道：「爹，飯菜都弄好了，請老師父他們吧。」

吃過午飯，別過老茶父女，姚宏金師徒三人，騎馬揚鞭上了路。

老茶父女依依送出門來，站在山坡上，直到看不見他們的身影，方才轉去。

■

馬耳披風，蹄聲清揚。前面，便是佛教八大名山之一的雞足山。

霞飛雲移，露出一片黛紫翠巒。

姚宏金師徒凌虛御風，馳馬躍上山頂，但見遠山嵯峨，近岫參差，雲海蒼茫，天高野闊，好一片雄偉氣象。

四望山形，前出三支，後出一支，像極了雞足爪趾，遙望洱海，涵煙吐霧，一片空靈毓秀，北邊一峰，銀亮如玉，高插天際，那便是巍峨的點蒼山。

天風過處，佛寺古剎，金碧輝煌地隱現在綠峭蒼穹間，聖地肅穆，幽寂莊嚴，一種淨潔的敬畏虔誠，油然橫生心坎，姚宏金師徒滾鞍下馬，徐徐邁進林中。

巨松古柏，老樹銀杏，撐天幕地潑出一片濃蔭，蒼藤翠竹，奇花異卉，漫山遍野蔚為一片錦繡。懸崖陡坎，清流飛墜，空濛澄澈蘊成一片廣寒。

仙山、福地，清幽極樂。

輕煙飄渺，香氣氤氳。大覺寺前，有兩株高達六丈餘的巨大桫羅樹，挺拔剛直佇立風中，一位鶴髮童顏，古銅古鐵般鏗錚硬朗的老僧，披一襲橘紅袈裟，站在白玉階前，含笑相迎。

姚宏金雙手一揖，笑道：「大師敢情就是凌虛法師了吧。」

「老衲正是。」凌虛法師仙風道骨，銀鬚飛舞，天光下，說不出的超然飄逸。

「貧道姚宏金，係武當山紫霄真人門下，今日路過寶山，特來拜見大師。」

「紫霄真人，六十年前與老衲有一面之緣，彈指間，數十年光陰便過去了。紫霄真人今尚安在麼？」凌虛法師道。

「真人已歸西！」姚宏金說著，一行人步上臺階，憑欄遠眺，但見翠嶂嵐黛，白色的華嚴塔，巍峨高聳，銀蒼玉洱虛無縹緲，若隱若現，景致美妙絕倫。

阿章暗中咋舌，凌虛法師年已逾百，卻根本看不出他的年齡，彷彿開天闢地以來，這老僧就與這名山勝水，古剎佛寺，融為一體，而存在於這清境之中了。

竹蓬涼蔭下，有一張潔淨的礎石圓桌，幾個鼓形石凳，凌虛法師引眾人甫坐定，便見一隻毛色青蒼的猿猴，桃紅色的面上，生了一團白鬚，牠捧著一個陶盤，陶盤上放著一壺芳香熱茶，數只細磁茶杯，清啼著翩然而至。

凌虛法師笑道：「靈非告訴我，山下有貴客遠來，果然是也！」

靈非，就是這隻青蒼老猿，與凌虛法師相處已近百年，非常通靈，能與凌虛法師互相溝通。

姚宏金不禁肅然，雙手朝靈非一揖，笑道：「謝謝。」

靈非微微一笑，狀極穩沉，牠轉身一縱，瞬間便沒入山林，未幾，又捧來一籃剛採來的鮮果。

凌虛法師笑道：「道長雲遊化外，志在拾遺各方本草，鑽研岐黃，這隻猿猴，也懂採藥，人跡罕至的危山陡崖，牠來去自如。前不久，一個砍柴人墜下山崖，折斷了腿骨，幸遇靈非相救，方得不死。」

「請問大師，牠是怎麼去救那砍柴人的？」阿章忍不住問。

「靈非發現那砍柴人，在深澗下面呻吟，連忙來告訴老衲，老衲令小徒將那砍柴人抬進寺來，替他接骨療髓，老衲需要的藥草，多是靈非至山中現時採來。」

「那些藥草，是大師教牠，還是牠自己天生就知？」姚宏金也問。

「有些是老衲教牠的，有些是牠天生通曉，山中老猿，吃的是嫩草漿果，其中不乏去病除疾的藥

草，所以牠們通常精壯長壽。這靈非，年已古稀，但奔跑跳躍，仍是十分迅捷，老衲七歲到峨嵋山出家，就與牠相隨到如今，少說已有一百二十多年了。」凌虛法師說著，不由伸出風骨嶙峋的手，輕輕撫摸靈非豐厚光亮的長毛。

「貧道素聞大師醫術精湛，一隻靈猿，尚且如此，大師仁術可想而知，貧道今欲西去康藏，路過寶山，專程繞道前來拜訪，當面請教大師，如今幸會，得償素願，貧道真是萬分感禱。」

「道長不必太自幸謙，老衲雖然遠居化外深山，也聞道長醫德盛名，老衲正有些藥理，想與道長磋磨，放眼天下，嗜殺好戰之輩風起雲湧，殘害蒼生，道長捨武棄亂，專心致力醫藥，真正是濟世救人之正道。老衲真是佩服之至。」

凌虛法師與姚宏金寒暄著，杜璞璧看見山門外，有兩個小和尚，各自挑了一擔柴歸來，便拉了阿章，到香積廚去幫忙劈柴造飯。

師兄弟二人，行出數丈開外，冷不防的，阿章猛然看見路邊有棵參天古柏樹上，纏繞著水桶粗一條黃黑斑紋的百年巨蟒。

「師兄，看那樹上！」阿章驚呼著，拔出腰上的長刀，搶前一步，狠狠朝那巨蟒砍去。

杜璞璧連忙阻止，喝道：「阿章，住手，佛門勝地，不可傷生！」

他的話聲未落，那巨蟒已被阿章一揮為二，帶著血光飛墜下來，那巨蟒的尾部在柏樹下掙扎蠕動，頭部卻劇痛難忍，疾速竄進草叢，沿著山坡，溜進深澗去了。蟒身過處，帶倒一溜染滿鮮血的青碧山草。

姚宏金聞聲趕來，怒道：「阿章，怎可如此造次？血濺佛門，真是罪過。」

凌虛法師嘆道：「阿彌陀佛，我佛慈悲，道長且休動氣，這原是那長蟲命中之劫，難逃這一刀！」說著，大步踱了過來，看看那尚在撲騰扭曲的蟒尾，又道：「不礙事，這長蟲不會死，且教靈非去取接骨散來，替牠敷上粘攏便可。」

阿章失悔已晚，連忙縱下山澗，荊棘亂草裡，找到了那長約二丈餘的蟒首，圈在脖子上，扛了上來。

靈非拿來了一瓶接骨散，杜璞璧將那藥粉厚厚地撒在蟒身斷裂處，再將首尾粘在一起。那巨蟒似是知曉在替牠療傷，閉目靜靜躺在草地上，身體斷裂處，撒過藥粉，先前如泉狂噴的大流血已止住了。

姚宏金歉然道：「小徒失禮，佛門之地，誤傷生靈，實乃貧道教之不嚴，真是萬分慚愧。」說畢，又斥責阿章道：「這原是香客放生的憨蛇（意無毒之蟒蛇），牠不礙你什麼事，怎可胡亂打殺？」

「我錯了，師父。」阿章惶愧的說。

「道長不須太過意不去，無心之失，並非罪過。再說，這長蟲狀極可怖地纏在路邊，猛然看去，委實教人毛骨悚然。牠屢次從山澗爬來，往往驚嚇了不少香客，三番五次，幾遭人打殺，也活該受些教訓。去年端陽，牠也是這麼傻呼呼跑將出來，橫在山路上，被一個莽漢砍作二段，幸得香客報知，

我使這接骨散，替牠接攏了身子，今天又遭此一劫。」凌師說著，指指那蟒身上，又道：「你們看牠這裡，舊刀痕猶在呢。」

眾人細細觀看，果然離新創不遠的蟒身上，有一道斑紋參差不齊的裂痕。但至今已完全癒合，如不仔細看，是看不出來的。

「道長不必憂慮，明天一早，這長蟲的傷口便不礙事了。」凌虛法師胸有成竹的說。

姚宏金蹙眉道：「雖然如是，但我這小徒，佛門傷生，血濺寶寺，罪該重罰，請大師萬萬不要寬恕，按照寺規，好好罰他一罰，使他以後不敢再如此莽撞造次。」

凌虛法師沉吟笑道：「遠來稀客，本該不罰，不過，念在道長愛之深、責之切的苦心教誨上，老衲就罰他一罰吧。」

阿章連忙躬身一拜，道：「大師，晚輩甘心受罰。」

「好，你起來，先去山澗裡挑水三十六擔，將草地上這些血漬沖洗乾淨，吃過晚飯，再替我到磨坊，代替毛驢推磨磨藥一整夜。」凌虛法師說著，慈祥地盯住杜璞璧，道：「你不可暗中幫他，這是磨練。」

「晚輩遵命！」杜璞璧道，心上有些不忍。

凌虛法師他們離去後，阿章站起身，到香積廚借了扁擔木桶，就去山澗挑水洗地。

大覺寺前，有一水池，名曰篆煙泉，泉水如煙一縷。

香積廚後，也有澗溪一灣淙淙流過，寺中水源甚便，根本不須到山澗挑水。

阿章知道淩虛法師教他遠處山澗挑水，意在教訓，並非缺水，是以不敢偷懶，老老實實到山路崎嶇的深澗，一挑又一挑地去挑了三十六擔水，扁擔把他的肩頭，壓得腫起幾寸高，皮肉磨綻處，疼痛直鑽心。

直到暮色蒼然四合，阿章才挑夠了三十六擔水。他在香積廚，向小和尚討了些素飯充饑，便到磨房去推磨。

隔著一道木格窗戶，阿章看見磨房正中，有一個巨大如車輪，半人高的石磨，一個小和尚，正在把一匹用布蒙著雙眼的毛驢解了下來，好讓阿章代替牠推磨。

另一個小和尚，使一條汗巾，蒙住阿章的眼睛，說：「這樣，你轉來轉去，才不會頭暈。」

阿章坦坦蕩蕩一笑，道：「無妨，小師父，我要是氣力使不上來，你儘管鞭打，我要是睏了打瞌睡，你也儘管鞭打。」

「你不必這麼緊張，師祖吩咐下來，今夜要讓你磨藥。只要你能在推磨時，辨別出所磨的三十六味藥，便可讓你休息。你若是辨別不出來，只好叫你推磨到天亮了。」那個小和尚很通情的說。

「好，遵命就是。」阿章應著，將推杆上的寬籐帶斜套在肩上，就像驢子一般，一圈一圈地推起磨來。

那磨盤重逾百多公斤，藥片軋在磨中嘎吱響，所幸藥物都烘炮得非常乾脆，磨起來還算省力。

轉了百十圈，阿章累得雙腿發軟，汗如雨淋，那小和尚抬來一碗溫熱的茶水遞給他，阿章捧著碗一飲而盡，迭聲道謝，又接著連討了三碗茶水，灌進肚去，方覺疲累頓消，又埋頭轉起磨來。

那小和尚坐在油燈下，無聊地打起瞌睡。

空氣中，藥味越來越濃地溢漫出來。

時交三鼓，阿章辨別出了十多味藥。

他一面竭力嗅聞著，一面想，有些藥氣味並不濃烈，僅靠嗅是無法認出來的，凌虛法師如此處罰他，並無留難之意，想來只是考驗一下他吧。

阿章不敢再自作聰明，但他明白，如果僅憑嗅聞，到天亮他也辨別不出所有的藥來。

他何不嚐嚐呢？凌虛法師不是已經分明吩咐了，他只須辨別出那三十六味藥，便可回房休息。

阿章躊躇了片刻，終於忍不住暗中伸出手來，在口中潤濕了手指，在磨盤上沾了些藥粉，細細品嚐辨別，未幾，三十六味藥，便全辨別出來了。

「小師父，我完全辨出來了，這三十六味藥是——」阿章釋然，又有些不安地叫起來。

那小和尚連忙跳起來，將油燈挑得更亮些，取出紙筆，道：「你唸慢些，待我記下來。」

「狗寶、肉桂、箭豬棗、九死還魂草、芍藥、茯苓、白蒿、過山龍、厚樸、杜仲、南天竹……」

阿章一一道出藥名，小和尚在棉紙上一一寫畢，便拿去交給凌虛法師。

凌虛法師和姚宏金，正在禪房講醫論藥，當下接過那張棉紙，拈鬚含笑道：「真是名師手下出高徒，他全說對了。」說著便將那紙片遞給姚宏金。

姚宏金接過一看，笑道：「大師，有些藥，是平常很少用的，他竟能完全辨別出來，這頑劣小徒，還算沒有白教。」

凌虛法師對那小和尚道：「悟清，你去把道長的徒弟叫來。」

阿章忐忑不安走進禪房，不打自招，忙道：「啟稟大師和師父，這些藥，如果僅只憑嗅聞，晚輩委實辨認不出來，所以，所以，晚輩暗中品嚐……」

凌虛法師大笑，道：「孺子可教，不錯，老衲原意正要你嚐。做學問單靠死功夫不行，要會變通，才有長進。」

姚宏金也道：「阿章，青出於藍勝於藍，就是貴在有創見，你只要循正道，靈活掌握運用，才不致陷於迂腐，去鑽牛角尖。」

阿章欣然一笑，道：「多謝大師和師父。」

「你也累了一整天，快去休息吧，悟清會替你安排的。」凌虛大師和悅道。

阿章跟那小和尚離去後，凌虛法師道：「令徒天資聰穎，人品純良，實是可塑之材。」

「小徒心浮氣躁，不夠踏實。」姚宏金道，「不過，他還算用心肯學。」

「心浮氣躁，主要是因為太年輕，待年歲增加，自會穩沉練達。剛才道長不是說，武當山的十大秘方『昊昶回春千鈞要方』，所需藥物多已覓備，老衲倒有一句話，想與道長磋商。」

「大師但說無妨。」

「道長今欲西去康藏，此一去，不知何時得返中土？令徒現已得道長真傳，何不將他留在家鄉，使雲南地方的藥物，得以物盡其用，弘揚光大，方不致辜負了道長一片苦心栽培。」

「大師說得極是，貧道正有此打算，小徒醫術現今雖欠火候，但觀他刻苦自勵，內在頗厚，日後定能有一番作為。這雲南地方地靈物豐，教人委實不忍離去，離去實在是可惜。所以，確實該讓小徒留在他土生土長的故鄉，二則他乃俗家子弟，今已到了成家立業的年齡，我實在不該再拖了他雲遊四方。」

「道長既是如此決定，老衲也想傳他一些平生所學，任何博大精深的學問，如不能傳揚，湮滅深山，終有何益？像這醫術醫學，更須在民間才能顯示出它的價值。」

「那貧道代小徒多謝大師。」

「不須多禮，就這樣吧，道長也請安息吧。」

五更時分，天尚未亮，阿章一覺醒來，突然想起那條巨蟒，連忙披衣下床，走出門去察看。濃霧瀰漫，草地上，那條巨蟒斷身癒合，正蠕動著，緩慢地爬下山坡。

凌虛法師的好藥，功效竟如斯神速，其醫學功力，與師父不相伯仲呢。

那巨蟒並未遠去，只在澗底將息。十多天後，傷口完全痊癒，夭矯蜿蜒如昔。只是，斷裂處，又留下了一圈斑紋參差的痕跡。

13

金頂寺，雄峙於雞足山峰頂，卓立於雲霞空濛之中。

由峰頂東望，旭日燦金耀彤，噴薄而出，南面山下，雲海茫茫，一望無涯。遙觀北邊，玉龍雪山，冷艷晶瑩，西挹洱海，清影一杯，銀光透亮。

連日來，姚宏金師徒覽遍了雞足山著名的幾大寺廟：石淙寺、悉檀寺、大覺寺、華嚴寺、傳衣寺。到了金頂寺，佇立於四觀峰，但見遍山古松參天，松濤嘯吼，無數冷艷花卉，怒放於遍山澗谷。佛寺古剎，均隱現於蒼翠青綠之中。

清晨，姚宏金和淩虛法師在玉皇閣打坐。寺後廂房，阿章坐在木格窗前，但見山對面，峭壁懸崖間，玉龍瀑布宛如巨練，夭矯清流，揚鬃噴沫，飛墜其間。

杜璞璧拿著牛角梳，站在阿章身後，正在替他梳頭。自從在西雙版納原始森林中，有幸得遇師父師兄相救，八、九年來，幾乎每天早上，都是師兄弟二人互為對方梳頭，編結髮辮。

杜璞璧面色凝重，默默地一下一下地梳著阿章的頭髮。

「師兄，你看，這地方景色之佳，真格令人留連忘返，不忍離去。我們要是能在這兒長久待下去，到處仔細看看，那該多好！」阿章欣悅的說。

杜璞璧淡然一笑，語重心長的道：「阿章，天下沒有不散的酒席，人生實在聚散無常。你的這想法是不切實際的。更何況師父一生別無所求，只望能遊遍天下名山，尋訪所有的藥草，振興絕學，以得遂大庇天下蒼生之宏願。豈肯貪戀一己之歡？所以，我們是不可能在這兒長久待下去的。」

阿章平視窗外，千山萬壑都在眼底，不知有多少尚待開發的寶藏，遍佈其間。師兄諄諄點撥，遊散之心立即收斂，胸臆倍覺開闊，心平氣和道：「師兄所說甚是。」

杜璞璧放下牛角梳，開始為阿章編髮辮，想到分別在即，不由悵然地嘆了一口氣。

阿章心細如髮，轉頭問道：「師兄，好好的怎麼嘆起氣來？」

「阿章，這恐怕是我最後一次替你梳頭了。」

「此話怎講？」阿章頗覺詫異。

杜璞璧沒有立即回答，沉默了片刻，方道：「阿章，我有些話要對你講——」

「師兄但說無妨。」阿章漫不經心地道。

杜璞璧乾咳了咳，覺得有些難以啟齒，但師父的交代，不說是不行的，他猶豫著下了決心，道：「師父已決定將你留在雲南，不帶你一起去西藏。」

阿章聞言，本能的迅速回頭，驚異地望著師兄，一時間，還沒有完全反應過來。一種將被遺棄的恐慌，令他憂戚，「師兄，你說什麼？」

「師父的意思，讓你再拜在淩虛法師門下，繼續學習醫術，一段時日之後，再令你返回故鄉，成家立業。而師父與我，則於明日離開此地，前往西藏。」

如轟雷擊頂，阿章目瞪口呆地半晌做聲不得，筋都暴疊起來，登時急得渾身冷汗直冒，他怔怔望著師兄，囁嚅著嘴唇，半晌才迸出一句話來：「這，這是為什麼？」

杜璞璧想著素昔手足之情，一旦分離在即，不由也為之黯然，他頗為不忍，溫和地撥正阿章偏斜的頭，怦然動容地道：「阿章別衝動，坐好坐好，不要動嘛，頭髮都弄亂了。」

「師父為什麼要撇下我？師父為什麼要這樣決定？」阿章性急的站起身，意欲去找師父說情。

「阿章，都是大漢子一個了，怎麼還這樣沉不住氣？坐下來，先編好辮子再說。」杜璞璧安撫著他，「阿章，你聽我說，師父把你留在雲南，正是對你寄望殷切，師父說這雲南地方地靈物豐，潛有極大的發展作為，希望你在師父所傳授的基礎上，再用心向淩虛法師好好學習，刻苦自勵，繼續不斷學習鑽研，以使雲南地方的醫學得以振興發揚。淩虛法師對你也極為器重，願收你為俗家弟子，專攻醫理，你這真是千載難逢的造化。阿章，好好劃量劃量，為了師父醫技得予在這雲南邊遠地方紮根、開花、結果，以不負師父厚望，你是不是該心悅誠服地留下呢？」

阿章一時那裡顧得來這些大道理，只私心不願與師父師兄分開，當下唯覺委屈傷心，喉哽氣塞，窒息難言，尤其思量師恩如山似海，一旦分離，不知何時方能相見，想到情切處，不覺淚如泉湧。

這是下山的路，坡陡逶迤，也是分手的路。

凌虛法師率四、五位高僧，並阿章一行人，一路送下山來。

到得山下，在書有『靈山一會』那座牌坊前，姚宏金搶前一步，回身抱拳高揖，道：「大師並諸位師父，敬請留步，連日無端打擾，厚蒙殷勤款待，委實十分感激，貧道師徒二人就此告辭，但盼後會有期。」

凌虛法師躬身合什，道：「祝道長一路順風，到了西藏，如得順便，別忘了捎個訊息告知清吉平安。」

「多謝大師掛心惦記。」

阿章仆倒在塵埃裡，跪在師父足前，淚流滿面，千言萬語，無盡留戀，只化作一陣難忍悲咽。

「阿章，快起來，別這樣子。」姚宏金伸手拉起愛徒，師徒之情，難捨依依，姚宏金風霜練就的清奇豐標，操勞模鑄的昂藏飄然，那慈祥修穆靄靄的顏容，也露出悲戚不捨之色。

姚宏金如素昔般，拽衣袖替阿章拭淚，黯然道：「阿章，好男兒當自立自強，師父該交代你的，昨日已全部說與你了，今就此分別。師父長話短說，只望你切記這八個字做人的真言：體仁、至誠、敬慎、淡泊。阿章，今後，凌虛法師跟前，更要勤謹向學，望你多自珍重……」

杜璞璧默然撫拍阿章肩頭，師兄弟二人含淚相別。

「大師，小徒就此交託給你了，敬請嚴加督導。日後若有一番作為，便是託您的恩澤德潤。也是天下蒼生造化。貧道在此，再代小徒聊表虔誠謝意。」

「善哉，善哉，道長請勿多禮。」凌虛法師肅容頷首。

姚宏金師徒飛身上馬，放韁揚鞭上路。走了十多丈遠，回頭見凌虛法師一行，還在注目遙送，不由又鞍上回身抱拳致謝。

阿章無限孺慕，悲難自抑，淚眼模糊，悵惘傷懷，痴痴地看著師父師兄，漸漸消失在遠天的山色水影之中。

凌虛法師走上來，牽了阿章回身就走。

凌虛法師見他愁眉不展，面有哀色，淚痕狼藉，不由朗聲笑道：「你這娃娃，二十來歲了吧，怎麼還這麼婆婆媽媽，哭哭啼啼的，豈不惹人笑話？」

阿章赧然，無語自慚，只低了頭任隨凌虛法師牽引返寺。

到得玉皇閣，凌虛法師帶他步進經堂，令他在方桌前坐定，道：「阿章，佛家有云，人生因緣際會，聚散皆有定數。令師遠走西藏，你今留在此間，自是各有一番造化，何必如此牽腸掛肚，放捨不開？」

阿章垂下眼瞼，黯然道：「大師知曉，家師如吾父，師兄如吾手足，此番分離，不知何時才得相見？是以一時悲難自抑……」

「人皆有七情六慾，此乃平常。不過，要學著放下，不執著，才能無掛礙。」

「大師所說甚是。」阿章不敢再縱愁恣怨，徒傷離情，立即斂悲收慽，挺直背，恭聽教誨。

「你即欲為良醫，不下一番苦功，潛心向學，又豈能效良醫之功？」

阿章暗覺惶愧，無語頷首。

「神農以聖人為天子，遍考金石草木鳥獸蟲魚，遍歷群山，尋訪藥草，識藥石之功，窮診候之術，草木咸得其性，鬼神無所遁情，驅洩邪惡，飛丹煉石，大庇蒼生。看古往今來，前人累積了多少至寶精典……」凌虛法師說到這兒，站起身，道：「阿章，且隨我來，你看這兒——」

四立書架如壁，精藏了許多醫藥書籍。阿章引頸仔細流覽，盡皆有六朝以來歷代流傳下來的醫藥精典著作。如：《神農本草經》、《黃帝素問經》、《黃帝內外經》、《九部針經》、《大宋本草經》、《大唐延年經》、《大道存神五臟經》、《天地陰陽交歡經》、《太醫秘訣診脈術》、《仲景或問》、《扁鵲內外經》、《華陀脈訣》、《彭祖養性經》……

這麼多的書，一時也列舉不完。這一架一架的書，全是與醫術本草相關的。

阿章看傻了眼，真是嘆為觀止，不由感到自己所知，是多麼有限。自己所學，是多麼淺薄。也從而深深體會到，師父一向所說，中華漢醫，博大精深之言，並非誇大。自己如欲成為一代良醫，實在需要定下心來，潛心向學。師父留離之意，全在於不願攜他雲遊四方，而耽誤了所學。而凌虛法師這兒，正是充實根基內涵，磨煉深造最理想的所在。

凌虛法師道：「剛才令師不是傳你八字做人的真言：體仁、至誠、敬慎、淡泊嗎？這意思是：聖人之道，不離體仁，聖人之心，不過至誠，必欲行仁，不外敬慎，必欲行誠，不外淡泊。可久則聖人之德、之業。而這醫學醫術，便不外是聖賢之德之業。反觀乎，市俗塵囂，卑者射利，高者射名，措億兆生靈於醉生夢死之中。冷眼旁觀，能無痛乎？民命日蹙，世豈無豪傑之士，振興絕學，以庇蒼生？阿章，老衲與令師，對你寄望何其深矣，望你體察銘記，切勿學而弗措，以負我等惜才厚望。」

阿章遂小心在意，每日裡，深居在經堂遍覽群書，仔細揣摩，苦心鑽研。

凌虛法師從旁扶持，點撥指教，未久，阿章對中國醫學的四學，即：藥、方、法、理的探索研究，知識日漸深厚。（藥指單味藥、方指方劑、法指法則、理指原理。此四學可代表四個階段，構成中國醫學獨特之系統。）

■

東方露出微曦。晨鐘震盪，早課梵音清越。

阿章起床漱洗畢，獨自在書房讀書，未幾，突然聽到一陣喧嘩，由長廊那邊傳過來。阿章開窗，往外探頭張望，只見一個小沙彌神色倉惶，好像發生了什麼大事，正急匆匆趕來。

「悟清，什麼事？這樣急？」

「新來的小師弟因品，突然死了。閱悲師父著我去請師祖。」悟清說著，自管急忙往前去了。

阿章連忙尾隨在後，趕到玉皇閣。

凌虛法師頂有珠光，正在閉目打坐。悟清上前，低聲道：「啟稟師祖，今天淩晨，新來的小師弟因品，不知何故暴斃在床上。閱悲師父特令徒兒，恭請師祖到十五房看一看。」

凌虛法師聞言，睜目，立即起身前往檢視。

十五房已經聚集了幾位上人，皆面有驚異之色，正在議論揣測，看見凌虛法師趕到，忙躬身迎接。

凌虛法師合掌問道：「因品在哪兒？」

閱悲上人掀開近旁一床白被單，道：「師祖，因品在這兒，這小徒上山未及一月，不知何故，今晨百般喚不醒，細看才發現他面黑青慘，渾身腫脹，遍有黑氣，肢體已僵冷。不知何以至此，特請師祖判斷。」

凌虛法師步至榻前，肅容凝望，掀開因品眼皮，只見瞳孔已渙散，再探鼻息，毫無呼吸，似乎已氣絕多時。不由蹙眉道：「此乃夜裡偷吃煮雞，食後就入寢，有蜈蚣過其口鼻中毒矣。」

閱悲上人喚悟清詢問：「昨晚可曾見因品暗中偷吃煮雞？」

悟清不敢隱瞞，道：「因品初剃度出家，不慣把齋吃素，常常暗中偷吃油葷，屢勸不聽，徒兒念他初來不慣，是以未曾稟告師父——」

「這就是了。」閱悲上人嘆道。

凌虛法師發覺因品胸口尚有些許微溫，脈象暗浮，知尚未死去，連忙令人將他換到另一床，立即施展推拿運氣，力圖挽救。

眾僧果然看見，因品枕下藏有凌散雞骨，閱悲上人掀開草蓆，立見尺來長一條巨大蜈蚣。眾僧嘖嘖稱奇，凌虛法師真是料事如神。

閱悲上人遂令眾僧在房前屋後四周、臥榻下面，遍撒雄黃、生石灰，以杜絕蛇蟲潛伏。

凌虛法師使銀針替因品放出一盈盆黑血。因品甦醒。凌虛法師令其嘔吐，吐出隔夜煮雞，雞肉皆已黑臭。又令阿章配解毒消腫方劑，給因品內服外擦，未幾，因品周身黑氣消退，完好如初，逃過一劫。以後，他不敢再暗中偷吃油葷。

■

適逢寺裡來了一位行腳僧，見凌虛法師高明，便走上前來，作揖道：「大師神技，令人嘆為觀止，今吾自覺身骨健壯，硬朗無疾，奇怪不知何故，常常覺得頭在下，腳在上，昏昏悶悶，很不是滋味，請大師看看，這毛病能不能治？」

凌虛法師觀看此行腳僧片刻，笑道：「汝果真無甚毛病，也不須怎麼醫治，汝只須到香積廚，把那磨麵的石磨抬起來，舉上舉下，連番三次，看看如何——」

一干僧人領著那行腳僧，來到香積廚，那石磨重約百斤，行腳僧依言兩手端起石磨，舉上舉下，三次畢，放回原處，吐納運氣一番，行走數步，頓覺渾身神清氣爽，無比舒適。先前那種昏悶的感覺，也立即消失，不由跌足高聲感謝，眾僧一旁也鼓掌歡呼。

阿章在旁觀望，倍加慶幸自己得遇奇師。

凌虛法師笑道：「怎樣？現在是頭在上，腳在下，五腑六臟各歸本位了吧。」

突然，一個小和尚躊躇行到凌虛法師跟前，垂首低聲道：「啟稟師祖，徒兒身體也覺有疾，敢請師祖賞些藥吃。」

「你有何疾？」凌虛法師慈祥問道。

「徒兒自覺食慾正常，而且常常覺得饑餓。但只是不管吃什麼東西，食物一下到胃部，便覺得胃囊翻絞收縮，立即嘔吐出來，一日三餐，都苦於不能消受……」

「你抬起頭來我看。」

小和尚猶豫了片刻，方目光飄忽地抬起頭。

凌虛法師見他面黃肌瘦，骨立如柴，不禁憫然，沉吟片刻，方道：「你且實說，是否曾暗中偷吃過蛇肉？」

小和尚畏瑟低頭，惶恐不安道：「徒兒未出家前，曾患有風濕痛，因聽人說，吃蛇肉可驅風。一天到山中砍柴，看見一條手臂粗，兩丈長的蛇，便打來燒吃了……」

「這就是你的病根所在了。你暗中殺生食葷，故以心緒不寧，蛇肉便哽在腹中形成蛇瘕，難以消化。」凌虛法師不忍苛責，道：「念你初犯，不再追究。阿章，你且先去配消食追風散三帖，拿給他立刻煨服。」

阿章依言配齊三帖藥，那小和尚藥到病除，未久，便見貌轉豐腴，肌膚肥白浥潤，與先前判若二人。

■

一日，阿章尾隨在淩虛法師身後走至寺前，但見一香客步出大殿，往路旁口吐黑痰。香客看見淩虛法師，自覺失禮，連忙上前打躬作揖。

淩虛法師笑道：「居士口吐黑痰，是否有所思慮不遂否？」

那香客俯拜道：「大師真乃神醫，我年少時，曾娶下關城內李燦員外之女為妻，後因經商失敗，家道中落，唯有投靠在岳丈門下。岳丈嫌窮，百般羞辱。我憤而離去，我妻賢良，竟為我鬱鬱而死。我今奮發，重振家業，但每念及夫妻情分，心如刀割，不忍再婚——」

淩虛法師點頭嘆道：「你且稍待片刻，老衲賞你些藥，吃了便知分曉。」

淩虛法師令阿章配了幾帖健胃調氣解鬱散，給那香客。

香客返家煎服未久，果覺通體舒泰，癒。

■

阿章伏案讀書，不覺暮色已臨窗。

與淩虛法師相伴已逾百年的靈猿靈非，用木盤托了幾碟素菜、米飯，長嘯一聲，翩然而至。阿章驚覺，抬頭看見靈非，連忙放下書本，接過木盤，放在桌上，作揖道：「多謝。」

靈非掀齒微笑，蹲在床上，指指木盤，催阿章吃飯。

阿章取出昨天悟清送他的一包南瓜籽，遞給靈非，靈非一看大喜，一粒一粒的剝食起來。木盤中，各有一碟他最愛吃的雞宗菌、冷菌、清油煎豆腐，一碗熱湯。阿章先喝口熱湯，才覺得肌腸轆轆，飯菜也格外香甜，吃得津津有味。

時序已過霜降，雞足山天風凜冽，入夜後更加寒冷。

阿章燈下苦讀至三更，靈非一躍而起，一口吹熄了燈，拉阿章的手就往床上拖，催他睡覺。

靈非在床對頭躺下，咿唔直喚，阿章只得脫衣就寢。冷被如鐵，凍得他直打哆嗦。

靈非從阿章腳那邊鑽過來，與他抵足而睡。

登時，阿章覺得兩股熱氣，從靈非足底，透過自己兩隻腳心，緩緩傳入體內，遊遍周身。一時間，血活筋酥，全身暖和，舒適無比，未幾，便安逸地酣入夢鄉。

■

深山寂寂，幽巖水響，老樹蒼崖，裹雪披霜。

雖是肅殺冬日，雞足山下方圓百里的居民，都知從峨嵋山來的淩虛法師精研醫術，雅好濟生。慕名上山求醫的人，仍絡繹不絕。

這一日，兩乘黃呢軟轎，後面跟了數名騎馬隨從，冒著風寒，一路踏雪，來到寺前停下，家丁遞上名帖，原來是祥雲縣商陸隆員外的千金陸滿芳有疾，特來求醫。

見面寒暄之後，凌虛法師觀這陸滿芳小姐，年已雙十，人生得相當秀雅嬌媚，只是眉宇間流露著焦躁苦楚之色，一副惶惶坐立不安的神情。

陸員外率眾人摒退後，陸夫人方告道：「稟告大師，小女一年前，不知何故，得了一種怪病——」她言至此打住，抬眼看看候在一旁的阿章，便不再往下說。

凌虛法師會意，道：「這是老衲的俗家弟子，他是跟老衲學醫的，阿章，你先出去吧。」

阿章躬身退出。

陸夫人方繼續道：「小女兩股至臀部間，長了一種頑癬，遍求醫治，盡皆無效，每一發作，癢痛難耐，稍一搔抓，血水迸流，受盡煎熬，更茶飯不思，夜不能寐。愚夫婦愛莫能助，心如刀割……」

陸夫人一言未畢，已哽塞地說不出話來。

那陸滿芳羞怯地低著頭，掩面拭淚。

凌虛法師喟嘆一聲，方道：「二位女居士但請歇悲，今既信得過老衲，才路遠迢迢而來，恕老衲逾越，不知能否稍觀視令愛之疾一斑？以便對症下藥。」

陸夫人起身，道：「正要冒昧請大師替小女看一看。」

陸夫人引滿芳在嚴密屏風後的帳幃內俯面躺下，掀開裙角到股腿，下端使錦被掩蓋了，僅露出一片頑固濕癬，已被抓得血膿淋漓。

凌虛法師一看，便心中瞭然，退出來道：「可憐可憐，一個黃花閨女，怎麼受得了如此折磨。這種頑癬發作時，癢至心窩，連骨頭縫似乎都會發癢。稍有搔抓摩擦，便血水奔流，潰敗化膿，鐵打的漢子也扎不住呢。」

陸夫人聽了這話，忙道：「正是這樣，不知大師有何方法，託福替小女治一治。」

「女居士請不要著急，此癬雖然頑固生猛，其實治起來十分簡單。」

陸夫人喜道：「那就敢請大師恩助了。」

凌虛法師令阿章燒來一大盆鹽開水備用，以針砭在陸滿芳患處，疾速點刺了百餘針，放出污血，陸夫人使鹽開水替滿芳反覆洗滌，如此針砭三、四次，便告痊癒。

陸滿芳因患此疾，遲遲未能出嫁，今幸得凌虛法師醫治，開春後，便與幼年下聘的彌渡秀才周梅春結了婚。

陸周兩家皆大歡喜，千恩萬謝自不在話下。

■

又有一位婦人因難產，她的家人不遠百里，用滑竿將她漏夜送上山來，到了金頂寺，婦人已氣絕。

凌虛法師替她診斷號脈，道：「這是氣血鬱悶於體內。」遂吩咐阿章用紅花十斤，以大鍋煮沸，將紅花沸水盛在三只大木桶內，取下一塊窗格，擱在木桶上，讓這婦人躺在上面，有活血之功的紅花沸水，熏蒸著這透體冰冷的婦人，不一會，便見她十指慢慢開合，漸漸甦醒，順利產下一男孩。

■

另有一名富家子，年方十八歲，遍身肌肉坼裂，到處尋醫問藥，都無法治癒。

這一日因打聽到凌虛法師醫術高明，便慕名前來求醫。

凌虛法師見他膿血大泄，神衰色敗，立即蹙目問道：「是否曾近女色？務請據實相告。」

富家子聲嘶氣短，告道：「慚愧，我十二、三歲就曾行那檔子事……」

凌虛法師面露難色，私下對乃父道：「精未通而近女色，則四體有不滿之處，以導致日後有難收之疾，此乃不治之症。恕老衲回天乏術。」

那富家子無奈返去，未幾便惡汁淋漓，痛絕而死。

凌虛法師教導阿章，道：「像此種病例可說明，但凡人的壽夭生死，不能由一醫者所增損，世間曾有些患疾未必會致人於死，而被庸醫所誤的。但病已入膏肓，雖然是曠世神醫，也救他不活。世間沒有活死人的神醫。為醫者不能妄自誇大不實，以圖取厚利。還是老話一句，無恆德者，不可作醫。你尤其要牢牢記住。」

阿章肅容聆聽，謹慎之心倍增。

■

夜裡落了一場大雪，阿章懷念著西去康藏，一直音訊杳無的師父師兄。常常回憶師父師兄數年來的拉拔、呵護、教養。如今分離兩地，怎不叫他牽腸掛肚。尤其想到師父師兄長途跋涉奔波，遍歷艱險，而今不知情形怎樣？更是令他夜不能寐。

涔涔熱淚，不知不覺中，早已滾濕了枕被，他恨不得連夜打整了行囊，悄悄不辭而別，一路追到西藏，去找師父師兄。

轉念想到凌虛法師的苦心栽培，實不忍辜負了高人厚望。兩心矛盾，一意徬徨，轉輾難眠，不覺東方已透亮，阿章仍無絲毫睡意，便起身穿了衣服，悄悄走出寺外，選一座高聳頂峰爬了上去，悵然遙望西邊，只見雲天空濛迷離，一片虛茫飄遠，更不知師父師兄今在何方？一陣悲情激湧，他忍不住放聲吶喊：

「師父——」

「師兄——」

「師——父——！師——兄——！」

頓時，山鳴谷應，一片哀切呼喚，盡是「師——父——師——兄——」

阿章情難自抑，淚眼西望，唯有祈求上蒼，保佑師父師兄清吉平安。

阿章傷感了一陣，悵然長吁短嘆，頹然在山石上疲乏地坐下來，看見那猿猴靈非蹲在他身旁，才知靈非一直隨在自己身後，不由無助地伸手攬住靈非。

靈非神情悲憫，善解人意，也伸臂圈住阿章的脖子，撫慰盡在不言中。

回到經房，凌虛法師已盤膝坐在榻前，几上擺著《皇帝素問》，幾個習醫的小和尚，坐在下端，正在專心聽講。

阿章暗自慚愧，連忙收心斂性，一旁坐了。

凌虛法師語言精妙，善論物理，此刻正講授《舉痛論》一篇，道：「百病生於氣也，喜則氣緩，悲則氣泄，恐則氣下，寒則氣收，火則氣旺，驚則氣亂，氣勞則氣耗，思則氣結，怒則氣逆，甚則嘔血及飧泄，故氣上矣。喜則氣和志達，榮衛通利，故氣緩矣……古人常言養氣的道理，就在於此。養生之道，最重要莫過於養氣，也在於此。是以聖人嗇氣如至寶，庸人役物而反傷太和。所以論諸痛，皆因於氣，百病皆生於氣。」

凌虛法師講到這兒，喚道：「阿章，你說說看，何以養氣？」

阿章起身，道：「宜節憂思以養氣，慎怒以全真最為良。」

「善哉！」凌虛法師招手，阿章坐下。

「天以氣而燾也，地以氣而持，萬物盈乎天地之間，咸以氣而生，及其病也，莫不以氣而得。」

凌虛法師繼續講解，「除養氣外，還要養心，心為臟腑之主，悲哀憂愁則心動，心動則五臟六腑皆搖。設能善養此心，而居處安靜，無為懼懼，無為欣欣，婉然從物而不爭，與時變化而無我，則志意合，精神定，悔怒不起，魂魄不散，五臟六腑俱寧，邪亦安從奈我何哉。」

阿章銳意學之，覺解頓來。以前追隨師父姚宏金遍歷群山，挖藥採草，又在橄欖壩行醫多年，本已立下深厚的根基。如今拜在凌虛法師門下，一整套詳盡的理論知識，更豐沛提升了他在醫理方面的認知。

■

春又來，松色初吐嫩綠，白雲淡如飄絮。

密林中，樹脂清香，野花芬芳，草青氣異。

凌虛法師面對蒼潤幽澗，盤膝坐在一塊山石上，阿章和靈非坐他的下端。

凌虛法師閉目、運氣、吐納，正在教阿章打坐、悟禪。

阿章如今年歲漸增，又另遇高人，自另有一番展進。新的穎悟領會更在心頭激增。

凌虛法師睜開朗朗雙目，滿面珠光紅潤透亮，他和悅笑道：「阿章，生活在深山野林的人們，何以大都體格壯健，精神奕奕，就是因為吐納之間，飽浸於萬千植物所煥放出來的精氣之中，譬如聞聞這清芬松脂，對人體的肺臓大有益處，你習醫多年，更知曉這所有的草木花卉，都具有藥物療效之功。

只要嗅聞藥草精氣，人就能夠避邪穢，增祥和，延年益壽。」

山風襲來，松濤陣陣，凌虛法師每聞其響，悅然為樂。他站起身，感慨地道：「阿章，我來這雞足山，不覺已七、八年，遍歷雲南名山，實在覺得，這雲南真是好地方，好地方！而今，你在此間習醫，轉眼已是五年多。我看你各方面都很有展進，尤其醫理方面，所學都紮實，能夠融匯貫通，對針灸、婦科、跌打損傷、腫瘤癥瘕，更有心得，凡此種種，你今已具備獨立行醫的能力和條件了。我感到很是欣慰。」

「這全仰仗大師苦心栽培。」

凌虛法師藹然笑道：「阿章，古人云，月有陰晴圓缺，人有悲歡離合。人生聚散本無定數，你我至今就得分別了——」

阿章駭然，意想不到的失聲驚呼，道：「大師，這話怎講？是徒兒犯了什麼錯，惹你不悅嗎？還是徒兒有什麼怠惰處？萬望大師不要趕我走。徒兒所學還這麼淺薄……」

凌虛法師含笑打斷他的話，道：「並非是你有什麼過錯，而是我今已打定主意，要回峨嵋山去了。阿章，學海無涯，學無止境，你現在具備了深厚的根基，往後如能潛心繼續鑽研，相信定會有一番作為。我走後，你也即刻打點行李物什，下山返家鄉去創業吧。」

凌虛法師撫慰了一番，又叮嚀道：「今我也有幾句話要交代你，望牢記心中。習醫方面有三，一不可貪多務博誤之，二不可一知半解誤之，三不可固陋乘便誤之。做人方面，要性存溫雅，志必謙恭，

動須禮節，不論貧富，凡求醫者，俱要一視同仁，貴賤無別。」

阿章唯唯喏喏，把凌虛法師臨別贈言，謹慎地牢記心間。

「阿章，今後多自珍重了。」凌虛法師言畢，邁開雙腳，步履如飛，橘紅身影，宛如在草尖上飄忽而去。

靈非朝阿章抱拳一揖，依依不捨地，拽住一根青藤，盪過山澗，倏忽間，便尾隨凌虛法師去遠了。寂寥山谷內，傳來陣陣猿猴清嘯，聽在阿章耳裡，倍覺離愁哀傷。他連忙攀上峰頂，極目遠望，但見雲海空濛，莽野蔥籠，凌虛法師與靈非彷彿已溶入天地間，遍尋影蹤總不見。

懷著未盡的衷腸，阿章無限悵惘，一種格外孤獨寂寥的蒼涼感傷，令他潸然淚下。

次日，阿章打點了行囊，珍藏著凌虛法師所贈予的《欽定古今圖書·醫部全錄》，此套巨著，是康熙時，詔諭大儒陳夢雷纂輯圖書集成的醫藥寶典。

阿章告別了閱悲上人等住持方丈，下山返回故鄉江川去了。

卷參

淫羊藿

14

一匹毛色光滑似錦的青騮馬，揚開四蹄，輕捷地奔馳在官道上。

一聲聲嬌脆清亮的少女吆喝，隨著馬鞭的揮響，飄盪在空曠的野地裡。

馬背上的姑娘，紮著紅頭繩的黑亮大辮子，隨著顛簸在塵埃裡飛舞。

突然，那馬噴著白氣，露出一口琺瑯質光潔的牙齒，歡騰地嘶鳴起來。

姑娘看見前面的草地上，有兩匹馬兒搖著尾巴，低著頭正在悠閒地啃嚼青草，一個穿青布衫的人，仰面躺在草地上，口裡無聊地咬著一根馬尾草，正在放馬打尖。

馬的嘶鳴驚動了躺在草地上的人，他翻身坐起來，回頭望見了疾速馳來的農家姑娘。不由歡欣地叫道：「那不是茶家阿妹麼？阿妹！」他站起來，親熱的呼喚道。

茶妹勒馬停住了，焦慮的面上，澀然地擠出一絲笑意，十分意外而困惑地道：「你是——」

「四、五年前，我和我師父師兄路過你家，到你家討水喝，那時，你家的這匹馬舌上生疔，我師父幫你家治好了這匹馬——」

「啊，你是那位小師父！我想起來了！一點都想不到會遇見你，我記得，你們說要去西藏的，你們去西藏轉來了？」

曲煥章有些落寞地一笑，道：「時間過得真快啊，轉眼就好幾年了。唉，我師父師兄是去了西藏，他們一直沒有消息，真叫人掛念。我師父把我留在了雞足山，一言難盡呢。」一股傷感茫然的愁悵，令他不勝噓吁，他不由嘆了一口，問：「茶妹，你好像有急事？」

茶妹發愁地緊蹙著眉頭，道：「正是呢，我要趕到下關去買藥，我爹染上了麻腳瘟，昨晚一夜上吐下瀉……我急死了……」說著眼圈一紅，淚珠兒成串地滾落下來。

曲煥章同情地連忙道：「茶妹，你不必再到下關去了，待我馬上收拾了鞍子物什，跟你轉去看你爹。」

「小師父，你——」茶妹使手背胡亂抹抹淚，注視著曲煥章年輕的面龐，咬咬嘴唇，方遲疑地終於說：「你有把握治好我爹？」

曲煥章穩重而赧然地笑了笑，道：「茶妹，人命關天，如果我沒有把握，決不敢隨便打誑。」

「真是人命關天啊，小師父，你曉得麻腳瘟這種病麼？這種病來得快，去得也快！」茶妹面露悸色，顫聲說，「人好好的不知怎麼就病了，上吐下瀉，滴水不進。兩腳麻木，渾身冰涼，身子強壯的，最多熬兩個對時，身子弱的，拖不到兩個對時，就嗚呼哀哉了。村子那邊，這幾天已經死了好些人。我家住在偏僻的村子外，原以為不會染上這怪病，想不到我爹，昨天白天還好好的，晚上就猛的狂吐狂瀉起來……」

曲煥章將行囊架在馬鞍上，翻身騎上另一匹馬，道：「茶妹，照你這麼說，等你打從下關往返歸來，時間已經來不及了，我去替你爹看看吧。」

茶妹無計可施，又想起那些患了麻腳瘟的人，據說吃了這大理下關郎中的藥，全是毫不見效。這小師父雖然年輕，但他仍是名師之徒，想必會有些不凡的能耐吧。

茶妹猶豫不決地撥轉了馬頭。

曲煥章留心地打量著她的坐騎，問：「茶妹，你騎的這匹馬，就是當年我師父替牠動手術的那匹青騮馬吧？」

「正是呢，正是那匹馬。」

「哇，牠長得好高大威武。」曲煥章不由讚道。

可不是，這匹青騮馬，如今肌肉發達，豐滿結實，臀部圓潤而緊，明亮的雙目精精有神，豎立的兩耳凜凜生威，毛似錦緞，光滑油亮，嘶鳴起來，聲如洪鐘，奔跑跳躍，宛如遊龍，端的是匹好馬。而這匹好馬，當年要不是巧遇姚宏金師徒醫治，那還有今天這般神采風貌？茶妹想到這裡，不由縱馬狂奔，道：「小師父，那我們快點返家去吧！我爹病得好可憐。」

鑾鈴隆隆錚錚地撒在曠野裡，路旁一畦畦青嫩的豌豆苗，掛著綠亮綠亮的露水珠，茶妹指著那些整齊的菜圃，哽塞的說：「我爹昨天還來這裡澆菜水呢！不想一下子就上吐下瀉，整個人眨眼功夫，就落了形——」

過了小石橋，二人縱下馬來，茶妹急急地趕朝前，推開柴扉，巴巴地叫著：「爹，你好些了麼？

我給你請郎中來了。」

曲煥章揹著籐簍，跟在後面跨進門來。

屋裡光線低暗，那老茶正在好不辛苦的嘔吐，吐出來的全是黃色的苦膽汁，床下一只大瓦盆，都快溢出來了。

茶妹使塊毛巾，替她爹擦淨下巴，老茶吃力地抬眼瞅瞅曲煥章，只覺這位青年郎中有些眼熟，但已想不起在那裡見過。

曲煥章替他號了脈，從籐簍裡，取出一瓶白褐色藥粉，道：「茶妹，快去倒一碗溫熱水，只須把這藥，給你爹服下，吐瀉就可以止住了。」

茶妹連忙去廚房倒來一碗溫熱水，將那白褐色的藥粉，給她爹灌服了下去。

老茶正被瘟病折騰得死去活來，當下服過那藥，不到片刻，便覺得胃囊不再翻攪，腹痛也逐漸減輕了，老茶虛弱的閉上眼睛，竟沉沉的睡著了。

曲煥章走出屋子，站在屋簷下的土階上，極目遠眺，果然看見松竹林掩映的幾公里外，有一個人煙稠密的村落。

茶妹指著那村落，道：「小師父，那村子裡，幾天功夫，就死了十多個人，全是因為得了這麻腳瘟。」

曲煥章蹙眉凝望著那兒，道：「茶妹，這種時疫常在十二版納流行，我師父使這藥替那裡的人醫治，很見效的，你放心吧。不要再焦急，我想到那村裡去看看。」

老茶均勻的酣聲，越來越響地傳出來。

茶妹先前黯然的神色，露出一抹柔和的釋然，道：「看我爹，吃了你的白藥，鬆活得這麼快，一下子就睡著了，昨天一整夜，他都沒有合過眼，不是吐，就是瀉。你的這種白藥真管用。」

「白藥？」曲煥章不由笑了笑。茶妹這土生土長的農家姑娘，叫不出什麼文謅謅的名目來，乾脆依那藥粉的顏色，順口叫它做「白藥」。

二人騎馬朝那村莊趕去，野地裡，有人在給剛下葬的親人哭喪。老樹上，許多烏鴉在難聽的聒噪。

到了那村莊，只見家家關門閉戶，一片淒清蕭疏，說不出的沉重哀涼。

茶妹推開當頭一間茅屋的柴門，嬌脆地呼叫著：「三舅爹，我三舅媽有救了，你們快出來，這位曲師父的白藥，醫這麻腳瘟最管用了，一次服了，立即見效。」

話聲未落，一個白髮老農，急急地先走了出來，跟著七、八個大人孩子也擠了出來，一個個好奇而又遲疑地打量著曲煥章。

茶妹領曲煥章在堂屋裡坐下，曲煥章取出那白色藥粉，給病人服下，吐瀉同樣立即止住了。

未幾，整個村莊的人都湧來討藥。

這藥治麻腳瘟，果真奇效應驗，白藥的名聲，一下子就遠近傳開了。

曲煥章住在茶妹家，僱了好幾個幫手，夜以繼日的趕製白藥，大理鄧川方圓幾百里的人們，都趕來買救命的白藥，一場可怕的瘟疫便撲滅了。

這瘟疫（痲腳瘟，即霍亂）的流行，使曲煥章和白藥的名聲，也傳播開來了。

■

曲煥章回到故鄉江川，在縣城通衢大街上，開了一家診所行醫，當時痲腳瘟正在江川流行。曲煥章因著白藥的行之有效，立即名利雙收，在故鄉穩穩紮下了事業根基，成了地方上一個小有名氣的青年郎中。

這一日，來治病的人陸續少了，曲煥章令夥計看守著診所，穿了件黑緞馬褂，寶藍長衫，信步踱了出來。

長長的一條大街，行人寥無，這街上五天一次大集，三天一次小集，每逢集日，街頭巷尾，熱鬧非凡，不是集日，就比較冷清了。

曲煥章漫不經心地，一路慢慢的走過去，吉祥餅家、天寶綢布莊、劉慶賭坊、海棠春門口，靠著幾個塗脂抹粉的婦人，手裡拿著圓鏡，左照右照，一面斜眼飄過來，看見曲煥章，嬌聲浪氣地亮著鼻子，怪親熱地叫道：「曲先生，請進來坐坐嘛！」

曲煥章頭也不回地往前走，那不是鴻泰百年老字號酒家嗎？以前，趙老倌常帶他去那兒討吃食，再過去，萬利米行旁邊，就是牛記茶館了。

曲煥章站在牛記茶館陳舊的門板外，不由深深地吸了一口，伸頸望望裡面，喝早茶的客人已散去，只有倒開水沖茶的兩個夥計，各自捧了只土大碗，正蹲在灶門前大口大口的往嘴裡扒飯吃。

往事渾然，齊來心頭，曲煥章彷彿看見，茶館內霧氣蒸騰，笑聲鼎沸，趙老倌瑟縮地坐在角落，拉著斷了絃的破胡琴，拽長了青筋暴漲的脖子，嘎啞著老嗓，正在好不艱辛費力地唱著滇戲……

唉，趙老爺爺……

曲煥章淒然地轉過頭來，街對面拐彎處，看見了那家棺材店。

一陣撕肝裂膽的痛楚，令他忍不住悲涼地搖首長嘆。

恍恍惚惚的，不知怎麼就來了瑞祥銀鋪。

看見他走過來，銀鋪內幾個衣著光鮮的顧客，連同櫃臺後的掌櫃，都一齊抬起頭來，臉上堆著些敬羨的笑容，友善卻疏離的打量著他。

曲煥章坦然地走過去了，他聽見有人在說：「那就是曲先生，年紀輕輕的，真是有些本事呢。」

「是呀，我家老太爺前陣子，病得氣息奄奄，也不曉得是什麼怪病，男人家竟撒出血尿來，找了多少郎中俱不見效，還是曲先生治好的……」

曲煥章聽在耳裡，心中說不出是悲還是喜。今昔對比，不由感慨地悟到，人生本來就是這樣子，世態炎涼，冷暖自知，唯一令他欣慰的，此番，他不再是以前那個受盡奚落的小叫化兒了。

穿過鬧市，他渴慕地來到了多少年來，一直令他魂牽夢縈的那條小巷。

小巷內，依然還是那般幽清雅靜，曲煥章愜意地，走在青石板舖砌的路面上，只見牆角蒼苔更厚更綠了。初春的陽光，暖暖的透過牆頭的濃蔭，斑斑駁駁灑下滿地碎金，微風裡，曲煥章彷彿聽見了自己童年時的嚶嚶哭泣，哦！那堵牆，他曾經靠在那裡哭過。

牆對面，依然掛著「黃寓」的紅紗燈籠。那紅紗燈籠是簇新的，想是過農曆年才新換的吧。新刷的朱漆大門緊閉著，曲煥章多麼希望，那個穿黃衣服、金童玉女般純美的小女孩，又怯生生地，拎著一串清香的粽子，出其不意地佇立在他眼前，或者，虛掩的門扉後面，能看見那一雙如星般閃亮的明眸……

周遭靜謐如斯，黃家的大門依然關得緊緊的，哦，那小女孩如今長高長大了，不知是否已嫁作他人婦！曲煥章的心緊了緊，三番五次的，他忍不住真想敲敲門，走進去，細細的問個端詳。

懷著一腔說不出的空茫惆悵，曲煥章幽幽地來到了那破廟。

破廟如今更破了，大殿殘缺的門檻上，坐著一個人，那人抱著膝頭，歪著一張污穢的黑臉，嘴角掛著口涎，正在齁齁的打瞌睡，他腳前丟著一個破褡褳，分明是個穿州過府的流浪人。

曲煥章想叫醒他，問問他曉不曉得王瞎子和周老爹的下落？那人被腳步聲驚醒了，他睡眼朦朧地抬頭看了曲煥章一眼，又漠然地低下頭，把身子佝做一團，繼續先前未竟的好夢。

大殿裡，蛛結塵封，分明已經沒有叫化子居住了，天光從破損的屋頂灌進殿內，刮風下雨的時節，這兒再也不是避風躲雨的好地方，那王瞎子和周老爹，其實早已不知去向。

曲煥章悲濛濛地來到荒郊，亂葬崗上找了半天，才在草叢亂樹中，找到一棵湯盆粗的松樹，斑斑駁駁的嶙峋樹皮上，終於認出了幾個字——趙老倌之墓。歪歪斜斜的筆跡，還是馬大哥當年用石子刻上去的。

曲煥章黯然垂首樹下，凝視著那堆年久被雨水沖蝕得只剩下淺淺的一小堆黃土，不由濡濕了眼眶。「趙老爺爺，你終於會有一間老屋了。」曲煥章在心裡低訴著，打定主意，立即擇日備棺，重新安葬這位苦命老人的骸骨，以慰他的在天之靈。

曲煥章走出亂葬崗，官道上，車馬俱無，路兩旁，田陌縱橫，水聲潺潺，看不盡的田園風光，間或，微風吹來，送過一陣醉人的桃花馨香。

前面有一個碧水盈盈的池塘，溶溶洩洩，皺成一片縠紋，幾隻雪樣的白鷺，在淺水邊悠閒地覓食，春歸的乳燕呢喃著，翻飛在綠霧氤氳的萬千柳絲裡。岸邊，飄飄揚揚的桃花，落在水面上，隨著漣漪輕輕蕩漾。

突然，濃雲遮去半邊艷陽，天空裡撒下漫天柔柔細雨，清清涼涼地落在曲煥章面上。蒼山如屏，擁一片煙紫嵐黛，說不出的幽遠飄渺，遙望虛無太空，不知師父、師兄和淩虛法師別來無恙乎？往事淒迷，新愁又添，不知怎的，置身在這如詩如畫的美景裡，丹田內，竟又襲上一種難以名狀的空虛寂寞。

驀然間，透過柳絲桃紅，只見池塘後面，有一間精緻雅靜的尼姑庵，一溜粉牆，遮不住滿園春色，

青竹翠柏，紫竹藤蘿，朵朵碗大的山茶，團團艷艷衝出牆頭，在春風中搖曳生姿。

曲煥章的衣服，已被斜飛的細雨打濕，不由疾步朝那尼姑庵走去，想進去躲躲雨。待走近時，雨卻停了。月洞門裡，嬝嬝娜娜走出幾個倩麗人影。

曲煥章驚抬頭，頓覺眼前一陣清爽亮麗，只見一個年方雙十的曼妙姑娘，內裡穿一襲雪青色軟緞衣裙，外面披一領淡得不能再淡的鵝黃披風，纖細的腰身，嬌小玲瓏，那份撩人的柔美，像縷淡淡的輕煙，嫩白鵝蛋形的嬌靨，一雙幽黑如夢般的杏仁眼，她冷不防猛的看見曲煥章，不由受驚的一陣顫慄，羞怯怯瞥了他一眼，又慌慌張張垂下眼瞼，披風裡伸出一隻素手，喘息著壓在胸口上。

「小姐，慢慢走，小心路滑！」一個侍女，大概十八、九歲的光景，穿著水藍色軟緞衣裙，身材高䠷，很有幾分姿色，生得丹鳳眼，高鼻樑，薄薄的嘴唇，斜裡冷冷地飄過一眼來，目光含嗔，那風情說不出的妖嬈，她撐著一把油紙傘，小心地罩住那小姐，瓦簷上滴下幾滴殘雨，噠噠地落在油紙傘上。

兩乘軟呢小轎已抬到了門前，那小姐弱不禁風地回眸一望，柔聲細語地向送出門來的老尼姑辭別，道：「師伯，多謝了，我們走啦，您也返去休息吧。」（註：雲南人尊稱老尼姑作師伯。）

「小姐好生將息！」那老尼姑慈祥道，又吩咐那侍女，「翠玉，仔細伺候小姐服藥，萬萬不可疏忽。」

翠玉應著，侍候小姐上了轎，把簾子仔細扣了，冷眼又望望曲煥章，才在後面那乘小轎上坐了下來。

跟來的老管家吆喝著起程，兩乘轎子出了庵門，漸漸地走上了官道。

曲煥章凝望著那愈去愈遠的轎子，那小姐輕柔如縷霧般的倩影，猶在他眼際晃動晃動。

「施主！」那老尼叫了他一聲。

曲煥章如夢方醒，羈身邊陲十餘年，雖見過不少雪膚花貌，似這小姐般典雅的國色天香，卻是令人一瞥難忘。他不由嘆了口氣，回過神來，臉上浮起了一抹赧紅，連忙朝那老尼施禮道：「師伯，小可路上遇雨，原想來寶庵避雨，不想到了這裡，雨卻停了。」

「施主如不奔忙趕時間，請進來喝杯茶。」那老尼爽快的說。

「不必這麼麻煩了，謝謝師伯。」

花徑，滿圃帶雨沾露的白菊花，晶瑩剔透的雪裡泛紫，幾株水靈靈艷紅的海棠花，顫顫然佇立其間，曲煥章凝視著那無骨的海棠花，終於忍不住說：「先前那位小姐是——」

老尼淡然一笑，道：「那小姐嗎？就是黃銀豐的千金黃霙小姐啊！」

「黃銀豐？」曲煥章低聲唸道，滿臉的茫然。

「你連黃銀豐都不知道，敢情是外邊來的吧？但聽你的口音，也是江川這方的人吧？」那老尼納悶的說。

「小可曲煥章，最近才回鄉。」

「哦，」老尼開顏一笑，「你就是那個賣白藥的曲煥章？真是幸會幸會，前不久麻腳瘟流行的時候，

我的兩個小徒就是吃了你的白藥，才醫好的。」

老尼一眼看穿他的心事，又道：「曲先生還沒有成親吧？」

「小可浪跡天涯，來去無定蹤，所以還沒有。」

老尼含笑不語，沉吟了片刻，方道：「曲先生，這黃霙小姐自幼體弱多病，她母親前年過世後，她悲傷過度，更損了身子，一年裡，有半年在吃藥！黃家有五個兒子，俱已成家立業，只有這個掌上明珠，多少富貴人家去求親，黃老先生總是捨不得。」

曲煥章已經猜到黃霙小姐是誰了，心內一陣說不出的悲喜，暗自問蒼天，莫非真是前世有緣？不由關切地忙問：「黃小姐有什麼疾病？」

「富貴人家的兒女，還不是富貴病！這黃霙小姐不知怎的患上了女兒癆，經水不調，數年來，一直在我這兒討藥吃！黃家每年都有幾百光洋，送來小庵作香油錢。」老尼心直口快的說，「如果只是身子有病，還好調理，苦的是黃霙小姐多愁善感，鬱鬱憂憂的，似這般氣悶，身體一直好不起來。」

曲煥章蹙眉不語，心裡更生出些憐疼來。

那老尼又道：「曲先生，你自幼鑽研岐黃，想來對女兒癆、婦科病，定有一番心得，你何不替黃小姐醫好病，說不定能成全一門好姻緣呢。」

曲煥章抑制不住的展顏一笑，揖手道：「那就要靠師伯成全了。」

「好說好說，我念在黃家待小庵不薄，所以，一心巴望黃霙小姐早早康復，嫁得如意郎君，待我去替你說說，叫黃老先生請你到黃府去給小姐治病！姻緣本是前生定，這也要看你們是否有緣。」

暮色蒼然四合，亮起了滿天繁星。曲煥章告辭了老尼，不知怎的，心裡先前那份陰霾沉重的愁緒，竟一掃而光，滿心的期盼和歡悅，令他寂寞的內心深處，湧起無限溫暖甜蜜的春潮。

翌日，曲煥章請風水先生選了黃道吉日，買了一口上好的棺木，隆重地將趙老倌的骸骨，重新安葬了，又請了高僧，替萬福伯、趙老倌及馬大哥誦經超渡。

數年的夙願了了以後，便一心一意等著黃府，派人來請他去替黃霙小姐治病。

眼巴巴的等了十多天，卻不見黃府差人來請，曲煥章耐不住性子，這一日，索性又來到了那桃花庵。

老尼姑令他在廂房坐下來飲茶，知他來意，也不等他發問，便道：「幾天前，我親自去黃府替你說過了，黃老先生認為你初出茅廬，不足以信，更不肯叫你去替他小姐治病。」

曲煥章熱呼呼的心，頓時涼了半截，悶悶的喝了幾盅茶，見那老尼也不似第一次見面般熱情了，她盤膝坐在蒲團上，漠然的閉目打坐，手中數著唸珠，嘴唇微微嚅動，只管唸經，分明是有意在疏遠他。

看此光景，不宜再待下去，曲煥章起身告辭，那老尼也不挽留，任他離去了。

曲煥章鬱鬱煩悶地走在官道上，心中思忖著，自己如斯卑微，怎可妄生非分之念，想那黃霙小姐，自幼養尊處優，又天生麗質，冰清玉潔，能看她一眼，已經算是有福了，也不知有多少富家子弟，連

脖子都望瘦了，黃家仍不肯應允，自己不過是個初出山的野郎中，怎可如此的自不量力?遠遠地，瞥見那間破廟，不由從心底抽上一口冷氣來。

曲煥章啊曲煥章，你這當年流落街頭的小叫化，怎麼竟敢如此褻瀆那黃霙小姐？

思念至此，無奈地長嘆口氣，遂悲哀地將那渴慕之心收了。

回想當年，黃霙小姐送給他那一串粽子的憐惜之意，至今還撫慰著他內心深處的淒苦，為了報答她這份純真可貴的關愛之情，曲煥章下定決心，一定要設法治好她的病。

曲煥章拋去了不切實際的幻想，打定主意，立即到黃府去毛遂自荐。由於心境光明磊落，行動也變得從容不迫。

來到黃府門前，他坦坦蕩蕩地敲了門。

開門的，是一個十二、三歲的小廝。

「請稟告你家老爺，曲煥章求見！」

小廝認得他是在街上開診所的，便逕直將他領進去了。

黃府內氣派豪華，庭院廣大，穿過花木扶疏的曲折迴廊，只見黃老先生正在悠閒地坐在大廳內的太師椅上，捧著一只白金打就的玲瓏水煙袋，正在怡然自得地抽著煙。

黃老先生六旬開外，身材中等，頭髮花白，戴一頂黑色瓜皮帽，黑緞馬褂，銀色長衫，顯示出一種說不出的精明能幹，是那種辦事有魄力，也相當剛愎自用的氣概。

看見曲煥章，他訝異地道：「先生有何貴幹？」

曲煥章躬身一揖，開門見山率直地道：「晚輩曲煥章，不揣冒昧，聽說令嫒不幸身有痼疾，晚輩想將家師所傳之醫術，替令嫒治病——」

那黃老先生聽他自我介紹了一番，也不讓坐，也不搭理，只管冷漠無言的抽著煙。

曲煥章尷尬地楞在一旁，小廝送上茶來，他才難堪地自個在下邊一把礎石面的紫木椅上坐了下來。為了掩飾心中的惶恐不安，他拿起茶來慢慢品嚐著。

喝完了一杯茶，那黃老先生仍是不理不睬，心不在焉的只管抽煙，彷彿根本就沒人來訪似的。

曲煥章坐立不安，身上也沁出冷汗來，更為自已的貿然和唐突，感到說不出的懊悔。

若不是為了對黃霙小姐盡一份心意，他真想抽身離去。

也不知過了多久，終於，黃老先生懶懶地清清喉嚨，朝腳畔的盂缸吐了一口煙痰，才漫不經心地道：「曲先生的藥拿來了嗎？你要賣多少錢？」

——哪有這樣買藥的？連治療什麼病也不問？

曲煥章澀然一笑，道：「還沒有替令嫒號脈診斷，是以還不知要下什麼藥？」

「號脈？診斷？」黃老先生提高嗓門揚聲怪叫，那份明顯的輕蔑，露骨地表現了出來，「你也會？」

「晚輩自幼學醫，師父姚宏金，是武當山紫霄真人——」

不等曲煥章說完，黃老先生連連揮手搖頭，截住了他道：「不必講了，講出來我也不認識。曲先

生如是缺錢用，這裡就叫帳房封給你十塊光洋，小女是從來不亂吃江湖遊醫的野藥的。」說著，提高了嗓子，叫道：「陳德貴，給我封十塊光洋，趕快拿出來。」

一陣血衝腦門，曲煥章險些氣得昏了過去，黃老先生分明就是把他當作來打秋風的，真想立即拂袖而去。轉念一想，如果忍不得，就失去了誠意，且先把這僵局撐過去再說。況且，如果真能醫好黃霙小姐，就是受些屈辱也無妨，自己反正只存了感恩圖報之心而來，別無他念，如此一想，心中就篤定了。

帳房先生旋即拿來了一個紅封，看見曲煥章，不由驚喜地道：「哦，原來是曲先生，前陣子，內人和小犬得了痲瘋瘟，多虧吃了你的白藥才痊癒……」

黃老先生不耐地催促道：「把錢賞給他，賞給他！」當真是在打發叫化子呢。

曲煥章不慌不忙，接過那十塊光洋。

黃老先生露出明顯的厭棄之色，道：「你請便吧！你請便吧！」

曲煥章將那紅封，往身旁的几上一放，站起身來，施施然朝黃老先生一揖，道：「多謝關愛，曲某此番造次打擾，並非為錢，只是一心想效勞——」

「你還囉嗦什麼？你是不是嫌十塊光洋太少？」黃老先生惱恨地怪叫起來。

「黃老伯見笑了，曲某怎敢！別說是十塊響噹噹的銀子光洋，就是賞給曲某半碗殘湯剩飯，曲某仍是感激不盡——」說著，聲音也激動起來。

黃老先生知道傷害了他的自尊心，心中有一種說不出的痛快，但見他不肯走，又氣憤道：「青天白日的，你要賴在這裡搶人不成？」

「曲某不敢，只求黃老先生能給曲某一個機會，替令嫒治病！」曲煥章神色堅決的說。

黃銀豐氣惱的大口大口抽著煙，一時間，竟不知要怎樣擺脫這小子的糾纏。

那帳房先生陳德貴，硬著頭皮，替曲煥章講起情來，道：「啟稟老爺，曲先生的醫術實在不同凡響，江川遠近，他已經治好了不少人的疑難雜症——」

「跑江湖的，旁門左道，不足以信！」黃銀豐冷酷的說。

「曲某雖不才，但請別污辱家師，家師是正統的中華漢醫，並非旁門左道！」曲煥章義正辭嚴的說。

「哼，你這賣狗皮膏藥的，少在我面前賣弄吧。」黃銀豐氣結的說，要不是顧及顏面，他真想差手下將他轟出去。

「祈請黃老伯給曲某一個機會，就可辨真偽……」

黃銀豐無計可施，沉默了半晌，方應付道：「也罷，你是不到黃河心不死，就讓你渡渡吧。」說罷，吩咐那小廝道：「去問小姐，可願給這賣狗皮膏藥的江湖遊醫治病？」

那小廝進去了片刻，出來稟道：「老爺，小姐說只要能醫好她的病，不管他是什麼來路，都肯的。」

黃銀豐許是想到女兒的痼疾，面色變得愁苦憂鬱，一股慈祥的父愛，令他顯得和善起來，他無力

地朝陳德貴揮揮手，道：「你帶他去吧！小心伺候。」

「知道了。」帳房先生釋然的笑道，「曲先生，請跟我來。」

「慢著！」黃銀豐唰地站起來，放心不下的兀自朝前走了。

曲煥章遠遠的跟在黃銀豐後面，來到了後花園。

黃霙小姐正在涼亭內繡花，她裡面穿一襲月白色的素淡衣裙，三月天了，猶擁著白狐重裘，嬌小的三寸金蓮畔，放著一銅盆紅滋滋的炭火，綳架上的天青色緞面，繡著幾朵活靈靈的牡丹芍藥，一手細工女紅，端的甚是出色。

聽見腳步聲，黃霙從綳架上抬起頭來，嬌柔地喚道：「爹，那天師伯說的曲先生，你去請來啦？」

黃銀豐趕在頭裡，走進涼亭，不悅地道：「三姑六婆，非淫即晦，以後，不准你再去那尼姑庵。」

黃霙臉上的笑容不見了，薄施脂粉的嬌靨，變得血氣蒼白，蹙著眉，眸中湧上了一層幽愁的淒然。

黃銀豐含著煙嘴，不再說話，只在那涼亭內，神經質的蹀躞著。

侍女翠玉將一塊獸皮墊在鼓形石椅上，黃霙在那上面坐定了。

曲煥章忐忑地走了過來，只見黃霙嬌楚憐人的低著頭，羞怯的不敢看人，不由也慌了起來。

黃銀豐道：「翠玉，拿絲帕蓋在小姐手上，讓這賣狗皮膏藥的，快給小姐號脈吧！」

曲煥章竭力鎮定著自己，在石桌旁坐了下來。

黃霙伸出一隻柔嫩的纖纖素手，放在石桌上的紅緞棉墊上，翠玉替她把袖子朝上捋高些許，使一方絲巾，蓋在她腕上。

曲煥章坦蕩蕩伸出三隻手指，輕輕壓在黃霙的寸關尺上。雖隔著一層薄薄的絲巾，猶感到她冰肌玉骨，沁出陣陣清涼。

黃銀豐突然後悔，自家女兒得的是婦科病，一個黃花閨女，怎可讓這乳臭未乾的小子診視呢？萬一他詢問起那些女兒家的隱私來，豈不是羞死人？

黃銀豐把煙嘴從口中拽出來，厲聲道：「小子，剛才你誇口，你是什麼名門高徒，今天我就要考考你，只許號脈，不許發問，如是這般，下得對症藥，我就服了你！」

曲煥章淡然一笑，也不作聲，用心號了脈，疑竇已開，早有十二分把握，醫得她的病。

當下站起身，對黃銀豐道：「令嫒之疾，曲某能根治，曲某這就返去配藥，片刻立即送來。」

「請便！」黃銀豐暗罵荒唐，那有這樣逼人醫病的，怎麼自己竟糊糊塗塗依了他，不由冒火的加重語氣，再道：「你請便吧！」

曲煥章雙手一揖，道：「那曲某告辭了！」忍不住，又脈脈含情，看了黃霙一眼，黃霙正悄悄凝視他，四目交投，令她羞得滿臉紅雲亂飛，慌亂地忙將頭垂了下去。

曲煥章回去後，立即細心配齊了藥，親自送了過來。

開門的小廝，門縫裡露出半邊臉，道：「我家老爺吩咐，請曲先生把藥交給我就行。」

那小廝接了藥，遞出先前那紅封，裡面有十塊光洋，道：「這是老爺賞給你的藥錢。」說罷，唯

恐曲煥章會破門而入似的，立即掩上門。

「慢著。」曲煥章道，將那紅封，塞在小廝懷裡，「賞給你買件衣服穿，但不要告訴你家老爺。」

那小廝愣了愣，笑逐顏開，忙將那錢藏了，叫一聲：「多謝！」旋即便掩上門，用門閂把大門緊緊地閂上了。

曲煥章自信地想，黃霙服了這藥有效，還愁黃銀豐不以禮相待，況且，只要醫好黃霙的疾病，於願便足，又何必在乎她爹的白眼和冷落。

15

轉眼又過了十多天，黃府那邊一直毫無動靜，也不知黃霙服了那藥，結果如何，曲煥章心中焦掛著，卻又苦於詢問無門，怏怏的，心裡有說不出的愁煩。如今，一切都是那麼的空虛乏味，日子過著，彷彿也成了一種無意義的熬煎。

晌午時分，曲煥章百無聊賴地站在藥店門口，只見街市上，過往的俱是販夫走卒，往來客商，不由頓然恍悟，自己此番不過是個市井小民，一無祖業庇蔭，二無事業功名，賣藥治病的收入，僅夠維持生計，似這等廝混下去，不知何時才有出頭之日？

又想起返鄉路過大理下關，曾在那裡賣了一陣藥，何不將這白藥成批製了，銷到外埠，一來既可方便病患，二來不啻是一門生財之道。

正在思想，只見對面不遠的天寶綢布莊，歇下了一乘轎子，轎子裡走出一個穿水紅色衣裙的姑娘，咦，那姑娘，不正是黃霙的侍女翠玉嗎？

那翠玉走進綢布莊，掌櫃的連忙笑臉相迎，道：「姑娘辛苦了，府上需要什麼，只管送個信，小店定會親自送去的，不必姑娘這麼奔波。」

翠玉道：「我家小姐今天只買幾縷繡花線，所以使我來辦理。」

掌櫃的忙令夥計拿出各色繡花線，任她挑選。

曲煥章沉不住氣，連忙趕了過去，不加思索的急急問道：「姐姐，借問一下，你家小姐吃了我的藥，病可好些了？」

翠玉抬頭看見曲煥章，立即道：「曲先生配給我家小姐的藥，她不曾吃呢。」

「啊？」曲煥章的心像給什麼揪住了，半晌回不過氣來，沉思了片刻，不甘的方又問：「那是為什麼？」

「我家老爺叫小廝，把你的藥丟在糞草堆了。」（糞草堆即是垃圾堆。）翠玉漠然的說著，只管低了頭，挑選繡花線。

天寶綢布莊的掌櫃和夥計，在一旁聽了他們的對話，似嘲似譏，都露出一種輕蔑的神氣。

曲煥章毫不在乎那些人的輕蔑，正色對翠玉說：「姐姐，拜託你回去告訴你家小姐，若是信得過曲某，請吃曲某的藥，包她不出兩個月，痼疾定將完全根除，若信不過曲某，也須另擇良醫根治，小姐的病不宜再拖。」

翠玉飄眼看了他一下，也不答腔，又低下頭繼續挑選繡花線。

曲煥章又道：「姐姐且等一等，我再去配幾劑藥，拜託你順便捎去給你家小姐，若她不肯吃，照樣丟在糞草堆吧！」說畢，轉身返去配藥。

翠玉買好了繡花線，掌櫃的親自送出門來，拉開簾，送她上轎。

翠玉站在綢布莊門口，忍不住四下顧盼了一番，不見曲煥章前來，便上轎走了。

走出大街，遠遠的聽見有人叫喚，回頭朝後望了望，只見曲煥章抱著幾包藥，撩高了衣襟，大步地跑來了。

轎夫停下了轎子，曲煥章不由分說的把藥遞給翠玉，翠玉猶豫了一陣，掏出塊方巾，勉強將那些藥包了，道：「好吧，我替你試試，要是小姐不肯吃，可別怪我。」

「怎敢，姐姐眷顧之情，曲某已經感激不盡。」

翠玉含嗔的啾啾嘴，一雙丹鳳眼，似笑不笑地盯著曲煥章，那神情，分明是在審視他。

曲煥章暗叫慚愧，連忙告辭了。

回到黃府，翠玉下了轎，逕直往黃霙臥房奔來。

掀開細竹珠簾，一眼便望見黃霙緊鎖眉宇，星眸微揚，香腮蒼白，扭曲著身子，斜靠在睡榻上。

黃霙看見翠玉，一面抬手理著雲鬢，一面問道：「你那手巾裡包著什麼？」

翠玉倉惶戒備的回頭望了望，見四下無人，方才怯怯的小聲道：「小姐，且莫聲張，這是街上那個賣白藥的野郎中，紅黑逼著要叫我帶回來給小姐的……」

黃霙聞言立即掙扎著坐了起來，一隻手按住小腹，面上溢著哀婉的痛楚，一隻手接過那些藥，眼圈一紅，淚珠便成串地滾下來。

翠玉慌了，忙道：「小姐，那野郎中說，如是小姐不願吃，就丟在糞草堆吧。」

「胡說，難得有人這麼真心惦著我，想他初次可憐巴巴的主動尋上門來，要為我治病，反而受了

我爹許多閒氣，他毫不計較，今兒個又誠心誠意叫你捎藥來……」黃霙解手巾，看著那些藥，面上不由露出抑制不住的笑意。

「是了，小姐，他還說呢，小姐的病不宜再拖，如果小姐看不起吃他的藥，就必須另擇良醫。」

「誰說我不吃！你且瞞了我爹，就說這藥是從師伯那裡討來的，你立即替我去煨來吃了吧，我就是吃了這藥死了也甘心。」說著哽塞地哭起來。

翠玉慌忙道：「小姐的身子多病，凡事要看開些，似這等哭哭啼啼，傷了血氣，豈不是自己糟蹋身子。小姐的千金貴體，也別自己看輕了，怎可把死活這般輕易亂說。」

「你那裡曉得我心中的苦處，我媽前年死了，再沒有人真心關顧我，我這病，我爹雖是留心，卻又別無良策，只會出些餿主意，該吃的藥不叫我吃，不該吃的拼命灌，似這般拖下去，早晚也是死！」黃霙咽不成聲的哭得更響了。

「小姐又來了，求小姐別再提死好不好！老爺一心只是怕小姐病，要送去省城醫治，又擔心小姐受不了舟車之勞累，又怕吃雜了反而出亂子，全是為著疼愛小姐呢。」

黃霙哭了一會，虛弱疲軟的躺下來，帶著滿臉的淚痕慵慵的睡著了。

未幾，翠玉把藥煨了端過來，伺候黃霙服下那碗藥，不及片刻，黃霙便覺小腹內熱潮流滾，多年的病根，全攆逼出來，盡是些醬黑色的僵硬血塊。

接連把幾劑藥吃完，黃霙漸覺身體鬆爽異常，曲煥章的藥確實靈驗。忍不住又叫翠玉，再去他那裡討藥。

黃霙拿出一只精緻的紅漆小箱，從裡面拿出五十塊一封的兩封光洋，共是一百塊，找塊絲巾鄭重包了，遞給翠玉，道：「你把這一百塊光洋送給曲先生，請他再給我配幾劑藥，我想趁熱打鐵，把這鬼癆病徹底治好。」

翠玉拿了那一百塊光洋，逕直來到曲煥章診所。

曲煥章連忙迎了出來，乍喜乍憂的道：「姐姐，想是有事找我。」

「正是，我家小姐吃了你的藥，病根都催下來了，喏，這兒是一百塊光洋，小姐請你再配劑藥。」

曲煥章蹙眉道：「回去告訴你家小姐，曲某再窮，也不靠施捨度日子，這個世界上，還有比錢好的東西，再說一點草藥，也值不了幾個錢。」

曲煥章細心地配齊了藥，遞給翠玉，道：「拜託姐姐轉告你家小姐，小姐的美意我心領了，這錢我無論如何不能收。你仍帶了轉去吧。」

翠玉只得仍將那一百塊光洋帶回去了。

黃霙見曲煥章不肯收錢，幽幽怨怨的道：「翠玉，你且去跟曲先生說，他今天要是不收下這錢，我也不要再吃他的藥了，你現在再跑一趟，把藥和錢拿去給他，任他選一樣。」又道：「他也未免太拘泥，只顧惜自己那無用的自尊心，怎體會我的一片苦心！這些錢，原是我媽的私房錢，擺了不知有多少年了，我要來何用？我要是給疾病折騰死了，還帶進棺材不成。那曲先生創業維艱，正需本錢，

就叫他拿去派了正經用場吧。」

翠玉見了曲煥章，一五一十把黃霙話說了一遍。

曲煥章百般感激，慚然地道：「難得小姐如此關顧，我就收了這錢，小姐恩重如山，我真是沒齒難忘，請姐姐代我多多向小姐道謝。」

曲煥章眼下正需要這筆錢周轉，因湖北、兩廣一帶，每入盛夏，時常會流行痲瘋瘟，這些日子，有不少客商，從湖北、兩廣尋了來，打聽要買白藥呢。

曲煥章當下立即僱了大批工人，日夜趕製白藥。

合該他時來運轉，黃霙那一百塊光洋，及時的派上了用場。不幾日，由湖廣遠來買白藥的客商，一日比一日多起來，客棧裡都住滿了。

曲煥章原來只賣半塊光洋一瓶，有那商人見奇貨可囤，意欲壟斷，竟自行爭相抬高了價錢，起先賣三、五塊，後來十塊八塊也是稀鬆平常事，還唯恐買不到呢。

那些商人把白藥運回老家，牟取暴利，白藥的奇效功用，日益傳揚開來，曲煥章手頭也漸漸有了些數目不菲的錢財。

■

卻說黃霙吃了曲煥章的藥，痼疾根除，通體舒泰，氣色也鮮潤起來。

黃銀豐看見女兒日益健康豐腴，藥也少吃了，不禁欣慰地道：「霙兒，爹見你如今臉色這般紅亮，人也比先前活潑，飯也吃得多了，想是那老尼姑的藥奏了效？」

黃霙眸波流轉，嬌柔地淡然一笑，欲言又止。

黃銀豐注視著女兒香腮帶赤，說不出的嫵媚含羞，不由又道：「或是我叫人專程從昆明為你買來的婦櫃理中丸、烏雞白鳳丸，吃了奏效……」

黃霙甜甜地笑出聲來，道：「都不是，爹，我說了，你可別罵我！」

「爹又沒瘋了，只要你一天天好起來，爹高興都來不及，怎會罵你……」

「既是如此，我就實說了吧，我是吃了街上那位曲先生的藥……」黃霙將始末一一道將出來。

黃銀豐聽了，並不生氣著惱，沉吟地吸了一會水煙，方道：「這小子果然有些本事，最近愈發發跡了，江川人都在說，湖北、兩廣許多客商，千里迢迢，尋來向他買什麼白藥，一個夏天，他就賺了幾千上萬的光洋，似這光景，他真是前途無量呢。」

黃霙聽了，心裡也著實代他高興，只是女孩兒家的一番心事，不知可向誰訴，不覺又悵然起來。

正談間，小廝進來稟報，道：「老爺，街上那賣白藥的曲先生請見——」

黃霙又羞又喜，連忙迴避了。

黃銀豐一聽，立即從太師椅上直起身子，急急的倒趿著鞋子，往外走了幾步，又覺不妥，依然折轉坐下，連連揮手催那小廝，道：「你快去請他進來，快去！」

小廝連忙出去了。

曲煥章依然是那副虛懷若谷的氣度，如今更是彬彬有禮了，來到廳前，作揖笑道：「小可造次打擾，萬乞老伯海諒。」

「不必拘禮，坐吧。」黃銀豐依然擺著架子，卻忍不住笑道：「我正要登門向曲先生道謝，謝你治癒了小女的痼疾，不想先生卻來了。」

曲煥章聽見他居然叫自己做「曲先生」，不由真是受寵若驚，一時激動地不知說什麼才好。

小廝奉上茶來，黃銀豐也將自己用的白金水煙袋，裝了一袋子煙，遞給曲煥章。

曲煥章連忙推辭，道：「多謝老伯，小可不會。」

黃銀豐鬍子一翹，兩眼一瞪，假裝責備，重聲道：「怎地可說不會，男人不抽煙，白來世上顛，不會也得學嘛。」

曲煥章知道，敬煙是抽煙人的禮性，不接就是表示看不起人，只得將那水煙袋接了過來。

黃銀豐樂了，直催道：「抽嘛，抽嘛，這煙絲，是我著人專程到昆明買來的上好皮煙絲，你抽幾口試試，香得很呢。」

曲煥章連忙接過煙絲，笨拙地把煙絲點燃，放進嘴裡，疾疾地抽起來，一口煙吸下去，噎得半天緩不過氣，漲紅了臉，又是咳嗆，又是流淚，狼狽之至。

黃銀豐見他真的不會抽煙，沒奈何接回水煙袋，桌邊上磕去煙灰，從小磁缸裡，拿出一撮回潤過的煙絲，裝滿了點上火，怡然自得的抽起來。噴著煙霧道：「我這煙加了蘭花茉莉，可惜你不會享受，自然體會不出它的蘭馨越廨，馨逸清純，是何等的香淳沉厚了，可惜可惜。」說著，故意用一種憐憫的神色，看著曲煥章。

曲煥章見他此番果真大不同前，甚是熱情禮待，不由唯唯諾諾，刻意地順應著他。

黃銀豐又道：「你雖說是行醫的，竟不懂得這抽煙的好處。且讓我告訴你，抽煙一來可以怡情悅性，二來可以消食化水，尤其每逢吃得油膩太飽，抽上兩袋煙，立刻油退滯消，比吃胃藥還靈光呢。」

曲煥章能夠坐在這裡，想著黃霙，早已心怡情悅了，嗅著空氣中清煙嫋繞的柔香味，更是覺得說不出的舒暢曼妙，口中由衷道：「老伯說得是！」

黃銀豐此時的興致，出奇的好，又侃侃而道：「一個男子漢，狂賭濫嫖萬萬不可為，鴉片煙也是切忌抽不得的，唯有抽幾口水煙，卻是一定要學會，身上沒有酒氣煙味，太過分規矩的簡直就不像個男人，看著就覺得婆婆媽媽的。抽幾袋子水煙，一天也用不了幾個錢，卻可以給人一種莫大的享受。」

他說著，又磁實裝了一袋遞過來，道：「你再試試，吸慢點、噓慢點，吸上幾次，你就曉得吸煙的雅興風味，是何等的迷人了。」

曲煥章順從地，接過那純白金打造的水煙袋，細細端詳了一番，只見上面贏鏤雕琢，奇光燦目，異常精美，由此可見，黃銀豐對抽水煙的嗜好和酷愛了。

曲煥章不忍拂逆，順從地將煙點燃，較先前熟練的繼續抽起來，說也奇怪，捧著一管水煙袋，吐

著青煙白霧，心靈竟覺得漸漸安詳坦然，有一種莊重穩健的踏實感，還多了一種自尊自信的男人氣概，也不知怎的，就坦蕩的問道：「令媛如今怎樣了？以小可之愚見，尚須號脈察視，或是繼續醫治，或是當滋補調養——」

黃銀豐被他堂皇正大的氣勢懾服了，不由道：「正要麻煩先生！」言畢，便叫小廝去請黃霙。

翠玉攙著黃霙，嬝嬝娜娜，輕移著三寸纖纖金蓮，搖曳生姿地踱了出來。

曲煥章透過青濛濛的煙霧，凝眸痴痴地注視著她。

黃霙在大理石圓桌旁，端莊畏羞地坐了下來，翠玉放上紅棉布墊，替她捋高袖子，依然使一方絲帕，罩在她細嫩粉白的皓腕上。

曲煥章放下水煙袋，大步走了過來，朗聲道：「小姐氣色如今好多了，且讓我再與你號號脈。」

診斷了一番，但覺她左右兩手的關脈，都有些不易覺察的緊弦脈，不由暗中心驚，本能地蹙緊了眉頭，黃霙正巧含羞露嬌地，揚眉迅速看了他一眼，又怯憐憐低下頭去。

曲煥章驀然驚覺，遂忙把臉上的憂戚隱去，盡量作出些神怡的笑容，道：「小姐的病已無大礙，現仍須繼續服藥，主要滋補久虧暗損了的血氣。」

黃霙欣然地報以嬌甜的一笑，如釋重負地長吁了一口氣。

曲煥章和顏悅色、語氣堅決地道：「小姐但請放心，只要靜心將息，按時服藥，未幾，便可與常人一般了。」

黃霙忍不住柔聲道：「我現在的感覺，已經和常人一般輕爽了。真是多謝曲先生！」說著，將一雙明媚的亮眸，嬌怯而含情地大膽看了他一眼，又羞紅了臉垂下頭去。

曲煥章怦然心動，一股飽漲的濃情蜜意，撐得他的胸臆裡充滿了甘甜，人活著原來這麼美好，這麼有盼頭，全是因著心中有一份至情至性的關愛，而這份關愛，又被所愛的人瞭解悅納，相知相惜。

診斷畢，翠玉攙著黃霙回房去了。

曲煥章急著要給黃霙配藥，當下也辭別了黃銀豐，黃銀豐令小廝跟他去拿藥。

一路上，曲煥章憂鬱地思量著黃霙的脈象，知道她這隱疾，先天便自欠缺，後天又有虧損，只要能保得不惡化發作，就算不幸之大幸了。可憐她竟不知道自己已病入膏肓。前次號脈，只因女兒癆的脈象，蓋過了緊弦脈，故未察覺，而今診斷出來，心中不免悲切。

又想到，若能娶得她為妻，近旁更好照料調理她的疾病，深信只要自己能常伴她左右，定能阻遏那惡疾的轉變。

返回診所，曲煥章配齊了藥，交給那小廝，又賞他十塊光洋，叫他捎回去奉養父母，話了一陣家常，特別問起黃霙的情形。

那小廝提起小姐素常為人，由衷道：「我家小姐，真是賢良厚道之人，自來一貫憐恤貧苦，每有叫化子上門乞討，小姐總是施金施米，天寒贈冬衣，天熱給單衫，對下人從不擺架子，她的好處，幾天幾夜也說不完呢。只可憐她這麼個好人兒，身子常常帶病，我們私下裡、菩薩前總為她祈禱呢。」

曲煥章聽了，滿臉俱是憐惜，道：「你放心，你家小姐會好起來的，古人道，好人自有好報，我是深信不疑的。」

那小廝應著，喜滋滋地揣了洋錢，拿著藥轉去了。

次日，黃銀豐令帳房先生陳德貴，鄭重送來一只嶄新的白銅水煙袋，幾掛清淳浥潤的皮煙，禮物不算貴重，論交情，卻是更深了一層。最難得的，還有一份敬重的美意。

曲煥章在地方上的名聲日益盛隆，來說媒提親的人也不少，他卻一心一意，只在黃霙身上。

曲煥章思量到，似黃霙這般清逸秀雅的深閨小姐，怎可委屈她住在粗俗的市井，當下便在近郊，覓得一處風光明媚的地皮，買下請工營造。

不久，房屋按照曲煥章的精心設計，竣工了，雖不似大戶人家的高宅大院那麼富麗堂皇，不過青山斜阻下，一灣流水畔，柳煙輕籠，桃杏遮天，粉垣環護，幾間清亮瓦屋，卻佈置得說不出的雅緻幽靜。院牆下，山石峻嶒，苔蘚斑駁，藤葛蔓延。青石板鋪就的甬道兩旁，竿竿翠竹，鳳尾森森，龍吟細細。葉葉芭蕉，漫出一地濃蔭。海棠絲垂金縷，葩吐丹艷。後院又有數株古柏臘梅，草地上養了幾隻蒼秀仙鶴。院牆下，鑿開一隙，開溝尺許，故意引那溪流，水聲潺潺灌入院內，繞階沿屋奔至前院，由竹下盤旋而去。溝旁，更種了些丁香蘭蕙，花開時節，幽香淡雅，沁人心脾。

江川人見了，都讚是個修身養性、清靜納福的好所在。

營造了房屋，曲煥章方才請地方上德高望重的鄉紳，到黃府代為說親。

黃銀豐看準了曲煥章做事堅毅，心思縝密，踏實勤奮，將來定有一番作為，遂不再計較他出身寒微，立即應允了親事。

次年，過了清明，擇了吉日，曲煥章便與黃霙合情合意結成了眷屬。黃銀豐不特辦了厚重嫁妝，還將那侍女翠玉作了陪嫁，又買了兩名小廝，供他們使喚打雜。一時間，這段姻緣的始末，被地方上傳為佳話。

一日午後，黃霙吃畢了藥，只見窗外竹影映入綠紗窗，滿屋內蔭蔭翠潤，几簟生涼。盛夏暑重，無可釋悶，便慵懶懨懨的，嬌無那地斜靠在榻上，正要合眼睡去，只見曲煥章由診所返來，掀開蔥綠撒花軟簾，笑吟吟走將進來，在她身旁親暱地坐下，攜了她清涼素手，放在唇邊吻了吻，道：「吃藥了麼?」

「剛吃過呢，正想睡覺，暑氣這麼重，你回來作什麼?怪辛苦的。」

「店裡無事，心裡掛著你，便趁空轉來看你。」曲煥章說著，情深意濃，細細端詳著她那可愛的好容貌，不由心滿意足地長長吁口氣，憐愛地將她擁入懷裡，道：「我今生何德何幸，竟能娶得你為我妻，常常，總覺得日子好得像在做夢呢。」

黃霙嬌羞地報以一個甜笑，伸手在他面上撫摸著。

曲煥章將前額在她嫩頰上輕輕摩挲，軟語呢喃道：「有一件事，一直想要告訴你。」

黃霙漫聲細語，道：「你說嘛。」

「不知你可曾記得，十多年前，端午節前後，你家門前，來了一個討飯的小叫化兒——」

黃霙無邪地甜笑道：「十多年前的事兒，誰記得？叫化子年年月月，來來去去也不知有多少。」

「不，聽我說，你自是不記得了，我可是死也不會忘記，因為那個小叫化兒就是我！」

黃霙一陣顫然，笑容不見了，眉宇間溢出不盡的憐憫悲濛，她痛惜地抓緊了他的手，把身體緊緊地依偎在他懷裡。

相顧無言地沉默了好一陣，二人的心緒略為平定了，黃霙仰起帶淚的嬌靨，顧惜地凝視著他。

曲煥章將臉貼在她嫩頰上，用手環緊了她，道：「那一天，你穿著鵝黃色鑲黑邊的衣服，美得像從天上掉下來般，記得嗎？你給了我什麼？」

他抬起她的下巴，溫柔地使方巾替她拭去淚痕，又道：「還記得嗎？」

黃霙輕輕的搖著頭，默無一語。

「你給了我一串粽子！那是我淪落街頭，第一次得到的施捨，所以畢生難忘。」

「你哄人的，我不信。」黃霙迷惑的道。

「你不信！真遺憾，就是因為這串粽子，才註定了我們今天的姻緣。」

黃霙凝眸盯了他半晌，一下子撲進他懷裡，嬌柔地說：「緣分，前輩子就定下了，這我深信不疑。那串粽子，我真的不信，太神奇了。」

「我信就夠了。是不！」——以後，曲煥章常常提起這件事，「我還要叫我們子孫後代，不忘這件事。」

他們甜蜜相視而笑，幸福，盡在不言中。

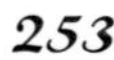

16

暮春三月的黃昏，七、八個形色倉惶的大漢，各騎一匹溜光水滑的馬兒，揚鞭呼嘯著，狂捲著漫天飛揚的塵土，疾速馳進江川縣城。

來到曲焕章診所門前，一行人滾鞍下馬，像堵黑雲帶著冷氣，瞬時遮住了店舖，曲焕章令夥計收拾了物什，正欲返家，冷不防看見這群不速之客，衝著自己而來，不由詫異的楞住了。

那夥人目露兇光，一個個滿臉煞氣，腰間上不是插槍，便是帶刀，全帶著傢伙，一看便知並非善類。

「你想必就是曲醫生了吧？」為首一個大漢，雙手一抱，高高一揖，皮笑肉不笑的道。

「正是，不知有何貴幹？」曲焕章鎮靜的說。

「打擾了，我們想請曲醫生，立即隨我們去替我們的親戚治病。」

「治病？」

「是外傷，請曲醫生馬上帶了藥，趕快跟我們走吧！」——語氣強硬，沒有絲毫的商量餘地。

曲焕章被脅持著，只得令小廝背了藥簍，馬廄裡牽出自家的馬，連家人都來不及通知，便被迫離去。

暮色漸濃，奔出縣城，天完全黑了，黑暗中行了三十多公里，方來到一個山窩子裡的荒村。

村落周遭靜寂無聲，稀稀疏疏的，有黯淡的燈光，從茅屋中洩出來。

那夥人在樹林邊上，囂張地對空鳴了三槍，槍聲打破了午夜的靜寂，立即掀起滿村的狗吠，頓時造成一片騷擾。

不一會，村子裡有人回了三槍，槍聲剛落，便見有人亮著火把，持著傢伙，從黑暗中迎了出來。

「老洪，曲醫生來了嗎？」

「來了，當家的怎麼樣了？」

「還是昏迷不醒，快走吧。」

曲煥章被簇擁著，來到一個土牆高高的大院門前，夜色裡依稀看過去，只見黑暗中，間隔有致的，行走著不少持槍帶刀的人，防衛森嚴的梭巡著，曲煥章倍覺不妙，知道自己分明被帶進了狼窩虎口。

忐忑不安地走進門來，院中堆著幾堆木柴，燒著熊熊的大火，火光照得滿院通亮。木格窗戶透出柔黃的燈光，土階下，拴著幾匹體型壯觀的馬兒。許多端著刺眼傢伙的人，戒備警惕的立在四周。

厚重的木門嘎呀著啟開了，曲煥章隨著為首的幾個大漢，屏息歛聲走了進去。

先前那個叫老洪的，壓低了嗓子，說：「曲醫生，救人如救火，請高低暫且委屈一會，我們當家的受了重傷，先替他治了病，我們再伺候你休息吃飯。」說著，掀開門簾，帶他走進了房間。

只見床上躺著一個渾身傷口、血人兒似的大漢，緊閉著雙目，呼吸沉重，陷在昏迷休克狀態中。

曲煥章怵目驚心，惶悚地蹙著眉頭，立即替他檢視傷口。

原來那『當家的』，身上中了二十多刀，還挨了三、四槍，肋骨斷了好幾根，一顆子彈嵌在胸前的骨縫內，肩胛骨打碎了，皮肉裡也有許多碎彈片。

那幾個為首的，面色凝重，焦憂地站在一旁，緊迫盯人的問：「曲醫生，怎麼樣？」

曲煥章膽寒的倒吸口氣，沉重的搖搖頭，猶豫了半晌，才無奈的道：「抱歉，貴當家的，傷勢實在太嚴重了，已經無藥可救。」

「放屁！」那老洪破口大罵，重重地跺了一下腳，眼睛瞪得銅鈴一般大，殺氣騰騰地切齒怒道，「你他媽的放屁，明白告訴你，今天治不好我們當家的，就請你做陪葬！」說著，拔出腰間的匣子槍，狠狠地敲著桌子。

旁邊另一個匪徒，朝老洪使了一個眼色，較為緩和的說：「曲醫生，你盡量醫醫吧，我們這位弟兄，脾氣暴躁，如有冒犯處，請多多包涵。只是，鳥無首不能飛，我們少不了當家的頭兒，您千萬使出看家本領，治好我們當家的，自有好處報答你。」

「老四，少跟他囉嗦，姓曲的，明白告訴你，我們當家的這條命，現在就交給你了，弄不好，你一家巴拉休想活命！」老洪霸道的說。

這些人殺人不眨眼，說得出，做得出。

曲煥章憤怒又無奈，啟開藥簍檢視一番，內裡還缺少幾種重要的藥，不由更是恐慌起來。

「怎麼樣？」老洪咄咄逼人的又問。

「我只能盡力而為，但是，先前，你們並未告訴我，貴當家的受了槍傷，骨頭縫嵌進子彈，皮肉裡還有不少子彈碎片，所以，有幾樣重要的藥並未帶來——」

那幾個匪徒驚得面面相覷，老洪兇悍的使槍狠狠的揮打在曲煥章面上，切齒罵道：「他媽的，你簡直明明是存心跟我們過不去，怎麼竟連藥也不帶來？」

曲煥章疼痛難忍，伸手掩住面孔，摸了一手黏糊糊的血，一陣氣怒攻心，心一橫，不由豁了出去，道：「話也說明白，缺了這些藥，你們殺了我也枉然，如果明天正午以前拿不到藥，我實在回天乏術。」

老洪暴跳著還要撲打，被另外幾個人勸住了，他們商量了一陣，扣下曲煥章，派人帶那跟來的小廝，返江川去拿藥。

曲煥章便替那當家的治療傷口。

那當家的身上的刀傷，刀刀深及骨骼，肉翻血凝，說不出的淒厲恐怖——全是些置人於死地的重創。

曲煥章取出藥來，悉心治療。

凌晨，小廝取藥趕來了，曲煥章配齊了藥，用香油調製成膏，攤在一塊紅綢上，貼在當家的彈洞傷口上。

翌日，揭開紅綢，只見那粒嵌進骨縫內的子彈、彈片全部被吸拔了出來。

曲煥章施展出師父所傳，又替那當家的接骨療損。

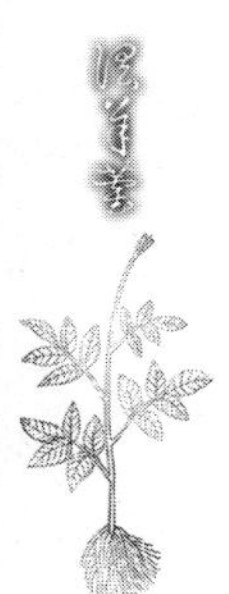

那當家的昏睡了幾天幾夜，第四天傍晚，終於醒過來了，曲煥章這幾天卻度日如年，受盡了煎熬和恐嚇，令他更驚異的是，這當家的，就是赫赫有名，流竄雲、貴、川的大匪道吳學顯。

吳學顯在曲煥章的精心治療下，傷勢逐漸好轉，斷骨接癒，連碎散了的肩胛骨也合原歸位，慢慢再療養一段時間，便可復好如初。

這一日清晨，曲煥章起床後，梳洗畢，巴巴地算算日子，不覺竟已離家一月餘，心中無時不惦著嬌妻，黃霎正是懷孕將屆分娩，莫不要受了驚嚇，動了胎氣，急出病來……想著更是憂心如焚，歸心似箭。自從被迫來到這個土匪窩，雖曾央那個老四，派人捎信回家去，想到這些日子來，令黃霎日夜懸盼，擔驚受怕，不知自己何時方可脫身返家，一時間，真是五內如絞，說不出的焦躁難耐。

正在發愁，一個嘍囉來請，曲煥章連忙跟了出去。

土階前，吳學顯日漸有神，斜躺在籐椅上曬太陽，身上半擁著毛毯，看見曲煥章，他那蒼白瘦削的面孔，閃過一抹笑意，指指身旁的椅子，說：「曲醫生請坐。」

曲煥章拘謹地道：「多謝吳爺。」

「不用拘禮，我這條命，還是靠了曲醫生才撿回來的，往後，我們以弟兄相稱吧。」吳學顯由衷感激的說。

「不敢，吳爺太抬舉了。」曲煥章知道與這些江湖是非之人，最好是敬而遠之。

吳學顯原是滇中秀才，光緒末年，清室以內外情勢危迫，廢了科舉制度。吳學顯見仕途無望，便丟掉筆桿子，嘯結了一班江湖豪傑，招兵買馬，占山為王，企圖仿效北洋軍閥，用槍桿子在大西南，打出一片天下來。

吳學顯年紀四十左右，身材修長，面目清瘦，由於久經風險的歷練，他那被戰禍剝蝕的面孔，揉合著鋼鐵般強悍的意志，及一份讀書人儒雅的氣質，他的神態不怒而威，自然地溢露出那種領袖的氣度，令人肅然。

吳學顯道：「曲醫生太見外了，江湖之人最重的是義氣，你我之間，如今情同手足，今後定當患難相助。這幾天，我覺得身體大致痊癒，精神也好多了，想你離家這些日子，心中必定牽掛，今日，我就令兄弟送你回去吧。」

曲煥章大喜，連忙道：「多謝吳爺開恩！」

吳學顯見他如獲大赦，心中有些不悅，轉念一想，人家分明是被挾持而來，一心思歸，乃人之常情，不由慚然道：「我才是大恩不言謝，吳某無以為報，今特備了一些土產薄儀，聊表心意。」說著，朝身旁的老四使了一個眼色。

老四便接著道：「曲醫生，吃過早飯，禮物打點好，我們就送你返家。」

「看，這裡有二十馱鴉片和洋錢，是我們當家的送你的。」那老洪自以為豪爽的說。

土階下大院中，散置著許多馬鞍子，吳學顯的手下忙進忙出，正在把一砣砣上好的鴉片，打點成馱。幾個有點地位的，幫助管帳先生，正在清點一封封的光洋裝箱。

如此厚重的禮儀，令曲煥章受之有愧，當下連忙婉拒，道：「吳爺厚愛，我心領了，這些東西，我是萬萬不能收受的，還是請吳爺免了吧。」

「曲醫生不收，就是看不起吳某。」吳學顯蹙著眉不高興的說。

「不敢！吳爺這般重禮，本是一片美意，但吳爺既以兄弟看待，就不該再將這些身外之物，羞辱曲某貧寒！」曲煥章堅決的拒絕道，況且，這些來路不明的財物，誰知道沾了多少血腥罪惡，他是說什麼也不肯接受的。

吳學顯見曲煥章執意不受，感念其誠，也不好生氣，只得作罷。卻令手下取出一把短劍，贈給曲煥章作紀念。這把短劍，原是江湖綠林的密令暗號，持者便有發號施令之大權，如果有事只要示劍，綠林中人便會竭力效勞。

曲煥章卻不懂得這樣一把劍，對自己有何用處，本欲不受，又恐過分違拒，拂逆了吳學顯，念他確係一番真心實意，權且裝作感激不盡的樣子，接了那把短劍。

那短劍長約尺五，鯊魚皮製的鞘，古樸堅韌，拔出來一看，冷颼颼、明亮亮，如秋水般，雙刃劍鋒卻是鈍圓的刀口，劍上刻有兩個篆字『定遠』，柄是象牙鑲赤金。這樣一把劍流落民間，只可當作裝飾，或是孩童的玩具，對贈劍人那番持暴力以自傲的狂妄，真是一種嘲諷。

■

馬蹄翻飛，疾如流星，捲起漫天塵土，狂奔進江川縣城，曲煥章回到家門，已是午後。開門的小廝看見他，興奮的連聲呼叫：「先生回來了！先生回來了！」

翠玉忸怩作狀地衝他笑了笑，輕佻的扭著腰肢，又進去了，軟簾隔不住她喜悅的歡叫：「小姐，真的是先生回來了。」

黃霙嬌弱無力，不勝落寞憂戚地斜躺在長榻上，她身上穿著素淡的月白緞裳，銀綾百褶裙，掩不住她隆起的腹部，那孕育著小生命的部位，令她有不勝負荷的疲累。看見曲煥章，黃霙睜著一雙悲愁的哀眸，相顧無言間，蒼白的面上，先滾下兩行淚來。

劫後歸還，夫妻相見，真是恍若隔世，說不出的悲喜交集。曲煥章深情地凝視著愛妻，不由怵目驚心，但見她櫻唇紅退，杏臉香枯，愁容憔悴，一副風摧雨殘的失色花容，令他絞心痛腸，萬般疼憐。

他急忙走過來，一把將她攬進懷裡，二人恩愛地緊緊擁抱著。

曲煥章悲濛地感到，愛妻的身子竟是如斯的消瘦單薄，不由沉重地握住了她的柔荑，心酸酸地嘆著氣，溫存地嘆道：「你怎麼這樣多愁怯懦，何消這等操心焦急，看，竟瘦成這個樣子……」說到這裡，哽咽地噎住了。

「你好好的回來，我就放心了！」黃霙滿足地抬起臉來，嬌羞而溫柔，含淚笑著。

這一個多月來，黃霙無一天不以淚洗面，茶飯無心，夜不能寐，一心只掛著丈夫的安危。正是花原自怯，怎耐狂飆，柳本多嬌，豈禁驟雨？一場驚嚇，更把她那舊病隱疾，全引發出來，身體便日漸

羸弱，漸次黃瘦下去。

曲煥章號了她的脈，知已動了胎氣，那一直潛伏的絕症，未幾，次第惡化起來，他雖然想盡一切辦法，悉心地替她醫治調理，卻始終未有起色。

每當擁她在懷裡，感到她嬌弱的身體，一日比一日單薄，內心那恐懼空洞的愴惶，便越來越嚴重。他在悲絕中，倍感自己的無能，愈加勤奮的鑽研醫術，期冀早日深索出一種萬應藥方，能治好嬌妻的痼疾。

黃霙在疾病的熬煎中，漸屆分娩。

這一日，窗外下著霏霏細雨，黃霙嬌軟無力的斜躺在榻上，曲煥章坐在上首，讓她枕在自己腿上，使一條羊毛毯蓋著她，榻前的小火爐，文火煨著一罐藥，縷縷藥香，溢漫著在屋子裡。

黃霙恬靜安詳，幽柔地望著窗外的梧桐芭蕉，被雨水打得綠亮綠亮的，片片竹葉，青翠濕潤，襯著幾株帶雨沾露的海棠花，生出一種淡雅、淒柔的美來。猛地，一抹難以名狀的蒼涼悲愴，悄悄地襲上了她的心頭。

曲煥章感到她在瑟慄，連忙握住她冰涼的素手，關切地道：「小霙，你在想什麼？」

黃霙將視線停在他面上，寂然凝視了片刻，伸出一隻素手，攬住他的脖子，嬌柔地說：「我覺得要是能永遠這樣下去，就太好了，今生今世，我什麼也不求，只求能與你長相廝守。」她說著，拉過他的手，壓在自己隆起的腹部上，「再過幾天，他就出來了，你感到沒有，他正在動呢！」

曲煥章暈眩了，心酸地閉上眼睛，好不容易撐出一片笑容，故作輕鬆的道：「如果是兒子，替他取名做曲萬賜，我這條命，原就是萬福伯從狼吻下搶回來的，這孩子更是拜他所賜了，你說好不好？」

「好啊！但如果是女兒呢？」

「是女兒麼，就叫她做纖纖，你說可好？」

黃霙柔媚地笑了，這原是蘇東坡的詩句——『晚雨纖纖變玉霙』，如今曲煥章把她倒過來，玉霙之女是纖纖，也是要感謝愛妻為他孕育子嗣之深情。

曲煥章見藥已煨釅，親自將藥倒在細磁碗裡，又調了一碗蜂蜜水，用湯匙將藥攪至溫涼，體貼地餵她吃藥。

黃霙虛弱地靠在他臂上，仰首衝他撒嬌笑道：「這藥好苦，太難吃了，以後，你發明一種藥，開水沖服下去就好，又方便又不難吃，不是看你面，我真不要再吃這苦藥。」

黃霙艱難地飲完那碗苦藥汁，曲煥章連忙接過空碗，一隻手又端過蜜蜂水，黃霙喝了幾口，覺得太甜膩，受不了，推開去，曲煥章的溫開水，已遞將過來。

剛吃罷藥，忽聽外面有人在呼叫，賣糖炒栗子呢。曲煥章連忙叫小廝買來一大堆，夫妻二人一面纏綿細語，一面吃栗子，漫長的雨天，倍覺恬淡溫馨。

翠玉替他們送來一壺香濃的熱茶，曲煥章大大抓了一捧栗子，叫她也吃些。

黃霙笑著打趣，道：「唉，你看，翠玉原是這般伶俐聰明，又善解人意，體貼周到，我自是一刻也離不了她，我說，你不如納了她吧，往後，也就不用顧慮她會離開我們。」

翠玉羞紅了臉，忙裡斜飛起那雙丹鳳眼，含春帶嗔，瞟了曲煥章一眼，扭著一段纖腰，輕盈地跑到外面去了。

她並不去遠，只坐在臺階上納鞋底，這鞋是做給曲煥章的。她豎直兩耳，悄悄聆聽著他們的情話。黃霙半認真半開玩笑地又道：「你可曉得，我爹使翠玉作陪嫁，原就是要你收她做偏房。」曲煥章笑而不語，這意思，黃銀豐早就明白告訴過他了，他愛黃霙如此深情，再也容不下任何人。黃霙又道：「我跟你說真格呢，你怎麼不理不睬，你也不必瞞著我，我這身子一日不如一日，萬一我有個三長兩短，收了翠玉，你也好有個幫手內應……」

「你呀，何苦忍心說這話來嘔我？」曲煥章急了，蹙眉阻止她再說下去，「好好的，怎麼就講出這些斷腸話來——」

黃霙撲進他懷裡，悲切地啜泣起來，嗚嗚咽咽哭了一陣，揩著淚又道：「這件事早就想對你說了的，看你全無意思，我又思量怕今日不說，以後再也來不及說了……」

「求求你，別再這般折磨人好不好，再說喪氣話，我就立即把翠玉嫁到更遠的地方去，你如果嫌棄房事，我並不曾強迫，何苦定要陷我！」曲煥章不悅的說。

黃霙見他拒不答應，也不便再提，曲煥章溫柔地替她拭著腮上的淚，夫妻二人默默地依偎著，沉寂中，只有雨聲淅瀝，心音清越，一種大限將至的畏怯恐慌，不祥地籠罩在他們心間。

不覺過了端陽，黃霙分娩生產了，穩婆這邊廂剛把嬰兒接下地，黃霙那邊廂就血逆上衝噤了氣，連話都不曾留下一句，就匆匆離開了這個世界。

生下來的，是一個瘦弱的男嬰，穩婆替他們僱請了一個奶媽哺育。

黃銀豐痛聞女兒不治而逝，頻頻跑上門來痛罵曲煥章，恨極地道：「你連自己的老婆有病，都醫不好，還充什麼醫生？趁早把招牌砸了吧。」每天都來大鬧一通，敲桌子打板凳，摜東西摔物件，又哭又罵，鬧得雞犬不寧。

曲煥章早夭了愛妻，一時間萬念俱灰，若不是為了那初生的嬰兒，他真想仰藥自盡，呵護愛妻一同奔赴冷黃泉。

黃霙的靈柩停了七天，下葬後，黃銀豐依然瘋瘋癲癲來打鬧，曲煥章心灰意冷，早把一切置之度外，更是麻木地任由岳父責難。

不覺過了三七，黃銀豐才陸續的不大來施以精神虐待了。

深秋晚涼，露階苔寒，匝地悲聲，盡皆秋蟲啁啾。軒窗寂寞，屏障蕭然，曲煥章淒惻惻地坐在孤燈下，泣血斑斑，對月傷悲。

翠玉抬進一爐紅滋滋的炭火，體貼的放在他的足前。這小火爐，原是用來給黃霙煨藥的啊！如今屋空無人，怎可再對這遺物？

「抬出去！抬出去！」曲煥章情何以堪，連聲呼叫，不忍再睹物思人。

翠玉憫然地望著他，低聲道：「晚上冷，那就到床上去躺著，養養神，也暖和！」

翠玉替他鋪好床，攙他去將息。

蓉帳香殘，孤衾有夢，伊人何在？伊人何在？

曲煥章驀然坐起，踉蹌踱出房來，只見清冷的月霜，幽幽地灑了滿地。夜風裡，梧桐片片，飛墜下來，落在溪裡，隨波淌去，流水嗚咽，似在追隨故人而悲。

恍恍惚惚，但見黃霙飄然而至，拉著他道：「你我塵緣已盡，悲傷有何益？不如用心去鑽研醫藥，像太上老君九轉百煉，丹成百寶，用以濟世救人，方不致辜負你疼憐我的一片真心。」說罷，化作一縷輕煙，嫋繞升向虛無太空。

曲煥章欲待呼喚，一陣冷風吹過來，才知是南柯一夢！仰天悲蒼長嘆，那裡還有愛妻音容！芳蹤不可尋，只望來生再相逢。

這一段陰風慘慘的日子裡，全賴了翠玉忙裡忙外，細心養育黃霙遺下的弱嬰。翠玉是個心思縝密的人，每日裡，除了讓嬰兒就乳母吃奶，總是把來黏在自己身邊，白天揹在背上，捧在懷裡，料理家務。晚上便抱了做一床睡。日久，那嬰兒自然養成了依賴她的習性，一刻也不可離了她，儼如親生母子一般親切。

翠玉那等愛惜疼憐黃霙之子，街坊鄰舍見了都讚不絕口，直誇她忠實賢良。

曲煥章沉陷在喪妻之痛裡，難以自拔，白天照例到診所治病賣藥，回家來，便獨自關在房中看書，研究醫藥。

他下定決心，要製造出一種萬應諸般雜症的藥來，以紀念愛妻。

立冬後，天氣一日比一日寒冽，朔風吹得甚緊，空中飄飄揚揚的下起雪來，曲煥章獨自在房中看書，翠玉身上揹了孩子，抬進一壺滾熱的濃茶，一碗熱氣騰騰的黃精白芨枸杞等熬得酥爛的補藥，放在桌頭，柔聲說：「你快趁熱吃了吧。」

曲煥章依言端起那碗滋補的藥湯，香甜的吃了起來，眼睛依然看著書。

翠玉將熱茶傾在瓷杯裡，又在火爐裡加了些炭，通了通，使扇子輕輕搧紅，看見曲煥章的狐皮大氅掉在地上，連忙撿起來，在火上烘得熱呼了，抖開來，替他披在背上。

一股愜意的溫暖，使曲煥章倍覺心動，他不由放下空碗，抬起頭來，難得的笑道：「翠玉，這些日子，真是苦了你了！」

——不知盼了多久，才盼到了這句話！翠玉一陣激動的瑟慄，未語先流下淚來，顫巍巍地哽塞道：「還說呢！娃娃都半歲多了，也不曾看見你抱過他一次。」

曲煥章如夢方醒，頓感萬分自責，不由惶愧地看著自己的兒子，這原本孱弱瘦小的嬰兒，如今竟長得又白又胖，正瞪圓了一雙酷似黃霙的杏仁眼，咿咿唔唔的唱鬧著，衝著他笑呢。

痛責自己不該忽視了孩子，一股父愛的慈祥，令他僵冷的心柔和溫融，他由衷地道：「翠玉，放他下來，讓我抱抱他。」

翠玉解開揹帶，把孩子放下來，曲煥章憐愛的抱了過來，在他胖呼呼的小臉上不住親吻，父子連心，天性使然！他真不明白，自己何以現在才發現，還有這個孩子，可以給他生活的慰藉。他真感謝黃霙，竟留下了這個孩子，使他才有勇氣，在絕望中掙扎著活下去。

那孩子在他懷裡，不自在地哇哇大哭起來，兩手伸著撲向翠玉，兩腳亂蹬著，一心要離開他爹。

曲煥章知他認生，不由心疼地自嘲道：「憨娃娃，是爹把你丟生了。莫哭莫哭，爹抱抱你，沒了娘，好歹還有爹嘛！」小娃兒仍舊撲騰著，執意不要他爹抱，只管不住哭啼號叫。

曲煥章無奈道：「翠玉，他認人呢！不要我抱，還是你抱了他去吧。」

翠玉接過孩子，萬般珍愛的抱在懷裡，心肝寶貝的叫著、拍著，那小娃到了她懷裡，立即安安靜靜的不哭不鬧了。

曲煥章悲哀地不大自在的嘆口氣，解嘲地道：「這娃娃，看他那樣子，已經把你當做他媽媽了呢。」

翠玉怨尤地聳起柳眉，一雙含嗔的丹鳳眼，大膽地睨著曲煥章，道：「還說呢！我真是把他當做是自己親生的呢！可憐他一生下來就沒了娘！」說著淚水滾珠兒似的墜下來，哽咽著，又道：「更可憐我家小姐，生了這麼個可愛俊俏的兒子，卻無福……」

曲煥章悲涼地沉默著，靜寂中，只聽見爐子裡的火星兒在飛爆。

翠玉期待的作腔作勢，那副淒怨的落寞憂傷的樣子，倒真有幾分令人憐惜呢。

曲煥章無言地長嘆一聲，推開碗，轉過身，埋頭又看起書來。

翠玉見這光景，失望地呆了片刻，忍了忍，不動聲色地收拾了空碗，抬著出去了。

曲煥章聽見她坐在客廳裡，心中有意無意的，不覺對她有些留心起來。

一天晌午，曲煥章從外邊回來，掀開厚簾，只見孩子已經睡了，翠玉穿了一件艷紅撒金碎花夾襖，向著火，坐在搖籃邊，在縫一頂小孩戴的虎頭護耳帽，她縫幾針，又伸手輕輕晃一晃搖籃，縫幾針，又蹙眉低低嘆息一回。

曲煥章見了這副情景，內心一陣激動，不由關切地道：「外面化雪呢，化雪比下雪更冷，你怎的穿得這樣單薄？火盆的火也快熄了，當心著涼，你再弄病了，我越發難了。」

翠玉先就聽見他的腳步聲，此時故意裝作驚訝的抬起頭來，幽怨滿腹地瞅了他一眼，嘴角顫動牽扯著，慌忙低下頭去咬線頭。

曲煥章拿起畚箕，加了些炭在火盆裡，一面煽火一面說：「當心點，身子要緊，小萬賜和我，如今全靠你了。」

翠玉奪了扇子，搧著火，噎拽著，半晌才迸出一句話來，道：「像我們這等給人做丫頭老媽子的，還是早死早好，苦死累死了還不是白搭，反正總是沒出頭之日的。」

曲煥章想不到她竟說出這種怨氣衝天的話來，一時有些招架不住。俯視著熟睡的孩子，不期然的又想起了亡妻，頓時五內翻絞，如刀剜碎剮，怎還去顧及翠玉的心事，當下廢然頹喪地一聲長嘆，轉身進房去看書研究醫藥了。

翠玉做張做致，見曲煥章始終漠然置之，不由越發冷了心。

臘月將盡，眼看快要過年了，翠玉一大早揹了孩子，收拾了幾件衣物，進來對曲煥章說：「我媽昨天託人帶信來，叫我回家去過年，又說，我爹犯了咳疾，叫我跟你討藥去吃，我也想順便去看看我爹娘。」

曲煥章知道她是想回去散散悶，解解煩，當下立即應允了，配了幾劑止咳藥，令她帶回去給她爹吃，並封了一百塊光洋，叫她拿回去孝敬父母。

末了又道：「你一年也難得回去一次，不如將奶媽帶去，多在鄉下住一陣，家裡反正有陳媽和來喜，你不必惦掛。」

「我有什麼好惦掛的，只要你眼不見心不煩就好了。」翠玉嘟著嘴，只管拿眼睛逼視著他。

曲煥章裝著充耳不聞，低了頭又去弄那些藥。

翠玉心裡空落落的，不知何以依傍，賭氣的含了滿眶淚，藥也不拿，錢也不要，扭頭出去了。曲煥章急忙令小廝將藥和錢送上轎去給她。

翠玉無可除煩，怏怏回到鄉下，在家中住了幾日，早已不習慣這農家清貧的生活。卻又因嘔著氣，捺著性子仍自住了下去。每日裡，不免苦苦的思念曲煥章，心上懊悔著，先不該帶了孩子來，讓他留在家裡哭鬧尋覓找她，方使曲煥章知曉自己的重要。轉念一想，還是帶了來的好，小孩子不懂事，三兩天不見，難保不會忘了她，豈不冒險，白拉拉費了一番心思……

正在胡思亂想，曲煥章打發小廝來傳話，告訴她的父母，說主人吩咐，叫奶媽帶了孩子返家去，翠玉如有合適的人家，請他們自行婚嫁，不必再回去了，至於她出嫁的費用嫁妝，他定當悉數承擔辦理。

翠玉原是自幼賣給黃家的，她父母家境清寒，無力可贖，如今聽得這好消息，自是歡欣不已。

翠玉聽了，卻冷笑著，對那小廝道：「你且先轉去，告訴先生，這孩子是我一把屎、一把尿拉拔大的，要我們分開，也不是這麼輕而易舉的一句話，我隨後就來，倒要親自去與他論長短。」

那小廝原就怕她的，當下唯唯諾諾，先自轉去了。

翠玉立即揹了孩子，收拾了物什，僱了兩乘轎子，與那奶媽連忙趕回縣城。

見了曲煥章，翠玉哭訴道：「我究竟做錯了什麼？你這等嫌棄我，要趕我走！我們終究是做下人的，本來不該這般造次多嘴，因念你也是苦人兒過來的，才敢跟你問個端詳，說出來是我錯了，任憑你發落。總不成這般打發貓狗般，半點情分不講，就攆人……」

那孩子見翠玉悲酸啼哭，也受驚的在背後哭了起來，翠玉涕淚橫流，把孩子解下來，抱在懷裡搖拍哄慰，又道：「我與小姐名是主僕，卻情同姊妹，小姐在世時，一再叮囑我，死活跟定你，如不是看小姐情分，莫說你趕我走，只看你冷冰冰、硬錚錚的鐵石心腸，我逃走還來不及呢。又可憐小萬賜沒了娘，把我當做娘。今兒個你嫌著我，要強把我們母子分割開……小姐……」說到這裡，索性把臉埋在孩子身上，哭得淚人兒似的。

曲煥章捫心有愧，無言以對，沉寂了片刻，方道：「翠玉，不要再哭了，小心哭傷了身子。你且聽我與你說，自小姐走後，我何嘗不知道，這個家裡裡外外全靠了你撐持，我就是不忍再拖累你，顧惜你的青春，也不肯耽誤了你的前程，才作了這樣的決定，何曾是嫌棄你……」

翠玉冷笑了一聲，抬起頭來，道：「還提什麼我的青春、我的前程，這江川人誰不知道，我是小姐的陪嫁，是你的偏房，註定了生是你的人，死是你的鬼！離開了你，我還有什麼前程！」

曲煥章驀然恍悟，才知道事情早已成定局，愛妻走了，自己還得活下去，孩子還得活下去。當黃霙的光芒逐漸斂縮隱退，才發現翠玉早已成了他生命中的另一部分。

看著孩子偎依在她懷裡，難分難捨，孺慕依依，他怎麼忍心再拆開他們？當下認命嘆道：「翠玉，你也別哭了，坦白告訴你，不是我心中沒有你，而是不敢這般張狂自大，白白糟蹋了你。」

翠玉含嗔，狠狠白了他一眼，道：「你狠了心，趕我走，才是糟蹋我呢。外面的人，早已認定，我是你的人了。你攆我回家去，才是叫我不清不白，再難做人的……」

曲煥章嘆口氣，動容地走過來，撫著她的肩頭，由衷道：「是我疏忽了，只是，如此太委屈你。窮人家的女兒也是人。往後，我仍是把你與小姐一般看待的。」他的意思是，決不分什麼大小偏正，一樣是夫妻的情分。

自此，翠玉便跟了曲煥章，次年，黃霙忌辰周年後，他們才圓了房，正式成為夫妻。

17

隨著時光的流逝，曲煥章的心緒漸漸平復，翠玉持家勤謹，精明能幹，家中事一概不需他操心，使他更能專心專意行醫治病，研究藥物。

曲煥章越來越發現，藥物的功用，只要發揮到極處，盡皆是奇珍仙草，「物到極處無奇巧」，中藥的奇巧玄妙，說穿了，也不過是君、臣、使、佐的搭配，分量輕重多寡的拿捏，熱寒虛實的消長……

一日，四匹馬拖著一輛大車，從下關馬不停蹄趕來，原來這是大理採石場的工人，因山石坍塌，十多個工人受了輕重傷，重者有腿骨、臂骨被巨石打碎斷折，輕者也是皮開肉綻，曲煥章將積數年經驗所創新藥，替他們一一醫治，無不完好如初。

這些採石工人痊癒返去後，不久在蒼山玉帶橫亙處，採得一塊奇罕名貴大理石，石現雲紋，有如細水墨花，堆雪積雲，白霧蒸騰，濃淡有致，一左一右，兩邊各隱約現出一條夭矯蟠龍。屏息凝神，站在幾尺開外，靜靜觀之，便見那兩條龍逐漸清晰，活靈靈，逼真真的，似乎動了起來。越看越覺得這兩條龍張牙舞爪，長鬚飄飛，彷彿在雲霧中蜿蜒游騰。稍一走神，眨眼換氣間，那兩條龍便依然隱沒在翻滾雲霧中。

工人得了這塊奇石，細加琢鑿打磨，又合資請精巧木工，將這塊大理石嵌成雕夔龍護屏風，送給曲煥章作報答。

時常，也有住在深山的山民，無以為報，便將野味山珍來作饋贈，鄉下農人多以家禽蔬菜和時新瓜果作酬謝，居住湖畔河澤的漁人，送來的皆是肥魚鮮蝦，這些雖不值什麼，卻也是一番至誠的感激。

翠玉作了當家娘，裡裡外外操持得井井有條，這天早上，陽光初照在樹梢上，翠玉坐在臺階上，低了頭一針針替曲煥章納鞋底，只見小廝來喜揹著一個大籮筐，手上拖著一包藥，從外面走了回來。

翠玉抬頭瞅了他一眼，道：「今天又有什麼好東西？」

來喜上得臺階，便將籮筐放下，道：「半隻麂子、兩隻山雉、一隻野兔，還有許多好吃的雞宗菌，先生說，把麂子肉醃曬成乾巴（肉乾），野雉噴酒黃燜，青椒宮爆兔丁，好好弄幾樣菜，先生今天中午要喝酒。」

來喜將手上那包藥，遞給翠玉，又道：「先生吩咐，這包補藥請當家娘蒸子母雞（沒有下過蛋的雞）吃，現在就蒸，蒸熟了照前番連藥渣全吃下。」

翠玉內心回甜，不由冶媚一笑，飛紅了臉，接過那包藥，道：「曉得啦，你且把這些東西先抬到廚房去，叫陳媽切洗乾淨，我等一下再來料理下鍋。」

來喜抬了那籮筐進去，只見兩歲多的小萬賜，吶喊著，在追逐幾隻蜻蜓，柔和的陽光，映在他俊美的小臉上，翠玉見了他，忙叫：「小萬賜，快過來，媽替你擦擦鼻涕。」

小萬賜正玩得高興，那裡肯過來，只胡亂使袖子抹去鼻涕，又連忙去捉蜻蜓。翠玉見了，不由蹙起眉頭，罵道：「骯髒死了，越大越頑皮，越發不聽話了。」說著，撂下針線，搶上幾步，抓住小萬賜，使手巾替他擦淨了，再讓他去玩。

回到臺階上坐下來，望著小萬賜快活的嬉戲，翠玉不由怔忡出起神來，想到圓房已有一年多了，她俱不曾有孕，近日，既惟恐自己有不育之症，又擔心己無所出，會失去丈夫的歡心，不免愁煩悒悶不樂起來。

看著日益長大的小萬賜，翠玉不由又想起了黃霙。

黃霙，黃霙！自她之後，曲煥章再也不曾愛過，一種前所未有的酸澀淒苦，令翠玉內心攪起無名的妒火，細細思量，曲煥章每與她相處，總不似以前與黃霙般恩愛甜蜜，他那副心不在焉、神思空濛、冷淡漠然的神態，只有在看見小萬賜的時候，才會流露出一抹欣慰的歡悅，翠玉清楚他心裡想著什麼，不由更為自己感到委屈和悲哀了。

他心裡根本沒有她，疑惑地凝視著擱在針線筐裡的那包補藥，翠玉不再像往日般快樂了，往常她總是自我安慰地以為，這補藥是曲煥章對她關心的表證，她不明白，為什麼每個月經期前，曲煥章都要叫她吃這藥？

此番，她恍然大悟，這藥，一定是吃了教人不會受孕的，她也明白，他不要她生育，完全是為黃霙的兒子著想。

翠玉想到這裡，倍覺傷心，恨火滿腔，立即將那包藥，丟進廁坑去了。

曲煥章思量翠玉每次總是信賴地將藥吃了，漸漸不疑有變。

誰知不久，翠玉以勝利者的姿態告訴他，她有孕了，曲煥章驚異的問起來，翠玉冷笑：「你那些好藥，原是叫人吃了斷子絕孫的，每次都被我丟進廁坑去了。你做人也太過分了，小萬賜跟我親生的有什麼兩樣？你竟這麼防著我，我生的難道就不是你曲家的孩子？」

曲煥章見木已成舟，只有認命道：「我的意思，只要你不偏心，始終好好對待小萬賜，我又何嘗不喜歡多子多孫呢？」

翠玉次年生下一個兒子，取名曲萬增。

翠玉生了一個兒子，漸漸拿大起來，妒性使然，她對小萬賜，偏心日益重，背底下，常常惡言嫉色，打罵頻繁。

一天傍晚，曲煥章自外面回來，撞見小萬賜怯憐憐地站在翠玉面前，畏縮縮的惶恐著，翠玉厲聲吼道：「你往前些，我是老虎，會吃了你麼？」

小萬賜膽怯地站著不動，翠玉鐵青著臉，上前一步，揪住他的耳朵，扯將過來，一個耳刮子狠狠搧了過去，衣襟上拔下一顆納鞋底的針，向他身上亂戳，一面罵道：「有娘養無娘教的短命佬，養了你做什麼用？只會坑人害人，不如戳死了，丟出去餵狗——」

小萬賜嘶啞的號哭著——

曲煥章見狀大怒，暴聲喝道：「翠玉，你怎的好下得手，打孩子竟打得這般狠毒，未免太過分了！」

翠玉仗著自己生了兒子，有恃無恐的道：「天底下，最難做的就是當後娘，他做錯了事，我不過管教他一下，你就這般護短阻攔，這麼著，以後我再也不管他！好歹由他去！」

「不過四、五歲的娃娃，會犯什麼大錯？值得你這麼又打又罵？一個勁往死裡邊整！你究竟安什麼心？」曲煥章把小萬賜抱進懷裡，萬般疼憐的呵護哄慰。

翠玉潑聲浪氣的大哭起來，道：「好！只有你們是人！我們母子貧賤人家出身的，怎比得別人千金小姐生養的……」

「你給我住嘴！」曲煥章氣得怒吼，「怎麼會有你這種不通情理的東西？惹我心橫了，把你母子都攆出去，才安靜，拿大也不是這等拿法，太過分了！」

翠玉解下背上的曲萬增，抱在懷裡，放賴地一屁股坐在地上，把頭直往牆上撞，一把鼻涕一把眼淚的哭罵道：「好好好，你既嫌著我們，不如把我們毒死更乾淨……來世也投生那富貴人家做千金小姐，免得一輩子低賤抬不起頭來……」

正在鬧得不可開交，小廝來喜進來稟道：「先生，外面有人找，說是從烏蒙山來的！」

曲煥章內心一懍，連忙抱了小萬賜趕出來，門外，只見兩個彪形大漢，各牽著一匹高頭大馬，見了曲煥章，雙手高高一揖，道：「烏蒙山吳爺有請！」

■

烏蒙山，由貴州境內的畢節，迤邐到雲南的彌勒，南北約五百餘公里，東南兩百餘公里，大部分

在雲南境內，聞名遐邇的大土匪吳學顯，就以烏蒙山作為盤據的據點，吳部的大本營便設在這裡。

烏蒙山，可粗略分為石山和土山兩種，石山高，昂昂然高出雲表，峰巒幽蒼，氣勢雄渾。土山低，沃沃然肥美如膏，坡度平緩的，多被山民闢為梯田農地，種植五穀，每歲豐收，糧草分外充足。

烏蒙山，到處有岩穴洞窟及火山口的痕跡，天造地設的暗流伏道，四通八達，流水溪泉潑潑不絕。

曲煥章隨著來人，騎馬來到了烏蒙山，進得山來，便見兩頭河（註：河名），各從一個相峙的岩穴中，如雲河倒瀉般噴吐而出，相對洶湧瀉入山谷，撞擊亂石，激起節節水花，碎玉飛雪般的翻滾而下，遠遠看去，有如兩條水晶飛龍，由谷底騰起，向兩邊岩穴內鑽去，令人忍不住嘆為觀止，連聲叫絕。

到了山寨，探子早也飛馬稟報，吳學顯頭上戴著紫貂大皮帽，穿一件藍府綢面萬字花的短襟夾襖，腰間紮著一條黑色腰帶，褲腳打著綁腿，穿一雙亮黑堂堂的長統馬靴，笑容滿面，親自迎出寨來。

曲煥章連忙滾鞍下馬，兩手高高一揖，道：「參見吳爺！」

「曲醫生別見外，自家兄弟不用這般客套。」吳學顯說著，抱拳回禮，眾嘍囉簇擁著，一行人進了山門。

一條鵝卵石甬路，兩邊皆是蒼松翠柏，路盡山坡上，有幾間結實高大的房屋。正中大堂前，上面懸一匾，寫道：「星輝輔弼」，兩邊一副對聯，寫道：「勳業有光昭日月，功名萬世開太平」，全是吳學顯親筆，由此足可見，吳學顯的躊躇滿志、野心勃勃了。

進得堂內，分賓主坐下，寒暄了一陣，吳學顯摒退了左右，神色鄭重地道：「此番冒昧打擾，勞曲醫生辛苦奔波前來，實在是萬不得已。因拙荊染有痼疾，婦人家原自嬌怯，弱不禁風，病中更禁不得車馬勞累，所以，只有曲醫生多多包涵見諒。」

「吳爺相請，原是厚愛！我甚感榮幸。大膽借問，不知貴夫人之恙是急症，還是慢症？」

吳學顯一提起他的愛妻，面上強悍的氣色隱退了，他的兩眼潤濕，蘊著不盡的溫和柔情，嘆了一口氣，道：「不瞞曲醫生說，我這小妻子，個性倔強，脆弱敏感，不幸身世飄零，際遇坎坷，心靈飽受創傷，經年悒悒愁悶，終日鬱鬱寡歡，是以疾病叢生，懨懨怠疲，一時也說不清是何症狀，只是見她日益蒼白，漸次消瘦，我心中疼憐，常常夜不能寐。每勸無效，又不肯吃藥，可真難壞了我……」

曲煥章怦然，不由動容凝視著吳學顯，但見這位叱咤風雲，生裡去死裡來，求功名富貴於血搏中的江湖豪傑，一旦流露出兒女真情，竟是如斯地分外令人感動。

沉寂了片刻，吳學顯幽幽嘆口氣，又道：「曲醫生行醫數年，經驗豐富，定知心病還須心藥醫的道理，我想請曲醫生在此多待數日，循循善誘開導她，使她開朗起來，疾病便能醫治根除。」

「吳爺說得極是，想當年，家師每替患者治病，首先必顧及內憂，才談外患，婦人之疾，因天性柔弱敏感，且心胸多狹窄，越是那聰明女子，越是愛鑽牛角尖，疾病無不因此而來。」曲煥章說到這裡，有些難言地頓了頓，方又道：「吳爺不棄，錯愛於我，是以才敢斗膽借問，貴夫人之疾既是因素常遭遇不幸，致使心生怠疲，懨懨成病，但不知能否告知一二？」

吳學顯沉寂了片刻，嘆口氣，道：「不瞞曲醫生，我這小妻子原是川中名門閨秀，因受人誘惑，

遂相偕私奔來雲南。那沒心肝的王八羔子，名叫陳清波，是川中破落子弟，原以為可騙得她一些錢財，我那嬌妻天性淡泊，自幼養尊處優，並不懂得錢財的要緊，唯一看重的是情感，他們二人私奔到雲南，陳清波賣了她的首飾，逍遙了一陣，後又在曲靖開塾館教書，日子本來也可維持。陳清波白白生得相貌堂堂，一表人才，卻吸鴉片上了癮，又尋花問柳，賭博鬥雞走狗……只可憐我那小妻子，平常替人做些女紅手工，逢年過節，賣些自個描摹的字畫，含辛茹苦，熬煎度日。陳清波不知聽了何人唆使，去年，竟親自帶了她的影像，尋到烏蒙山來，要將這可憐的小女人賣給我，我許了他十萬光洋。他歡天喜地地立即把她帶了來。我一見之下，唉，真覺得前輩子就愛了她。可憐她為了一片冰雪深情，不惜遠離父母親人，跟這輕浮薄情浪蕩子，私奔漂泊，受盡了諸般痛苦。我氣憤不過，當陳清波帶了十萬光洋下山去了，行到半路，被我令手下宰了。我這小妻子，從此雖然委委屈屈跟了我，卻含恨含怨，不肯原諒我殺了那不義之徒……」

曲煥章道：「吳爺有沒有將陳清波為人告訴她……」

「他們相處數年，陳清波為人，她豈會不知？她實在是太賢良仁慈了，她責我放了他去便罷了，何苦要了他的命。他們之間，固然早已恩斷義絕，我這小妻子最是柔情如水，任憑別人怎樣負了她，總不肯忘了當初一片情。你想，我既寵愛於她，怎肯再留陳清波？這陳清波不獨外表生得貌若潘安，天性更是淫蕩，工於心計，花言巧語，把人賣了，還哄得人柔腸寸斷，與他難分難捨。如此一個妖物，對我不啻是一個威脅，這也是我殺他的原因之一。」吳學顯嘆了一口氣，又道：「我認為一個人活在世界上，要嘛就是沒有真正愛過，如果真正愛過，實在是會為了她不惜一切。我就是這樣！還有一件事，索性也告訴你吧，我那元配，因容不得我重娶，口蜜腹劍，多方陷害，幾次在食物中下毒，俱被我發現，遂提高了警覺，她又買兇，想害了我這愛如命根子的小嬌妻，我防不勝防，又恨她惡毒，一日爭吵中，我氣得把她殺了……」

「啊！」曲煥章倒吸了一口冷氣，不知何當以對。

吳學顯毫無悔疚之色，仍道：「實在的，為了她，我殺人放火，搶劫偷盜，在所不辭。以前，不明白吳三桂何以『衝冠一怒為紅顏』，如今，遇到了如此心儀之人，覺得為她粉身碎骨，尚不足以表此情愛。愛情的魔力足以傾國傾城，可見古人形容並不過分！」

曲煥章不勝唏噓，想起亡妻，倍有同感，只是，把自己的姻緣相較起來，雖然平淡，不似這般令人驚心動魄，這般強烈令人震撼，但那疼憐相愛的深情，卻也是一般的令人生死難忘。

吳學顯不勝苦惱愁悵，站起身來，背負著雙手，不停地在廳中來回蹀躞，長吁短嘆，良久，方道：「請曲醫生先去沐浴更衣，休息養神，吃過晚飯，我再帶你去看我那小嬌妻。」

■

天將晚，殘陽淡抹，霞痕未褪，一輪滿月，已自東山升起，吳學顯披了一領黑呢面翻毛滾邊的虎皮披風，邁著矯健的步伐，領著曲煥章，朝後山行去。

一條青石板鋪砌的甬路，一逕蜿蜒伸進山谷，徑旁衰草蟲吟，秋霜染紅了絕巖楓葉，寒淙冷風，漫吟著刮了過去，天邊，掠過一隊隊北來的雁群，哨音清越，滑翔著越過峰嶺，已是深秋時分了。

山嵐飄渺，涵煙吐霧，一方危崖平整處，面對幽深溪澗，錦墩上，坐著一個身影窈窕的妙曼麗人，她穿一身玄青軟綾繡白蘭花草衣裙，披一襲軟煙羅銀紅霞影紗披肩，仰首向天，攢眉對月，銜悲蓄愁，抱了一張月琴，觸撫著，正在悲聲清歌。依稀婉約，流泉淙淙，藉著水音聽起來，更是說不出的撩人心扉，催人淚下。

吳學顯雙目有情，癡癡凝望，及將走近，卻又放慢了步子，用心傾聽她哀婉的唱道：

……………

日暮風悲兮邊聲四起，

不知愁心兮說向誰是。

……………

為天有眼兮何不見我獨漂流？

為神有靈兮何事處我天南海北頭？

我不負天兮何配我殊匹？

我不負神兮何殛我越荒州？

……………

吳學顯的心痙攣著，疼痛著，兩道濃眉擰緊了，神情悲滄，虎目中淚光瑩然。

那麗人哀怨淒切地繼續唱道：

…………

天無涯兮地無邊，

我心愁兮亦復然。

…………

故鄉隔兮音塵絕，

哭無聲兮氣將咽。

…………

一曲未盡，聲早嗚咽，再也唱不下去了，那麗人情難自己，抱緊了月琴，香肩抖動，淚流滿腮，哭得氣噎心喘。

吳學顯動容地呼叫了一聲：「靈靈！」便急步上前，一把將她擁入懷裡，貼在胸口上，柔聲道：「何苦來，這般折磨自己，令我心疼……」

那麗人無語，只是嬌喘啜泣，吳學顯伸手為她拭淚，道：「看，身上這麼冰冷，一點不注意冷暖！」說著，脫下自己的虎皮披風，溫存地將她裹了起來，又附在她耳畔，軟語道：「別哭了！有客人在呢，當心人家笑！」

那小婦人聞言，慌忙強自抹抹淚，飲泣吞聲，噙住了悲音，啼痕滿面的回過頭來，暮色蒼茫裡，看見曲煥章站在身後，不由羞紅了臉，連忙低下頭去，伸出纖纖玉手，抓住吳學顯的手臂，心跳不已，嬌怯萬狀。

吳學顯攜了她的素手，道：「回房去吧，這麼晚了，外面風大，濕氣又重，你這弱不禁風的小身子，坐在這潮湧湧的岩崖上，怎禁得起寒霜夜霧。」

「你不要管我，我要在這裡看月亮！」她任性的低聲說。

「回房去，打開窗戶，一樣的月色滿樓！聽話嘛！乖，再說，那曲醫生也不好冷落了人家，快走！」

吳學顯牽了她，軟怯嬌羞的走了過來，看她這弱不禁風的模樣，實在令人難以想像，她何以有勇氣有毅力隨人私奔！承受得了那麼多狂風暴雨的摧殘！而今，居然還是一副羞顏未嘗開的柔媚嬌弱模樣。

吳學顯展顏笑著，介紹道：「這是拙荊姓薛名文靈，曲醫生叫她文靈便可。」

「夫人大安！」曲煥章禮貌的道。

「不要叫我夫人！」薛文靈像被針扎刺了般，神經質的道。

吳學顯顧惜的擁緊了她，朝曲煥章使了個眼色，道：「靈靈，曲醫生第一次來，你要心寬些。」

薛文靈揚首望過來，面上有些歉意的淡然笑意，道：「對不起，我不是故意的，我只是太自卑了。」

曲煥章聽她如此爽快的說，倍覺感動，一時不知如何回答，只用一種洞悉瞭解的神色，朝她含笑頷首。

暮靄裡，不由打量了她一番，只見她不過才雙十年華，端莊嫵媚，眉宇含愁，氣質高貴，風采文雅，雖也見過不少雪膚花貌，似她這等飄逸出塵，柔韌並濟的卻是少見，也難怪吳學顯如此愛她如命了。

半山坡上，一溜本色柵欄，圍著一幢古樸別致的小樓，一行人順著雲步石梯上去，迎門檐下，懸著一匾，書著四個字「涵煙小築」，甫進院內，只覺幽香撲鼻，奇藤異蘿，如屏似幔，蒼翠輕垂，及進了房屋，裡面佈置得素雅溫馨，地上鋪著深紫色松柏圖案的地氈。

吳學顯和曲煥章在銀鼠皮墊上坐下來，侍女立即送上清香熱茶，還有兩只白銅水煙袋，一小磁缸上好浥潤煙絲。

薛文靈掀開秋香色流雲蝙蝠軟簾，進房去穿了件黑緞繡白菊內鑲白狐皮長襖，兩手拿了那領虎皮披風，走出來披在吳學顯肩上。

吳學顯拉了她的手，道：「你且先與曲醫生好好談一談，我有事到前面去商量，回頭再來陪你。」又對曲煥章道：「曲醫生不要拘束，與拙荊看了病，也請早些過去休息吧。」說罷，起身離去了。

薛文靈在椅子上坐了下來，沉默凝思著，看著案上噴煙的香鼎，不知在想些什麼，眉頭又輕顰起來。

曲煥章看見粉牆上，掛了些文采斐然的字畫，左下角都有『薛文靈』字樣的橢圓印章。細細觀賞，

那幾幅山水花蟲圖，畫得果真極為精湛，其中仕女圖尤為佳妙。案桌兩側，掛著兩幅長聯，是用相當嫻熟的隸書錄的昆明孫冉翁舊句——大觀樓長聯，左聯下方，也有『薛文靈』印，便知這也是她寫的了。

曲煥章不由讚道：「夫人真不愧是蜀中才女，畫得這麼好的畫兒，寫得這麼好的字兒。」

薛文靈和氣的嫣然一笑，道：「曲醫生過獎了，不過是閒來無事，胡亂塗抹，當個消遣罷了。」

「夫人太謙遜。」

「請不要叫我夫人，叫我名字就好。」薛文靈懇切的說，面上飛起一道赧紅，很歉然的樣子，「叫我夫人，會令我想起，我終究是個強盜土匪窩裡的押寨——」

「那麼，請容我大膽問一句，你如此悒悒寡歡，是否嫌吳爺不該落草——」

「不，我倒也不這般迂腐，古語有道：成者為王，敗者為寇。不過，我覺得，個人的野心抱負，畢竟沒有國家社稷重要，如今，清廷已亡，天下不應再亂，真正有志之士，應輔助明君，建設國家。雖說，江山代有英雄輩出，也真確實是殘害蒼生數十載，個人野心家們，不該只為一己私利，爭權奪利，攪得天下不安寧，苦的還是老百姓。」薛文靈蹙起眉頭，幽幽嘆了一口氣，又道：「凡是有道德良知之人，有誰忍見，那種民卒流亡、煙塵蔽野的動亂景象？」

曲煥章不由肅然起敬，一個柔弱小女子，竟有這般見識，實在令人感佩，當下讚道：「你說的極是。」

薛文靈又道：「不怕先生見笑，我因身世飄零，遇人不淑，命運悲淒，以殘花敗柳之身，幸得吳爺如此不棄，真情恩愛，每每常覺自己不配，實在萬分感激。唯因我對他有兩不喜，一是他不該殺了他的元配和陳清波，二是他不該過這種打家劫舍、血盆中討生活的土匪生涯。由於他對我相愛至誠，我也非麻木無知，好歹做了夫妻，自然非常關心他的安危，素常，我總勸他淡泊名利，洗手不幹，他卻總笑我婦人之見！再不，就是漠然不顧。他令我這般失望，我便常常自怨自嘆，自悲自憐，憶及平生，不免傷感自己的遭遇坎坷，所以，常常心灰意冷，有生不如死的感覺。」

曲煥章內心戚然，不知何言以對。沉默了片刻，方道：「你既不喜歡我以夫人相稱，便尊稱你做大嫂吧。」

薛文靈未置可否，只淡然一笑。

曲煥章發現，她雖然有些神經質，卻沒有絲毫矯揉作態，言語談吐，氣度豪爽，是那種至情至性的奇女子，像她這種性格，一旦與人相交，無不肝膽相照，令人感佩，不忍遽去。當下不由感慨萬分，因了她這性格，也有如陳清波這等薄倖子忍心負了她，也有如吳學顯這等英雄情長的人愛了她，結成生死不渝的恩愛夫妻。說起來，她真是身世飄零亦堪憐，際遇坎坷猶覺惜。

薛文靈又道：「實在說來，我也沒什麼大不了的疾病，只是心緒一直低落，振作不起來罷了，如此的勞曲醫生遠道而來，我真是非常的惶愧不安。」

曲煥章道：「大嫂不用客氣，請信我一句話，觀你氣色欠佳，我且先與你號脈診斷，便能對症下

藥了。」

旁邊侍女聞言，忙過來張羅，使絹子掩了薛文靈皓腕，號過脈，曲煥章道：「微疾無妨，但也須服些藥，病方可根除。待我把藥配好，大嫂遵言服了，不久，便會情緒開朗，心廣體胖了。」

薛文靈不置可否，卻誠摯道：「得曲醫生如此關照，我已經萬分感激。」

曲煥章告辭了薛文靈，回客房先擬好藥方，只待次日天明，親自在山中採藥配齊便可。入夜睡去，陡覺心驚肉跳，一種莫名的恐慌，令他徹夜輾轉難眠，心緒不寧的熬到天明，更覺得頭暈目眩，看看天色不早，掙扎著起來，梳洗畢，便有嘍囉來請。

見了吳學顯，一面吃早餐，一面說：「嫂夫人之疾，要醫治說難也難，說易也易。」

吳學顯期切地道：「曲醫生明說無妨。」

「昨晚與嫂夫人一席話，深知她天性善良仁慈，正是那種溫厚的賢妻良母，為今之計，只有一個辦法，可令她黯淡的人生態度豁達起來，對生活生命充滿另一種生機和希望。」

「什麼辦法？」

「待我給她配幾劑藥，讓她早日承受甘露，受孕生育，有了孩子，她便有了精神寄託，定不會再這般厭世悲觀，吳爺說這法子可使得？」

吳學顯舒暢愜意的笑了，頻頻道：「這真是個絕妙的好主意，我也曾百般努力，但俱無動靜，後來才知她氣虛血虧，身體孱弱，實難孕育。今幸得曲醫生前來，找出癥結，看來早就該勞駕你了。」

烏蒙山藥草豐富，曲煥章當下覓齊了藥，配備了立即親自煎煨，令使女服侍薛文靈服下，薛文靈本欲不吃，但因曲煥章盛情難卻，只得勉強吃了。

吳學顯又請曲煥章，替他的手下療傷治病，一些山民也慕名而來。

曲煥章在烏蒙山盤桓了將近一月，薛文靈氣色漸漸鮮潤健康，人也比先前豐腴，吳學顯見她也無大礙，便允許曲煥章返回江川。

吳學顯送了許多厚禮，曲煥章皆不收受，倒是烏蒙山出產的雞宗菌，他非常愛吃，薛文靈親自精心做了幾罐香油浸雞宗菌，讓他帶回去。許多山民，也送來不少名貴土產。

曲煥章數日來，一直心神不寧，這一日，終算得以辭別了吳學顯，打馬踏上歸程。

18

黃銀豐自從愛女黃霙遽然謝世後，終年滿面哀淒，悶悶不樂。及至小萬賜一天天大將起來，且又生得貌似乃母，聰敏伶俐，活潑可愛，便時常接了過來，與他消遣玩樂，散散悶兒。這一日，吃過午飯，黃銀豐抽了一會煙，便叫小廝，去接小萬賜。看見小萬賜，聊以撫慰心中對女兒的哀思。

小廝巴巴的趕到曲煥章家裡，見了翠玉，道：「老太爺想念小萬賜，叫接他過去玩呢。」

翠玉臉色晦暗，目光閃爍，毒辣辣狠狠盯了那小廝一眼，道：「還提小萬賜呢？幾天前，他不知怎的得了急腸痧，他爹去烏蒙山還沒有回來，一個時辰不到，這短命娃娃就死了，擺了四、五天，原想等他爹回來再安埋，不想味道都出來了，不能再停在屋裡，只好叫人抬出去埋了……」說著嗚嗚咽咽乾嚎起來，眼睛裡只是淌不出淚來。趁那小廝茫然驚惶之際，扯衣襟掩了面，暗中吐些口水，抹在眼睛上。

那小廝並不去注意她，只是嚇得瞪著兩眼發呆。

翠玉又抽噎著道：「這幾天，我因急昏了，竟想不起來，把這事去稟告老太爺，你既來了，就順便去轉告老太爺吧。」

那小廝木訥的應著，連忙轉去報喪。

翠玉等那小廝返去後，心中又急又怕，知道事情鬧得已經不可收拾，此番萬難蒙混過關。當初下手時，只道人不知、鬼不覺，短了見識才這麼血衝腦門，不知厲害，以為做了小萬賜，曲煥章以後會把一顆心全放在她母子身上了。誰想一念之差，大錯特錯，錯已鑄成，真是悔之晚矣。

翠玉打量著黃銀豐是個厲害人物，一旦得知這噩耗，豈肯輕易放過，定會盤根究底，問個端詳……越發想越發急，越發急越發怕！連忙把睡熟的小萬增抱起來，揹在背上，匆匆將家中輕便值錢的細軟，並日常暗中攢下的私房錢捲了，慌忙從後門逃走了。

翠玉偷偷潛出郊外，順著荒野，專撿僻靜無人的小路行走，她是一個很有些調歪心思的女子，當下也不去得很遠，只找了一處隱蔽的地方躲起來，待天黑夜裡再奔逃。

果然，黃銀豐一聽見這消息，驚恐交加，立即從太師椅上跳將起來，連聲嚷道：「有鬼有鬼，好生生的一個娃娃，怎麼突然就死了？」

說著趿上鞋子，拎了拐杖，怒火滿腔地衝了出去，口中憤憤道：「沒有鬼才怪，定是那潑婦容不得我這外孫，又想獨霸家產，才謀了他的性命——」

小廝連忙蹲下身去，替他拉拔鞋後跟，黃銀豐用拐杖敲了他的頭一下，道：「快叫人來，去替我先把那悍毒潑婦綁了，別讓她走，今天老子不弄個水落石出，決不罷休。」

三、四個家丁跟了出來，黃銀豐揮舞著拐杖，口中喋喋催促，道：「快走快走，去綁了那天殺的賤人，到墳地去開棺檢視，我今天一定要弄清楚，我這孫子是怎麼給她害死的。」

黃銀豐打上門來，曲宅早已人去屋空，不由更是氣恨填胸，頓腳大罵。一面叫人去追拿翠玉，一

面打聽到埋葬小萬賜的，是街上那個專門幫人挑腳的苦力陳大麻子。陳大麻子帶了一行人尋到亂葬崗，掘開土堆，起出棺木，撬開來，只見一床毯子，嚴嚴密密裹了屍首，除去毯子，小萬賜面色紫脹烏黑，兩眼充血外突，舌頭拽出半截，脖頸上一道明顯的瘀痕，一看便知，這可憐的孩子，是給活活掐死的。

曲煥章自烏蒙山回來後，驟遭此變故，方才悟到這幾天來，心驚肉跳，神思不寧，不是沒來由的了，果然有此大凶，一時真是萬難承受，傷心得肝腸寸斷。

黃銀豐毫不體諒，如前番黃霙逝後般，每日裡，總拎了拐杖趕來，又罵又吼，直令曲煥章賠人。又一口咬定，翠玉是他私自窩藏了，不肯交官法辦，再不就咒罵曲煥章是白虎星，剋死了老婆，又剋死了兒子，鬧得令人透不過氣來。

黃銀豐氣恨過度，不久便一病不起，拖到冬天，終於不治而逝。

曲煥章也消瘦得形銷骨立，萬般憔悴。

一天晚上，曲煥章悲寂地坐在燈下，正在苦思冥想，長吁短嘆，小廝來喜揹了包袱，手上提著些日常用具，趑趑趄趄走進來，扭扭捏捏，欲言又止，掙扎了幾番，才低頭道：「先生，我爹今天帶信來，叫我轉家去！請先生算給我工錢，我不想再做了！」

曲煥章蹙眉不語，沉寂了好一陣，方道：「來喜，為何偏要在我抓不開的時候辭走？若是缺錢用，短少什麼東西，直說出來，我都給你就是！只是暫時不要走！」

來喜恐懼萬狀的瑟縮著，驚碌碌地四顧了一番，但見燈光昏暗，黑影幢幢，陰氣森森，幔帳晃搖，倍覺膽寒。口齒不清的道：「先生不知，我在這裡住著，心中好害怕，晚上都睡不著——」

曲煥章會意地瞅著他，只待他說下去。

來喜頓了頓，顫抖著直打寒顫，遲疑了片刻，道：「我不敢說呢！怕先生罵！」

「你說就是——」

「這些日子，一到晚上，我都會聽見小萬賜在哭，又聽見主母嘆氣——」

黑暗中，一陣冷風陰颼颼灌了進來，吹得燈焰閃爍搖曳，把影子拉得忽長忽短，忽明忽暗，一隻貓突然從樑上呼地竄下來，幾欲撲在來喜面上，來喜失聲驚叫，連曲煥章也覺得毛骨悚然。

來喜心驚膽顫，好不容易才回過神來，倒吸了一口冷氣，堅決地道：「我返家去了！先生給不給我工錢，我都不做了！」

說著頭也不回的轉身離去了，出得門來，只見月光朦朧，星光黯淡。曠野裡，有數點綠慘慘的磷火在飛舞，秋蟲哀鳴，匝地悲聲，遠處更傳來淒厲可怖的狼嗥。來喜嚇得冷汗直冒，驚乍乍地拔腿狂奔，身後踢起些碎土，落在自家身上，彷彿鬼真的攆來了般，跑回家去，嚇得病了一場。

江川縣城裡，紛紛揚揚，都說曲宅鬧了鬼，又說曲宅這塊地風水不好，犯了大凶，必得家破人亡。

曲煥章倒不在乎外界的蜚短流長，只是耐不住這兒的淒清悲涼，更不忍睹物思人，觸景神傷。江川，是再也住不下去了，不久，曲煥章蕭索地離開了這傷心地，遷到通海去居住行醫。

那宅子因傳說鬧鬼不乾淨，也沒人要買，便任由它棄置荒蕪了。

次年，曲煥章靠了媒妁之言，娶了通海的小家碧玉繆蘭英作續絃。

繆蘭英生得端莊秀麗，小巧玲瓏，性情溫和，厚道膽小，為人安分守己，是個典型的賢妻良母。

李翠玉帶著曲萬增逃到玉溪，被剃頭匠彩發科收容，便嫁給他作老婆。

曲煥章打聽到了她的下落，念她無知，又看在庶出兒子的面分上，不再追究前愆，只是把曲萬增要了回來。

曲萬增長得如他母親般清俊，唯因心有邪傳，面上始終有些戾氣，缺乏兒童的純良天真。時間過得很快，不覺曲萬增已七、八歲了，每天裡，都背了書包，到塾館去上學。

一天下午，曲萬增放學回來，剛走到背街拐彎處，便有一婦人從樹下走過來，一把拉了他摟在懷裡，哽咽喚道：「小萬增，我的兒，媽想你想得好苦！」

曲萬增看清是他母親翠玉，又驚又喜，一把緊緊貼膝抱住了，連聲嚷道：「媽，我好想妳！」

翠玉穿一身洗得發白的粗布青衫，雙頰垮垮的陷落下去，顴骨高高突將出來，眼角愁苦斜搭，把原來一雙顧盼神飛的丹鳳眼，萎成了枯縮的倒三角，面上染了許多歲月艱辛的風霜，她當下拉了曲萬增，尋個偏僻地方說話，千般憐愛地細細端詳著兒子，不由滾下兩行淚來，迭聲問：「我的兒，這一久，你都好好的麼?那後媽待你可好?有沒有常常打你?你爹如今想必更偏心了吧?媽的心肝……媽好想你……」

曲萬增也哭了起來，嗚嗚咽咽，道：「媽，妳帶我回玉溪，我要跟妳住！」

翠玉撩起衣襟，替他揩著淚，道：「乖寶貝，你在這裡好歹吃得好，穿得鮮，又有書讀！只是讓媽掛著你，回玉溪只怕吃糠噏菜，撿柴火揹弟妹，那裡有錢供你讀書？那剃頭的老鬼，從早到晚挑了擔子，遊街串巷，一天也只賺得貓三兩文錢（喻錢少），他又要吹煙又要灌黃尿（指喝酒），我們娘兒四個真苦透了！你乖乖的住在這裡，媽有空總設法來看你！」

「媽就不要回玉溪了！跟我一起回家去吧！」曲萬增拽了他母親手臂就走。

翠玉掙脫他的手，哀哀嘆口氣，言詞閃爍的道：「媽哪裡敢去見你爹！來看你都是偷偷的！讓他知道了又要打罵！你那後媽如今又生了兒子，你爹早就不要我了！嫌我是窮人家出身的，怕玷辱了他的面子。」

曲萬增痛楚地看著他母親，一雙小眼睛骨碌碌亂轉，不知在想些什麼。

翠玉又道：「你那後媽，對你可好？」

曲萬增垂下眼瞼，猶豫了一下，然後輕輕搖搖頭，道：「我想媽！只有媽待我真心！」

翠玉聞說，將他摟得更緊了！怨毒道：「唉，這都怪我母子命不好！好好的福分，白白讓給別人去消受！那繆蘭英生得不如我標緻，人也沒我能幹，偏你爹要了她！穿的是綾羅，吃的是油葷，最可憐把我們母子分開……我真恨不得將她們弄死……」

「媽！你為什麼要把福分讓給後媽？」

翠玉面色一凜，頓了頓，切齒道：「你爹生性好色，狠了心娶那繆蘭英做小，所以攆了我出去！」

娘兒兩個，摟著哭了一場，唯恐被人發覺，翠玉不敢多耽擱，小心翼翼，從貼身內衣裡，掏出幾枚銅錢，塞在曲萬增手裡，千叮萬囑，才依依不捨地抹著淚，一步一回頭的離去了。

曲萬增悵然，待母親走後，見路邊有賣吹糖人兒的，便將那幾枚他媽省吃儉用攢下來的銅錢，買了一個關雲長，捏在手中返家去了。

繆蘭英坐在臺階上粘鞋剪樣，她那兩、三歲大的兒子曲萬添，蹲在一旁逗狗玩，小萬添看見曲萬增放學回來，手上拿著一個糖人兒，極盡誘惑地朝他揚了揚，洋洋得意的挑逗著。

小萬添不由分說，起身上前，吵著就要。

曲萬增將糖人兒高舉著，橫豎不給，小萬添哇哇大哭起來。

繆蘭英軟語道：「小萬增，把糖人兒給弟弟吧，媽給你更多的錢，你再去買一個大大的！」

曲萬增道：「我不要！賣糖人兒的已經走了！」

曲煥章正在房裡配方研究，當下給擾嚷得不勝煩躁，暴聲大吼，道：「小萬增！你這娃娃怎麼這樣不聽話！你媽叫你把糖人兒給弟弟，你就給他，重新再買也就是了！」

繆蘭英見丈夫火了，忙扔下手中活計，上來拉了小萬添，道：「算了算了，我帶他去買吧！」

曲煥章無名之火更盛，恨聲喝道：「小萬增，你會不會聽人話？再不聽，老子出來揍你！越來越發把你慣得目無尊長了！」

曲萬增委屈地嘟著嘴，將那糖人兒忿忿往地上一摜，號哭著轉身跑出去了！

曲煥章氣得順手抓起硯臺，狠狠砸將出去，將臺階上的花盆打得粉碎。

曲萬增寒了心，心酸地號哭著，跑到先前跟他媽會面的地方，直著脖子，千聲媽，萬聲媽！哭得好不淒慘，天漸漸黑下來，小萬增無處可去，又不敢回家，可憐巴巴地靠在樹根下，又冷又餓，倦倦地睡著了。

半夜裡，家丁才找到了他，小萬增冒了風寒，病了好幾天才痊癒。

數天後，翠玉又來了，半路上拉了曲萬增，躲到僻靜處，未語先哭出聲來，抽泣著道：「兒啊，為何才幾天不見，你就瘦成這樣？」

曲萬增撲進他媽懷裡，將糖人兒的事講了一遍。

翠玉鼻孔裡噴出一股冷氣，鐵青著面孔，咬牙切齒，道：「好狠的心！也罷，他們既然這般容不得你，媽就帶你回玉溪去吧！」

曲萬增一聽大喜，雀躍著，迫不及待拉了他母親就走。

翠玉道：「慢著！他們這般刻毒！如此虐待你！還不是欺負你沒娘疼，我怎嚥得下這口氣，也要叫他們嚐嚐老娘的酸辣湯，方知道老娘的厲害！你且在這裡等一等，我去買點東西就來！」

翠玉去街上買了包老鼠藥，又找著買了兩個一模一樣的糖人兒，將其中一個咬了個孔，那糖人兒本是空心的，就把那些老鼠藥抖了許多進去，然後，將乾淨的給了曲萬增，令他牢牢記住，又叫他把放了藥的拿去給繆蘭英的兒子，叮囑道：「你見他吃了這糖人兒，就瞅空快出來，媽仍在這裡等你！」

曲萬增乖巧奸狡，當下告別了母親，口中有一搭，沒一搭，舔吮著那枝糖人兒，回到家中，小萬添看見了，果然吵著撲上來就要，曲萬增假裝不肯給，繆蘭英掏了一把銅子，塞在他衣袋裡，他才彷彿很不情願似的，把那糖人兒給了小萬添。

小萬添歡天喜地接了，坐在花臺上香甜地吃了起來。

曲萬增見他吃了大半，心中暗喜，趁沒人注意，連忙溜了出去，翠玉便立即帶了他，逃回玉溪去了。

小萬添吃了那下過藥的糖人兒，未及片刻，便七孔流血，毒發死去。

曲煥章夫婦悲傷了一場，事已至此，無計可施，只有哀絕地將小萬添安埋了。家醜不可外揚，念在曲萬增年幼無知，一場家庭風波，便不了了之。

曲煥章煩悶積憂，無可排遣，決定到省城昆明去散散心。

昆明，東驤神駿，南翔縞素，西翥靈儀，北走蜿蜒。（依次指金馬山、白鶴山、碧雞山、長蟲山。）昆明，四季如春，風光明媚，民風敦樸，文物薈萃。

曲煥章來到昆明（一九二〇年），在小西門外選了一家旅店住了下來，連日裡，看過了昆明出名的八大景——金碧交輝（金馬碧雞坊）、五華鷹繞、虹山倒影、官渡漁燈、壩橋煙柳、魚吐唇樓、月照四方、鍋壺滴漏，也趁興泛舟五百里滇池，登了龍門，遊了西山，逛了大觀樓，吃了米線螺絲燒餌餗。

又到金殿、黑龍潭、筇築寺、路南石林、安寧溫泉、呈貢菓園探幽取勝。

昆明，處處如詩，處處如畫，尤其滇池畔、西壩一帶，處處小橋流水人家，桃紅柳綠，鶯歌燕語，真有如武陵桃源。那種恬美的葛天氏之民的田園風光，實在令人流連忘返。

曲煥章立即愛上了昆明城！在小西門畔的蒲草田（地名）買了一間店鋪，開診所行醫。斯時，他已將師父姚宏金所密授之武當十大秘方——昊昶回春千鈞要方，積數十年之鑽研，提取精華，製成了功效十全的「百寶丹」，即聞名遐邇的「雲南白藥」。

百寶成丹，丹成百寶，曲煥章是以愛妻黃霙逝後，夢中所言，而得來的靈感，「百寶丹」不僅如太上老君九轉百鍊而成，還累積了前人寶貴的經驗，及曲煥章數十年的心血結晶，稱之為「百寶」，實在當之無愧。

起初，百寶丹的功效尚不為人所知，銷路平平，曲煥章每月僅精製七、八百瓶，拿五百瓶到正義路的天寶利綢布莊代銷。那天寶利綢布莊的老闆，原是江川人，凡有人來買布，他就向人家推銷「白藥」。

顧客將信將疑，買了百寶丹，治療跌打損傷、止血消腫、下瘀解毒、去腐生肌、調經理氣……無不奇效靈驗。「百寶丹」的妙用，漸漸傳播開來，曲煥章更以治療跌打損傷及婦科見長，不久，在昆明也有了些名氣。

一天黃昏，吃過晚飯，曲煥章令伙計守著店鋪，照例到外邊去散步。

從蒲草田拐過彎來，便看見有一家以說書出名的茶館，那茶館相傳反清復明的烈女——楊娥，曾在這裡開過酒店，楊娥是明朝名將之女，因刺殺降清叛將吳三桂而被害，在昆明有非常動人的傳說。

曲煥章來到北門外，只見當年吳三桂愛妾陳圓圓的繡樓，而今已坍敗荒蕪，蓮花池裡早已無蓮，只有一塘污濁黃水，不由興起些白雲蒼狗的感慨。

五華山高聳雲端，山下就是明末皇子被勒死的逼死坡（原為篦子坡，昆明人都棄原名不叫），雲南陸軍講武學堂就在翠湖畔，這一帶幽清雅靜的地方，蒼翠濃蔭迤邐不絕，掩映著許多西式豪華建築，居住的多是豪門巨宦。

曲煥章沿著洗馬河堤岸，走在柳蔭下，晚風裡，送來陣陣桃花馨香。柳絮飄飄揚揚，迎面拂來，落了滿身。翠湖映著丹霞，金波漣漣，碧漪盪盪，說不出的流彩淌艷。湖心亭擁一襲煙青羅紗，臨水自照，嬌羞地笑在暮靄裡。水月軒園一領荷香翡翠巾，憑欄遠眺，柔媚地依在夕陽下。

曲煥章走在春風裡，觸目皆是美！猶如置身天外，心曠神怡。滌盡了一天在塵埃中打滾奔波的疲勞。更妙的是，煙靄淒迷中，前面有一個披著橘紅袈裟的和尚，身材奇偉，魁梧高大，飄飄逸逸，瀟瀟灑灑，昂首闊步，徜徉在河堤上。

曲煥章看著他的背影，不由嘖聲讚嘆，可惜自己不擅丹青，否則，定要將這僧歸蒼茫外的古色佳景，裁取成畫。

陡然間，暗處裡爆開一聲霹靂槍聲。

曲煥章駭然心驚，恐慌四顧，人間美景被邪惡褻瀆了，只見那和尚中彈倒在地上，正在痛苦掙扎。長堤周遭，行人寥無，曲煥章顧不得多想，本能的急步上前，攙起那中了暗算的和尚，惶然關切地問：「大師，你覺得怎麼樣？不要緊吧？」

和尚用手捂在腰上，鮮血從指縫間汩湧而出，他俊美的面孔，痛苦扭曲，蒼白灰黯，血氣陡失。他蹙眉咬牙，撐持著，只是說不出話來。

曲煥章連忙使推拿術，替他止住了流血，將他斜靠置在柳樹上，飛跑到翠湖公園門口，叫了一輛黃包車（人力車），把受傷的和尚拉回診所急急搶救。

曲煥章拿出一瓶百寶丹，取出裡面那一小粒紅色保險子，先用溫水令和尚吞服了，再替他檢視傷口，所幸並未傷及要害，只是子彈洞穿了腰腹，把肋骨打斷了一根，曲煥章替他療治包紮了，讓他到廂房安息。

不幾日，和尚傷勢好轉，只是行動尚不便。這一日下午，病人漸漸去後，曲煥章瞅空進來與和尚說話解悶。

和尚斜靠在床頭，忙道：「曲醫生請坐！」

「大師不要客氣！」曲煥章在一旁坐了，寒暄了一陣，忍不住道：「請大師不要見怪，敢問一句，大師乃世外之人，為何會遭人暗算？」

和尚料定必有此問，不由慘然一笑，爽朗道：「那是因我未皈佛門之前的孽緣所致，曲醫生可知

道『楊貴妃』其人？」

「楊貴妃？」曲煥章暗自心驚，作手勢指指五華山方向，道：「大師是說現在這個楊貴妃？」

「正是！」和尚垂下眼瞼，道，「不瞞曲醫生，她與我曾有一段俗緣，那時，我尚在東陸大學（註：即前雲南大學）攻讀，她是昆華女中學生，原已得雙方父母同意，只待我畢業，便要結婚。誰知，姻緣簿上名不標，她在一次舞會中，邂逅了老唐，自願嫁給他，我便出家作了和尚。」言畢，不由憫然地嘆了口氣，面上是一片迷濛的苦澀。

曲煥章凝視著他英俊的面孔，不勝唏噓，這和尚年未及三十，生得相貌堂堂，一表人才，本是國家社會的棟樑之材，只因戀人移情，嫁給了雲南都督唐繼堯（附註於後）作第六房姨太太，致使他心灰意冷，遂把那萬丈雄心悲絕了，勘破紅塵，皈依了佛門。

他那戀人，被唐繼堯金屋藏嬌後，因其姓楊，昆明人都叫她做『楊貴妃』。由於以前她與修緣和尚有一段情，嫁給老唐後，樹大招風，故沸沸揚揚，被人捏出許多不雅的閒話，致使和尚遭了這無妄之災。

和尚感慨道：「人生在世，情是魔障！總是恣意播弄人之精魄，誤陷其中，難脫捆綁，得之便覺芳甘，失去便覺悲苦。」

「大師之意我明白！傷情，只是因為情太深，並非是尚依戀著那薄情負心之人，乃是悲哀著當初一片純然的摯著！」曲煥章嘆息地道。

「曲醫生所說甚是！人不足戀，情何以堪！偶像一旦幻滅，難以消受的是現實的醜惡，天可憐見，一片情深似海，竟抵不過世俗虛榮的仰慕誘惑，山盟海誓徒變作可笑復可悲的譏諷！塵世中，還有什麼可誇可戀！到頭來，徒留恨耳！徒留悲耳！昆明人笑我與佳人無緣，我嘆我與『情』無緣！所以自號『修緣』！」

「有情之人常是太癡，所以每被無情之人所誤！古人所謂紅顏禍水，大概便是這般了！」曲煥章憫然道。

「非也！且聽我說，人生禍區福境，皆念想造成，佛經上有云道：『利欲熾然，即是火坑，貪愛沈溺，便為苦海；一念清淨，烈焰成池，一念驚覺，航登彼岸。』肉身之軀，在塵世中不過短短數十寒暑，便化為虛無，何須把喜怨認真？不妨學那利刃割水，刀不損鍔，而水亦不留痕！因果報應，咎由自取，怨不得他人！」

「大師此言，果真是超然物外了！」

「不然也！我只是在苦修。既為肉身，市俗雜念，難免乘隙而入，我只是竭力摒棄而已！」

「摒棄世間的人神之搏鬥，便是修了！是不？」

「然也！試思未生之前，有何相貌？又思既死之後，有何景象？則萬心灰冷！知身不是我，煩惱何足憂？一性寂然，自可超然物外了！」

「大師說得甚是，天地中萬物、人倫中萬情、世間中萬事，纏脫祇在自心！心寂則屠肆糟糠，儼

然淨土。不然，嗜好雖消，魔障終在！」

「善哉！」修緣和尚撫掌道，「心有真境，而自清芬，心甘淡泊，而自恬愉，人若真悟得色相皆空，形體非我，便得其境也！試觀山河大地，已屬微塵，而況塵中之塵，血肉身軀，且歸泡影，而況影外之影。今我不為法纏，不為空纏，身心兩自在矣！」

修緣和尚遄興逸飛，面上憂鬱之色，早已蕩然無存，一片神清氣爽，光明磊落！更有一種令人心折的飄逸氣度，雖傷不哀！雖損不怨！雖辱不恨！

曲煥章卻擔心地坦誠相勸，道：「大師，恕我直言，市俗污濁，人心莫測，是非禍福，身不由己！還是要小心戒防，此次遭人暗算，也是一番教訓！」

修緣和尚正色道：「仁人心地寬舒，一念慈祥，可以醞釀兩間和氣。鄙夫念頭短促，恃勢誇逞，豈知我心體瑩然！傾險之為，已屬不堪，何足掛齒也！」——是以遂不放在心上。

修緣和尚傷勢漸無大礙，辭謝了曲煥章，依然回圓通寺將息。

曲煥章拿出幾瓶百寶丹，囑他帶回去繼續內服外用，令伙計僱了一輛有篷馬車，親自送他回寺。圓通寺前接五華山，後啣螺峰山，層閣傑坊，迤邐不盡，為唐朝蒙鳳伽異法師所建，氣象之雄偉，雕塑之精工，神佛之莊嚴，名聞遐邇。

來到圓通寺，見過主持方丈，寒暄了一陣，修緣和尚便回廂房將息。

曲煥章見四下無人，便告誡道：「大師且聽我勸，等身體康復後，還是另擇一處遠離塵囂的清靜寺廟修行吧，圓通寺好固是好，但離五華山太近了，迴避迴避嫌疑也是好的！害人之心不可有，防人之心不可無！事事提防，方為上策！」

修緣和尚無奈地長嘆了一聲，道：「曲醫生說得甚是，聽小師弟說，那女子常來小寺進香，因她每來，馬弁必前呼後擁，甚是招搖。不過，我每日俱在房內誦經，一次不曾撞見過她！由此生出些風風雨雨的是是非非，也未可知！想我寸心潔白，氣骨清秋，本以為光明正大，怎奈暗箭難防。痛悟明念，不日，我便另擇棲身之處，忍恥歇忿，但求遠離世俗是非。」

■

曲煥章回到診所，甫坐定，便見一輛簇新的黑色小轎車，聲勢顯赫，直駛而來，在診所門口停了，兩個全副武裝的馬弁先走下車來，開了車門，恭迎出一位摩登時髦的青年女子，她穿一件猩紅新款緊身旗袍，叉開得很高，露出一截瑩白修長的玉腿，塗了蔻丹的足穿著西洋高跟鞋，電燙頭髮，臉若銀盆，水靈靈一雙亮眸，顧盼生姿，體態豐滿，肌膚潤澤而白皙。本來天生麗質，可惜教脂粉污濁了，反顯出些妖嬈俗氣。她下車後，一個揹盒子槍的副官，旋即尾隨在後，替她披上一塊雪白紗巾。那女子面無表情，神態冷漠，昂首挺胸，高跟鞋踩在石板鋪砌的路面上，橐橐響著，搖搖曳曳進了診所。

她站在屋中央，頓令人有一種阻塞的感覺，她高傲冷冷的四處張望了一番，才斜抬著下巴，定睛望望曲煥章，對那副官說：「孫副官，你問他，他是不是就是那個醫跌打損傷的曲煥章？」

孫副官連忙遞上名片，道：「夫人想買幾瓶百寶丹。」

曲煥章不卑不亢道：「不知要幾瓶？」

「一打！」孫副官道。

曲煥章令伙計把藥仔細包了，那女子只是遊目四顧，不住朝內裡張望，未再發一語，買了藥，付了錢，一行人又遽然而去。

等他們走後，伙計原是昆明人，對曲煥章道：「剛才這位，就是楊貴妃了！」

曲煥章不由為修緣和尚大覺不值，如此一個淺薄誇張女子，竟幾乎毀了他的一生！

情終是魔障！情終是魔障！害人不淺也！

■

黑夜深沉，青燈昏暗！修緣和尚斷除妄想，趨向真如，盤膝坐在禪床上，手敲著木魚，閉目誦經。

一道黑影，突然映在竹簾上。

「慶軒！」——是一個女子焦急低柔的呼喚。

修緣和尚驀然心驚，不由抬起頭來，看見那女子，她穿一件黑綾素花旗袍，唇不點而丹，眉不畫而翠，風韻天然。不施脂粉，更顯得清麗淡雅，柔婉嫵媚。她頭上蒙了一塊菲薄黑紗，半掩著嬌靨，立在簾外，一雙水杏眼，含情朝內凝睇！

修緣和尚屏息斂神，無動於衷，閉目道：「女菩薩有事明天來！小寺森規，不可踰越！」

那女子聞言，心一酸，滾下兩行熱淚，顫聲道：「慶軒，不必如此對我，你可知道，要來見你一面，須冒多大風險！」

「貧僧世外之人，塵肆之事，概不過問，女菩薩請回吧！」

「慶軒！我怕有人跟蹤，不宜久耽擱，這裡有一封信，你且收了！信中所言，若肯允諾，但盼再續前緣，我心未死，我意尚存，只盼你給我機會，你怎知我多苦？」說著，將手中信封，由簾縫拋了進來。

修緣和尚道：「前緣既輕棄，恩斷義絕，唯待來生吧！貧僧塵緣已了，女菩薩且請自愛，大函仍請攜回！」

「慶軒，怎麼說這種話，未免太狠心！」那女子咬著嘴唇，幾欲哭出聲來！

修緣和尚的心底，猛然扯起一陣劇痛，這個虛妄的女人，仰慕權勢，輕棄了他當初一片深情。如今精神空虛，芳心寂寞，又來追悔！如此作賤感情，撩雲撥雨，玩忽人生，未免太水性！

「慶軒！誤陷火坑，我已省悟！且念當初情分，救我於烈焰，慶軒！我等你回音！」言畢，掩面啜泣著，懷著未盡的千言萬語，慌張而去。

她甫出圓通寺，拐進連雲巷，孫副官立即從暗處走出來攔住她，道：「夫人還有何話可說？」

那女子赫然心驚，臉一垮，心一橫，道：「卑鄙齷齪之徒，為何這般鬼鬼祟祟，揭人陰私！」

「夫人之言差了！鬼鬼祟祟之人，才做偷偷摸摸之勾當！都督待妳不薄，妳怎麼還苦戀著這禿驢！」孫副官冷言道。

那女子羞紅了臉，不知何言以對。

孫副官又道：「我勸妳懸崖勒馬，安分守己！不要再執迷不悟！省得連累了那個倒霉的和尚！」

「這與他有甚相干？我倒寧願你去殺了他！也省得我心不死，意猶難忘！」那女子冷酷的說。

「和尚本無辜，全因妳所累，都督乃一省之尊，又豈容得臉上抹灰，夫人但請自愛，不要再貽害於人！」孫副官懇切道，「今晚之事，我暫時替妳隱過，快隨我回去吧！一旦都督發覺，實在不妙！只望妳往後多檢點！」

孫副官護著她，返回五華山去了。

修緣和尚唯恐那封信落人把柄，撿起來在燈上燒了，思忖道，樹欲靜而風不止，是非之地，不宜再留；遂打定主意，遠走天涯。

■

滇池邊，草海畔，陰雨濛濛，煙波浩渺！滿目蒼涼，一片淒清，盡是別愁離恨，忍別故鄉。

修緣和尚為避人耳目，披了一件簑衣，戴了一頂竹笠，裝扮成個漁翁，站在船頭，曲煥章撐著一把油紙傘，冒著風雨，趕來送行。

曲煥章雙手奉上一個方形皮匣，道：「大師請自珍重！此一去，不知何時方得相見？我無以為贈，市俗凡物，想你也不肯受，這裡備下三十瓶百寶丹，請大師攜去，險阻路途，客居他鄉，可以自用，也可送人。」

修緣和尚鄭重謝了，道：「多謝曲醫生關愛！相救之恩，更是沒齒難忘，我在西山華亭寺盤桓數日，辭別了虛雲法師，便離滇赴川，到峨嵋山去修行，山高水長，但盼後會有期！」言畢灑淚而別。

孤帆漸遠，鴻雁哀鳴，一片空茫河山，淒迷使人愁。曲煥章黯然神傷，意興蕭索地遙望著天際，無限蒼涼，化作一聲長嘆！

註：

㈠唐繼堯，字蓂賡，雲南會澤人，生於一八七三年八月五日，一九〇一年時二十八歲東渡日本，入士官學校第六期，畢業後返國，歷任軍職，民國元年，任貴州都督，民國二年調任雲南都督，五年與蔡鍔、李烈鈞組織護國軍，討伐袁世凱，維護民國國體有功，主滇十五載，於一九二七年五月十四日病逝。

㈡修緣和尚，昆明筇築寺住持法師，對佛教極有研究，很有名氣，一九五〇年任昆明佛教協會理事長，一九五七年被打成右派，投井自盡。

19

清晨，曲煥章梳洗畢，伙計奉上熱茶，買來報紙，曲煥章捧了水煙袋，一面抽煙喝茶，一面看報。《雲南日報》頭版新聞，赫然撲入眼帘——「匪吳學顯聚嘍囉八千，洗劫通海城荼炭生靈」。

曲煥章心驚膽戰，不由急出一身冷汗，他隻身來昆明開業行醫，妻子繆蘭英和新生嬰兒，尚留在通海，妻弱子幼，兵荒馬亂的，叫人怎不焦憂。

曲煥章懸心繫腸，蹙眉繼續往下看——「流竄雲貴川的悍匪吳學顯，近日聚兵八千，攻打通海，城破，全城百姓盡皆遭匪洗劫擄掠，民眾叫苦連天——」

曲煥章扔了報紙，忙令伙計收拾了盤纏，立即到通海看視家小。

不幾日，伙計返回，得知家小均平安，原來吳學顯攻打通海時，特囑部下，要關照曲煥章家屬，不得騷擾，是以全城遭洗，唯曲家不但獨得保全，吳學顯還令部下殺豬送資，親自到曲府，向繆蘭英安慰驚駭。

曲煥章聞家人均安，一顆緊懸的心甫才落下，決定明年春天，把妻兒接到昆明來居住，以便照應。

不想，禍從天降，吳學顯率眾匪退後，通海全城聯名，上書雲南戒嚴司令總部司令龍雲，告發曲煥章與吳匪作內線，致使通海民眾遭匪肆虐，呈請當局除奸伏惡，以洩民憤。

曲煥章在昆明被捕——被押往戒嚴司令部。

通匪之罪極重，多被判死刑。

曲煥章實屬冤枉，將認識吳學顯始末，一一詳細列書申訴。

戒嚴總司令龍雲，看了曲煥章的申訴書，數次會審，觀他為人秉性忠厚，不似為非作歹之徒，頗覺同情，於是准予上訴，遂將曲煥章案情，批了自己意見，轉呈都督唐繼堯審辦。

五華山，光復樓，雲南都督唐繼堯，坐在辦公室審閱公事，唐都督反覆看了戒嚴司令部呈來的曲煥章專案，頗覺人心可得之於旦夕，亦可失之於瞬間。一分私慾，能遮蔽十分天理。曲煥章分明是被冤枉的，遂令人立即傳令下去，召見曲煥章。

曲煥章忐忑地被帶到光復樓，進了會客室，怯然望過去，但見唐都督服裝整齊，儀容端莊，年僅四十開外，英氣勃發，器宇軒昂，果真是內具龍蟠虎踞之心，外有和風霽月之色的偉人風範。

唐都督平易的指指對面的沙發，道：「曲醫生，請坐！」

曲煥章觀他氣度曠達清明，待人溫文謙和，一份知遇感，油然橫生心底。

侍衛立即奉煙送茶，周遭氣氛，甚是祥和，那有一絲一毫審問犯人的肅殺？曲煥章階下囚的倉惶壓迫感頓然全消。

唐都督撫慰地道：「曲醫生有德於社會，造福蒼生，此次蒙不白之冤，我定將秉公處理，為你昭雪，且請寬心釋懷！」

「謝都督明鑒——」曲煥章的喉頭堵住了，泫然欲泣，心上陰霾豁然開朗。

「我看了你的案子，夜深人靜時，思事想理，甚覺感慨，尤其連想到國民塵俗，皆因私慾猜忌，形如散沙，不由倍覺痛心。忿忿不平之氣，往往只圖逞一時之快！未免太罔顧道義，良知本明，只因為物慾所蔽，以致暗晦。所幸，是非曲直，自有公道，天理清明，自可昭彰！」唐都督練達嚴正的道，「我們中國人，因有地域、姓氏、親疏之別，而不能相愛相助，這種劣根性一定要鏟除。上下精誠，萬眾一心，中國才能強盛起來。」

「今日得見都督，如撥雲見日，我五內銘感，終身不忘！」曲煥章由衷的道，對唐都督清而不激，和而不流的聖哲胸襟，倍覺欽敬。

「曲醫生不用客氣，此乃我應盡之責，你本清白之人，仍還你清白之身！不過，幸得有此遭遇，我才能認識你這位民間醫術奇才。」唐都督說到這裡，和悅地笑了笑，喝口茶，續道：「吳學顯重傷幾欲不治，你且能令他起死回生，如此曠世高明，實在罕見。現我有一部下，是警務處處長，名叫白曉松，被歹人以匣子槍，將腿部一梭子打碎，現正在巡津街英國醫院醫治。那些西醫診斷後，說要切肢方保性命，白曉松正值青年有為之鮮盛年華，寧死不肯切肢。現我想請你替他治治看，是否可以不必切肢？」

「我定當盡力而為！」曲煥章欣然應道。

唐都督立即令衛士，開車送曲煥章到巡津街英國醫院，去為白曉松治傷腿。

到了醫院，曲煥章檢視白曉松的傷勢，他的腿骨全部斷碎，加之又拖了些時日，所幸西醫替他注射了盤尼西林，傷口並沒惡化，但已有些潰敗，當下一口承諾，可以替他醫好腿傷。

旁邊幾個西醫聽了，冷觀曲煥章其貌不揚，不過是個民間草藥醫生，面上露出明顯的輕蔑不屑之色。因曲煥章是唐都督派來的，他們不便阻攔，只傲慢地聲言——一切後果須由曲煥章負責。

曲煥章含蓄地淡然一笑，未與置答，只對白曉松道：「白處長若是信得過我，且請現就移駕寒舍，以便治療！」

白曉松正在痛恨西醫執意要他切肢，當下立即答應了。

曲煥章回到診所，悉心配藥替白曉松療傷。

曲煥章的一場無妄之災，便此化險為夷。

夜，寒冬黑沉沉的午夜，銀濛濛的月牙兒，斜斜的掛在灰淡淡的西天上，昆明城大西門外，數乘輕騎冒著凜冽的西北風，披星戴月，狂奔而至。

城門緊閉，城樓上星光暗淡，不速之客紛紛拔出腰際的匣子槍，囂張跋扈地朝空亂放，淒厲尖嘯的槍聲，撕破了夜空的靜夜，驚醒了昆明城內的無數好夢。一時間，人心惶惶，駭異地不知道又發生了什麼戰禍。

城樓上值夜的守軍，立即戒備的持槍上膛，值勤長官憤怒地令機槍手，猛烈的掃射一排子彈，外

面槍聲被壓下去了，方喊話道：「什麼歹徒，竟敢如此張狂？」

喊聲未落，但見一把匕首斜天裡畫了一道弧，將一封信釘在樓柱上，接著有人暴聲如洪鐘，道：「大爺們是烏蒙山來的，你幾個看門狗，趕快替大爺們去轉告老唐，吳爺已率兵十萬，包圍了昆明城，速將這封信轉交老唐！」

守城士兵由城垛後俯視遠方，夜色朦朧，依稀有馬嘶騰躍之聲傳來，官道上塵埃蔽天，也不知來了多少匪徒，長官連忙取下那封信令人飛速報往五華山。

唐繼堯尚未入睡，還在書房看書，燈下撕開那封信，原來是吳學顯的親筆，信中說明其認識曲煥章始末，請唐都督立即釋放曲煥章，否則，便要攻打昆明城。

唐繼堯平生履險如夷，是護法元勛，一代風雲人物，豈會被流寇狂言所挾？

城外，槍聲又大作。

唐繼堯靜若秋水，屹若泰山，絲毫不為外物所動，凝視著那封信，想起吳學顯，察其出身，考其言行，審其氣度，便知其人品大概，思他出身秀才，是條硬漢，唯因名利薰心，恃才自傲，偏執異端，故背道而馳，危害社會，枉自有英雄之志，卻難成英雄之事。

又忖道，古今偉人成創事業，不必定有卓越之才，祇須明達誠懇，善用人才便足矣！

思念至此，不由抬頭看看壁上的一副對聯，曰：泰山不讓土壤，故能成其大。江海不擇細流，故能就其深。——天下無棄才，草木猶然，況人乎？

唐繼堯悠然一笑，廣求天下賢才，才能討究天下大事，以誠待人，輔以知人之明，才收得人之功，而對吳學顯有招安之意，更是思謀久矣！借此機會，正可恩威並濟，勸導其改邪歸正，變大害為大利，為國為民效忠。

唐繼堯打定主意，立即周密部署了一番，當下連夜召見曲煥章，面授機宜。

馬蹄在官道上踏出清脆的響聲，曲煥章迎著紅彤彤的朝霞，來到了陽宗海畔的一個村落。

吳學顯的指揮部就設在這裡。

曲煥章被帶進一個防衛森嚴的大院內。

吳學顯隔著木格窗戶，一眼就看見了曲煥章，立即笑容滿面迎了出來，揚聲高笑道：「罪過罪過，讓曲醫生受驚了！」

「參見吳爺！」曲煥章把雙手高高的拱在一起，對吳學顯作了一個揖，大步走將進來。

「請！」吳學顯含笑的伸出一隻手。

進屋一落坐。吳學顯就關切由衷的道：「累曲醫生吃苦，實在令我內心不安！所幸，老唐還買我的賬！」言畢，逸興遄飛，狂悖的縱聲大笑。

曲煥章歉然道：「多謝吳爺相顧之恩。只是，為我一人之故，如此興師動眾，驚擾百姓，令我倍覺羞慚，惶愧惶愧！」

「曲醫生不用見外！自家兄弟，情如手足，天經地義，本該患難相助！更何況你是因我所累，才平白招來這場無妄之災。昨晚，我一得知你被捕被判死刑的消息，萬分吃驚！便連夜召集弟兄，十萬火急的漏夜趕來，想你於我有再造之恩，我豈肯坐視不顧？就是傾我老巢，斷送我二十年之辛苦經營，也要救你！」吳學顯慷慨的道。

「吳爺厚愛，令我沒齒難忘！唯吳爺地處偏遠，故消息不實，唐都督明鏡高懸，前日已無罪釋放了我，並令我替他的警務處處長治療傷患！」曲煥章告知實情。

吳學顯甚感意外，沉吟了片刻，自恃地道：「想是你上訴報知與我之交情，老唐對我有所顧忌，知我定不會袖手旁觀，所以才釋放了你，保全了面子，老唐還算有先見之明！」

「請吳爺恕我直言，唐都督並非畏懼吳爺，而是敬重吳爺是個英雄豪傑，如果論權勢兵威，坦白說，吳爺不是都督對手。」曲煥章耿直的說。

吳學顯面色有些尷尬，訕訕地道：「曲醫生有何見教！不妨直言！」

「吳爺此番出兵救我，於情，恩深如海，於理，是為不智！唐都督如果有心要與吳爺為難，說句得罪的話，吳爺早就完了！」曲煥章不管此語是否中聽，仍坦率的道。

吳學顯唰地站了起來，面露明顯的不悅之色，覺得自己被輕視了！甚是氣惱。

曲煥章毫無畏懼，繼續道：「善戰者，在絕敵後，唐都督已派兵佔了徐家渡，扼斷了吳爺退路！如果真的打起來，吳爺無異自投羅網。不過，由此可見，吳爺對我的隆情厚義之深切，我真是萬分感激，不知何當以報！只是，為我之故，吳爺事業毀之於一旦，實在不值，令人惋惜！」

吳學顯大驚失色，蹙蹙眉頭，凝重地默然注視了曲煥章片刻，方道：「老唐派兵佔了徐家渡，你說的可是真的？」

「吳爺不信，片刻便知分曉！」

吳學顯煩躁地背負了兩手，在屋中大步地來回蹀躞，心虛地直嘆氣，不須探子飛報，徐家渡口，是任何兩兵相爭，必要爭奪的關口，唐繼堯迅雷不及掩耳地佔了徐家渡，這一戰，已經不必再打，便知誰勝誰負了。

曲煥章見他內心防線已攻破，又道：「吳爺且勿焦憂，唐都督派兵佔了徐家渡，只是想表明他不受挾制，但決無為難吳爺之意！」

「他媽的！老唐究竟葫蘆裡賣的什麼藥？」吳學顯忿忿地提高了嗓音，恨聲吼道，「要想迫老子投降，別作他媽的白日美夢吧！老子寧死不辱！好歹還有這幾萬人馬，認真打起來，雖敵眾我寡，殺一個夠本，殺兩個賺一個，看看吃虧的是誰？倘若死不了，還有東山再起的日子。吳某人豈會如此草包，輕易就受制於人？」

「吳爺且休動怒！聽我慢慢細說！」曲煥章從容不迫地道，「吳爺有鴻鵠之志，都督有知人之明，真所謂英雄相惜，唯無機相遇，故未能相互吐盡平生懷抱！請看這裡，有都督致吳爺親筆大函一封！」

曲煥章掏出唐繼堯信，雙手遞了過來。

吳學顯接過那封信，展開來一看，唐繼堯一手筆力雄渾蒼勁的字體，以令人懾服的氣勢，撲入眼簾。

書云：

余素聞君有英雄之志，且飽讀聖賢書，能文能武，真乃國家社會棟樑之材！古者英雄所馳驅爭逐者，不過中原數區區之地！吾人欲為華胄爭光，應放眼於亞洲之外，與歐人一較長短，方不愧為二十世紀之中華男兒也！

有志為天下者，胸襟要寬廣，行為要方正，欲達於真豪傑之域，不可勿違良知！余素為醉心功名富貴者，常進有一言，曰：弱國上宦，不如強邦下民，縱能身居要位，不克仰外人之鼻息！雖榮亦辱，將來國威振揚，雖退為平民，亦榮也！中華男兒應奮發圖強，使國家復興，國威振揚！人得其所，始不辱己，更不累人！

倘自私自利，犧牲千萬人之身家性命，以成一人之福利，天下不平之事，寧有甚於是者乎？意念所在，即要去其不正，以全其正！

英雄豪傑，應使一腔熱血，灑為萬頃甘霖，得潤蒼生。我善，國家之利！我惡，國家之害！況觀今日，滿清雖亡，但北邊未靖，軍閥混戰，殘民以逞。更有甚者，外人日日厲兵秣馬以謀我！嗚呼！大廈將傾，燕雀尚爭必覆之巢，壺水將沸，魚蟲猶作悠游之戲，豈不可悲可嘆復可恥乎？當此國家危難之時，吾輩豈可再存自私之念，相互猜忌，鬩牆衝突，貽笑外人，而不精誠團結，以謀挽既倒之狂浪乎？

余甚盼君以國以民為重！救國愛民，乃吾輩天職也，義務也，良知也，人性也！人生如白駒過隙，上途時，要將方向辨清，如誤入歧途而執迷不悟，光陰一誤，後悔勿及矣！

余願以此詩與君共勉：

破碎江上奔虎豹，
顛狂風雨舞蛟龍，
鑄造蒼山新模範，
安排黃種新山河。

會澤唐繼堯書啟

人有感情如電，能互相感應！真所謂精誠所至，金石為開，正氣所發，何事不成？吳學顯悉心讀完此信，再三揣摩，倍覺唐繼堯義正心平，言詞委婉，至誠至性，肝膽照人。唐繼堯的寬宏大量，光明磊落的氣度，更令吳學顯心折誠服。

吳學顯仔細地摺起那封信，珍重揣入懷中，當下慷慨激昂的道：「都督待我懷以德、撫以恩，令我怎不激志服心，請曲醫生轉告唐都督，以後如有用得著吳某的地方，吳某赴湯蹈火，在所不辭！以報都督相知相惜之恩！」

吳學顯旋即辭別了曲煥章，拔營回寨，戒備地率部下來到徐家渡口，但見周遭冷冷清清，哪有半個唐部兵卒之影，不禁由衷讚嘆笑道：「老唐料事如神！果然令我中計，既挫了我的銳氣，又滅了我

的威風，令我氣焰萬丈而來，卻敗興而退！老唐真不愧一代風雲人物！我實不如也！」臣服之心，更甘之如飴！

（未幾，唐繼堯所部顧品珍叛變，迫使唐交下政權出走，經越南到香港。次年，吳學顯率兵打敗顧品珍，唐繼堯方受民眾擁戴，重回雲南主政，吳學顯亦被擢昇為唐部軍長，此是雲南近代史話另一章，就此略過。）

曲煥章不辱使命，一場干戈便因此化為玉帛。

《雲南日報》將吳學顯圍城情由，細加描述報導。曲煥章在一夜之間，成為昆明城家喻戶曉的神話式人物，求醫問藥的慕名者，更是一時雲集。

白曉松在曲煥章的精心治療下，傷腿不久復好如初，使得那些西醫不得不對中華漢醫刮目相看，不敢再輕視。

一九二一年，曲煥章被委任為東陸醫院（即雲大醫院前身）外科主任，並授以上校軍銜。

一九二四年，曲煥章又榮膺東陸醫院副院長。

同年，四川流行時疫，修緣和尚在峨嵋山撰文登報，大力介紹民眾使用「百寶丹」——雲南白藥，患者服之，果然奇效神速，痊癒者奔走相告，「百寶丹」一時供不應求，馬幫馱去的是一馱馱的「百寶丹」，馱回的是一馱馱的花旗參，曲煥章發了大財，聲名也越來越大。

滇軍出師，到兩廣輸誠國父孫中山先生領導的中央政府，士兵皆帶百寶丹，中日戰爭爆發，滇軍出省抗戰，新一軍、五十八軍、六十軍遠征印緬，士兵隨身攜帶的萬應良藥，也是百寶丹，社會各界送至前方勞軍的慰問品，百寶丹必是其中最受歡迎的藥品之一。

於是，百寶丹——雲南白藥，遂在大江南北，乃至緬甸、印度、新加坡南洋一帶、香港等地，銷路激增，曲煥章大藥房每年生產白藥四十多萬瓶，仍供不應求。

從此，雲南白藥與三七、鹿茸成為雲南三大特產，而聞名天下，歷經半世紀而不衰。

一九三八年六月，時國民政府已退到重慶，行政院長焦玉堂當時主持全國衛生部門工作，請曲煥章到陪都共襄盛舉。同年八月，曲煥章病逝重慶，享年五十六歲！

三民叢刊書目

㉖作家與作品　謝冰瑩著
㉗冰瑩書信　謝冰瑩著
㉘冰瑩遊記　謝冰瑩著
㉙冰瑩憶往　謝冰瑩著
㉚冰瑩懷舊　謝冰瑩著
㉛與世界文壇對話　鄭樹森著
㉜捉狂下的興嘆　南方朔著
㉝猶記風吹水上鱗
・錢穆與現代中國學術　余英時著
㉞形象與言語
・西方現代藝術評論文集　李明明著
㉟紅學論集　潘重規著
㊱憂鬱與狂熱　孫瑋芒著
㊲黃昏過客　沙　究著
㊳帶詩蹺課去　徐望雲著
㊴走出銅像國　龔鵬程著
㊵伴我半世紀的那把琴　鄧昌國著
㊶深層思考與思考深層　劉必榮著
・轉型期國際政治的觀察
㊷瞬　間　周志文著

㊻
㊼發展
㊽胡適叢論
㊾水與水神
・中國的民
㊿由英雄的人到人的
・法國當代文學論
51重商主義的窘境
52中國文化與現代變遷
53橡溪雜拾
54統一後的德國　郭恆
55愛廬談文學　黃永武
56南十字星座　呂大明著
57重疊的足跡　韓　秀著
58書鄉長短調　黃碧端著
59愛情・仇恨・政治　朱立民著
・漢姆雷特專論及其他

⑥⓪ [illegible]

・[illegible]

⑥① 文化啓示錄 [illegible]

⑥② 日本這個國家　章　陸著

⑥③ 在沉寂與鼎沸之間　黃碧端著

⑥④ 民主與兩岸動向　余英時著

⑥⑤ 靈魂的按摩　劉紹銘著

⑥⑥ 迎向眾聲　向　陽著

・八〇年代臺灣文化情境觀察

⑥⑦ 蛻變中的臺灣經濟　于宗先著

⑥⑧ 從現代到當代　鄭樹森著

⑥⑨ 嚴肅的遊戲　楊錦郁著

・當代文藝訪談錄

⑦⓪ 甜鹹酸梅　向　明著

⑦① 楓　香　黃國彬著

⑦② 日本深層　齊　濤著

⑦③ 美麗的負荷　封德屏著

⑦④ 現代文明的隱者　周陽山著

⑦⑤ 煙火與噴泉　白　靈著

⑦⑧ 情繫一環 [illegible]

⑦⑨ 遠山一抹　思　果著

⑧⓪ 尋找希望的星空　呂大明著

⑧① 領養一株雲杉　黃文範著

⑧② 浮世情懷　劉安諾著

⑧③ 天涯長青　趙淑俠著

⑧④ 文學札記　黃國彬著

⑧⑤ 訪草（第一卷）　陳冠學著

⑧⑥ 藍色的斷想　陳冠學著

・孤獨者隨想錄

A・B・C全卷

⑧⑦ 追不回的永恆　彭　歌著

⑧⑧ 紫水晶戒指　小　民著

⑧⑨ 心路的嬉逐　劉延湘著

⑨⓪ 情書外一章　韓　秀著

⑨① 情到深處　簡　宛著

⑨② 父女對話　陳冠學著

93	陳冲前傳	嚴歌苓著
94	面壁笑人類	祖　慰著
95	不老的詩心	夏鐵肩著
96	雲霧之國	合山　究著
97	北京城不是一天造成的	喜　樂著
98	兩城憶往	楊孔鑫著
99	詩情與俠骨	莊　因著
100	文化脈動	張　錯著
101	桑樹下	繆天華著
102	牛頓來訪	石家興著
103	深情回眸	鮑曉暉著
104	新詩補給站	渡　也著
105	鳳凰遊	李元洛著
106	文學人語	高大鵬著
107	養狗政治學	鄭赤琰著
108	烟　塵	姜　穆著
109	河　宴	鍾怡雯著
110	滬上春秋	章念馳著
111	愛廬談心事	黃永武著
112	吹不散的人影	高大鵬著
113	草鞋權貴	嚴歌苓著
114	是我們改變了世界	張　放著
115	夢裡有隻小小船	夏小舟著
116	狂歡與破碎	林幸謙著
117	哲學思考漫步	劉述先著
118	說　涼	水　晶著
119	紅樓鐘聲	王熙元著
120	寒冬聽天方夜譚	保　真著
121	儒林新誌	周質平著
122	流水無歸程	白　樺著
123	偷窺天國	劉紹銘著
124	倒淌河	嚴歌苓著
125	尋覓畫家步履	陳其茂著
126	古典與現實之間	杜正勝著
127	釣魚臺畔過客	彭　歌著
128	古典到現代	張　健著
129	帶鞍的鹿	虹　影著
130	人文之旅	葉海煙著

131 生肖與童年　小民著　喜樂圖
132 京都一年　林文月著
133 山水與古典　林文月著
134 冬天黃昏的風笛　呂大明著
135 心靈的花朵　戚宜君著
136 親戚　韓秀著
137 清詞選講　葉嘉瑩著
138 迦陵談詞　葉嘉瑩著
139 神樹　鄭義著
140 琦君說童年　琦君著
141 域外知音　張堂錡著
142 遠方的戰爭　鄭寶娟著
143 留著記憶・留著光　陳其茂著
144 滾滾遼河　紀剛著
145 王禎和的小說世界　高全之著
146 永恆與現在　劉述先著
147 東方・西方　夏小舟著
148 嗚咽海　程明琤著
149 沙發椅的聯想　梅新著
150 資訊爆炸的落塵　徐佳士著
151 沙漠裡的狼　白樺著
152 風信子女郎　虹影著
153 塵沙掠影　馬遜著
154 飄泊的雲　莊因著
155 和泉式部日記　林文月譯・圖
156 愛的美麗與哀愁　夏小舟著
157 黑月　樊小玉著
158 流香溪　季仲著
159 史記評賞　賴漢屏著
160 文學靈魂的閱讀　張堂錡著
161 抒情時代　鄭寶娟著
162 九十九朵曇花　何修仁著
163 說故事的人　彭歌著
164 日本原形　齊濤著
165 從張愛玲到林懷民　高全之著
166 莎士比亞識字不多？　陳冠學著
167 情思・情絲　龔華著

168說吧，房間　林　白著
169自由鳥　鄭　義著
170魚川讀詩　梅　新著
171好詩共欣賞　葉嘉瑩著
172永不磨滅的愛　楊秋生著
173晴空星月　馬　遜著
174風　景　韓　秀著
175談歷史　話教學　張　元著
176兩極紀實　位夢華著
177遙遠的歌　夏小舟著
178時間的通道　簡　宛著
179燃燒的眼睛　簡　宛著
180月兒彎彎照美洲　李靜平著
181愛廬談諺詩　黃永武著
182劉真傳　黃守誠著
183天涯縱橫　位夢華著
184新詩論　許世旭著
185天　讜　張　放著
186綠野仙蹤與中國　賴建誠著
187標題飆題　馬西屏著
188詩與情　黃永武著
189鹿　夢　康正果著
190蝴蝶涅槃　海　男著
191半洋隨筆　林培瑞著
192沈從文的文學世界　王　繼志　陳　龍著
193送一朵花給您　簡　宛著
194波西米亞樓　嚴歌苓著
195化妝時代　陳家橋著
196寶島曼波　李靜平著
197只要我和你　夏小舟著
198銀色的玻璃人　海　男著
199小歷史　林富士著
200再回首　鄭寶娟著
201舊時月色　張堂錡著
202進化神話第一部
・駁達爾文《物種起源》　陳冠學著
203大話小說　莊　因著

㉔人　禍　彭道誠著
㉕殘　片　董懿娜著
㉖陽雀王國　白　樺著
㉗懸崖之約　海　男著
㉘神交者說　虹　影著
㉙海天漫筆　莊　因著
㉚情悟，天地寬　張純瑛著

211

誰家有女初養成

嚴歌苓　著

「巧巧覺得出了黃桷坪的自己，很快會變一個人的。對於一個新的巧巧，窩在山溝裡的黃桷坪和窩在黃桷坪的一切人和事，都不在話下。」踏出黃桷坪的巧巧會有怎樣的改變呢？如願的坐上流水線抑或是……

212

紙　銬

蕭　馬　著

紙銬，這樣再簡單不過的刑具，卻可以鎖住人的雙手，甚至鎖住人心，牢牢的，讓人難以掙脫更不敢掙脫。隨便揀一張紙，挖兩個窟窿，然後自己把手伸進去，老老實實地伸直了手，哪敢輕易動彈，碰上風吹雨淋，弄斷了紙銬，一個個都急成了哭相……

213

八千里路雲和月

莊　因　著

本書可分為兩大部分，雖然皆屬於記遊文字、同在大陸地區，時間，卻整整相隔了十八年。作者以其獨特的觀點、洗鍊的文筆，道出兩段旅程中的種種。從這些文章，我們可以看見一些故事，也可以看出一位經歷不凡的作家，擁有的不凡熱情。

214

拒絕與再造

沈　奇　著

新詩已死？現代人已不讀詩？對於這些現象，作者本著長年關注現代詩的研究，對現代詩有其深刻的體認，無論是理論的闡述或是兩岸詩壇的現況，甚至是詩作的分析，都有其獨特的見解。在他的帶領下，你將對現代詩的風貌，有全新的認識與感受。

215
冰河的超越
葉維廉 著

詩人在新生的冰河灣初次與壯麗的冰河群相遇，面對這無言獨化、宇宙偉大的運作，面對「雪疊著雪雪疊著雪疊著永不溶解的雪／緩緩地積壓著／冰晶冰層冰箔相連覆蓋九萬餘里」的景象，喜悅、震撼、思涉千載而激盪出澎湃磅礴的——冰河的超越。

216
庚辰雕龍
簡宗梧 著

基於寫作興趣就讀中文系，卻因教學職責的召喚，不得不放緩文學創作的腳步。本書作為政大簡宗梧教授創作成果的集結，不僅可讓讀者粗識簡教授於教學及研究著績外的創作成果，也將是記誌簡教授今後創作「臺灣賦」系列作品的一個始點。

217
莊因詩畫
莊 因 著

因心儀進而仿效豐子愷漫畫令人會心的幽默與趣味，作者基於同樣對世間生命萬物寬厚博大的關注與愛心，以他罕為人知的「第三枝筆」，畫出現今生活於你我四周真實人物的喜怒哀樂，並附以詩文，為傳統的中國詩畫注入了全新的生命。

218
換了頭抑或換了身體
張德寧 著

換了頭抑或換了身體？當器官移植技術發達到可以更換整個身軀時，我們要擔心的是生理上的排斥或心理上的抗拒？該為人類創造的奇蹟喝采還是為扭曲了人的靈魂而付出代價？藉作者精心的布局與對人深刻的觀察，我們將探觸心裡未曾到達的角落。

219
黥首之後
朱暉 著

政治上成分的因素，他曾前後被抄三次家，父母也先後被送入囹圄和下放勞改。他嚐盡世間的殘酷悲涼，看透人性的醜陋自私，但外在的折磨越狠越兇，內裡的親情就越密越濃。人性中最陰暗齷齪的一面與最光明燦爛的一面，都在這裡。

220
生命風景
張堂錡 著

每個人的故事，如同璀璨的風景，綻放動人的面貌。透過作者富含情感的筆觸，引領出成功背後的奮鬥歷程。文中所提事物，與我們成長經驗如此貼近，讓人油然而生「心有戚戚焉」之感。他們見證歷史，也予我們許多值得省思與仿效的地方。

221
在綠茵與鳥鳴之間
鄭寶娟 著

不論是走訪歐洲歷史遺跡有感，或抒發旅法思鄉情懷，抑或中西文化激盪的心得，作者以其一貫獨特的思考與審美觀，發為數十篇散文，澄清的文字、犀利的文筆中，流露著一種靈秘的詩情與浪漫的氣氛，讓讀者在綠茵與鳥鳴之間享受有深度的文化饗宴。

222
葉上花
董懿娜 著

讀董懿娜的文章，如同接受心靈的浸潤。生活的點滴，藉她纖細敏感的筆尖，便能在心中蕩起圈圈漣漪；娓娓的傾訴，叫人不禁沉入她的世界。在探求至情至性的同時，重新面對自己，循著她的思緒前進，彷彿也走出了現實的惱人，燃起對生命的熱情。

223
與自己共舞
簡宛　著

「與自己共舞，多麼美好歡暢的感覺！」長年旅居海外的簡宛，以平實真誠的筆調，與讀者分享「接納自己、肯定自我」的喜悅。書中收錄作者多年來與自己共舞的所思所感，包含對婚姻、家庭、自我成長的探討，值得讀者細細品味這分坦率至情的人生智慧。

224
夕陽中的笛音
程明琤　著

我們從本書中可領略程明琤對於生命的思索與感受，對於文化的關懷珍視，她更以廣闊的角度引領讀者去探索藝術家的風範和多彩的人文景致。讀她的文章不只是欣賞她行文遣字的氣蘊靈秀，真正觸動人心的是她對眾生萬相所付注的人文情懷。

225
零度疼痛
邱華棟　著

「我發現我已被物所包圍，周圍一個物的世界，它以嚇人的速度在變化更新，似乎我的生活已經事先被規定、被引導、被制約、被追趕。」作者以魔幻的筆法剖析現代人被生活擠壓變形的心靈。事實上，我們都是不同程度的電話人、時裝人、鐘錶人……。

226
歲月留金
鮑曉暉　著

以滿盈感恩的心，追憶大時代的離合悲歡，及中國這片土地的光輝與無奈；用平實卻動人的文字，記錄生活的精彩，和對生命的熱愛與執著。作者將歲月中的點滴與感動，譜成這數十篇的散文，讀來令人低徊不已，並激盪出對生命的無限省思。

227
如果這是美國
陸以正　著

面對每天新聞報導中沸沸揚揚的各種話題，您的感想是什麼？是事不關己的冷漠？還是無法判斷是非的茫然？不妨聽聽終身奉獻新聞與外交事務的陸以正大使，如何以其寬廣的國際觀點，告訴您「如果這是美國……」

228
請到我的世界來
段瑞冬　著

從七〇年代窮山惡水的貴州生活百態，到瑞典中西文化交流的感觸，最後在學成歸國的喜悅中，驚覺中國物質與思想上的巨大轉變，作者達觀的態度及詼諧的筆調，好像久違的摯友熱情地對我們招手：「請到我的世界來！」

229
6個女人的畫像
莫　非　著

6個女人，不同畫像。在為家庭守了大半輩子門框後，他們要出走找回失落的自己，藉著幻想，藉著閱讀，藉著繪畫等等不同方式，讓心靈有重新割斷再連結的機會。盼能以此書，提供女人一對話的空間。

230
也是感性
李靜平　著

「人世間的很多事，完全在於你從什麼角度來看。」本書作者以幽默的口吻帶您挖掘出生活中的樂趣。不管是親情的交流或友誼的呼喚，即便是些雞毛蒜皮的小事，在她的筆下每個生活週遭的人物全都活絡了起來，為我們合力演出這齣喜劇。

231
與阿波羅對話

韓秀 著

自遠方來，我在陽光的國度與阿波羅對話。秋日午後的愛琴海波光粼粼，反射生命的絕代風采。這裡是雅典，眾神的故鄉，世人的虛妄不過瞬眼，胸臆間卻永遠有激情在湧動。殿堂雖已頹圮，風起之際，永恆卻在我心中駐紮。

232
懷沙集

止庵 著

「樹欲靜而風不止，子欲養而親不待」作者將對逝去父親的感念輯成本書。其間除了父親晚年兩人對談的點滴外，亦不乏從日常不經意處，挖掘出文學、生活的真諦。作者樸實的文筆，在現代注重藻飾的文壇中像嚼蘿蔔，別有一股自然的餘味。

233
百寶丹

曾焰 著

百寶丹，東方國度的神奇靈藥，它到底有多神妙？身世坎坷的孤雛，如何在逆境中自立，成為濟世名醫？一部結合中國傳統藥理與鄉野傳奇故事的長篇小說，一段充滿中國西南邊疆民族絕代風情的動人篇章。

234
矽谷人生

夏小舟 著

生命流轉，人只能隨波逐流。細心體會、聆聽、審視才能品嘗出人生的況味。從中國到美國，從華盛頓到矽谷，傳統與現代，寧靜與繁華，作者以雋永的文筆，交織出大城市裡小人物不平凡的際遇和生活中發人省思的啟示，引領讀者品味異國人生。

235
夏志清的人文世界
殷志鵬 著

在自己的婚禮上，會說出「下次結婚再到這地來」的，大概只有夏志清吧！這位不在洋人面前低頭的夏教授，以其堅實的學術專業，將現代中國小說推向西方文學的殿堂，他蓄滿對生命的熱情，打了兩次精采的筆仗……快跟著我們一起走入他的人文世界吧！

236
文學的現代記憶
張新穎 著

五〇年代的臺港兩地，在自由風氣的帶動下，中外文學相互影響，激起了一連串美麗的浪花；或許你我置身其中，而無法全然地欣賞到這場美景，亦或未能躬逢這場盛宴，作者以局外人的角度，用精鍊的筆法為文十篇，細數這場文學史的發展。

237
女人笑著扣分數
馬盈君 著

這是一本愛情的「解語書」，告訴您女人為何笑著扣分數。馬盈君，一位溫柔敦厚的作者，以她理性感性兼至的筆觸，探討愛情這一亙古的命題。在芸芸眾生中，為我們解剖女人內心最深處的想法，及男人的愛情語碼，帶領我們找到千古遇合的靈魂伴侶。

238
文學的聲音
孫康宜 著

聲音和文字是人們傳情達意的主要媒介，然而聲音已與時俱逝；動人的詩篇卻擲地有聲，如空谷迴響，經一再的傳唱，激盪於千古之下。本書作者堅持追尋文學的夢想，用心聆聽、捕捉文學的聲音，穿越時空的隔閡與古人旦暮相遇。

國家圖書館出版品預行編目資料

百寶丹／曾焰著.－－初版一刷.－－臺北市；三民，
民90
面；　公分－－(三民叢刊；233)

ISBN 957-14-3491-4　(平裝)

857.7　　　　90011326

網路書店位址　http://www.sanmin.com.tw

著作人　曾　焰
發行人　劉振強
著作財產權人　三民書局股份有限公司
臺北市復興北路三八六號
發行所　三民書局股份有限公司
地址／臺北市復興北路三八六號
電話／二五〇〇六六〇〇
郵撥／〇〇〇九九九八——五號
印刷所　三民書局股份有限公司
門市部　復北店／臺北市復興北路三八六號
重南店／臺北市重慶南路一段六十一號
初版一刷　中華民國九十年八月
編　號　S 85463
基本定價　肆元貳角
行政院新聞局登記證局版臺業字第〇二〇〇號

ISBN　957-14-3491-4　(平裝)